Angela Mackert

FEENSCHWUR
Antiquerra-Saga (2)

Bibliografische Information der Deutschen Nationalbibliothek: Die Deutsche Nationalbibliothek verzeichnet diese Publikation in der Deutschen Nationalbibliografie; detaillierte bibliografische Daten sind im Internet über http://dnb.d-nb.de abrufbar.

Impressum

Titel: Feenschwur — Antiquerra-Saga (2)

Copyright © 2016 Angela Mackert
Alle Rechte vorbehalten. Nachdruck – auch auszugsweise – nur mit Genehmigung der Autorin.
Redaktion: Angela Mackert
Lektorat: KaGr
Covergrafik: coka / Shutterstock.com
Coverlayout: Angela Mackert
Herstellung und Verlag: BoD — Books on Demand, Norderstedt
ISBN 978-3-7392-2092-5

Herausgegeben von
Angela Mackert

Sie finden mich im Internet unter: www.angela-mackert.de

Beachten Sie auch bitte:
https://business.facebook.com/autorin.angela.mackert

Angela Mackert

FEENSCHWUR
Antiquerra-Saga (2)

Die »Antiquerra-Saga« ist eine mehrteilige Fantasy-Reihe.

Bisher erschienen:

Band 1: DIE FARBE DER DUNKELHEIT

Band 2: FEENSCHWUR

Band 3: VAMPIRBLUT (voraussichtlich ab Frühjahr 2016)

𝒟rei Schlüssel

Um Leben zu erfahren

Der Erste erschließt das Glück

Der Zweite Kummer und Leid

Der Dritte entsteht aus diesen beiden

Damit auch die Tür geöffnet werde

Die zur Erkenntnis führt

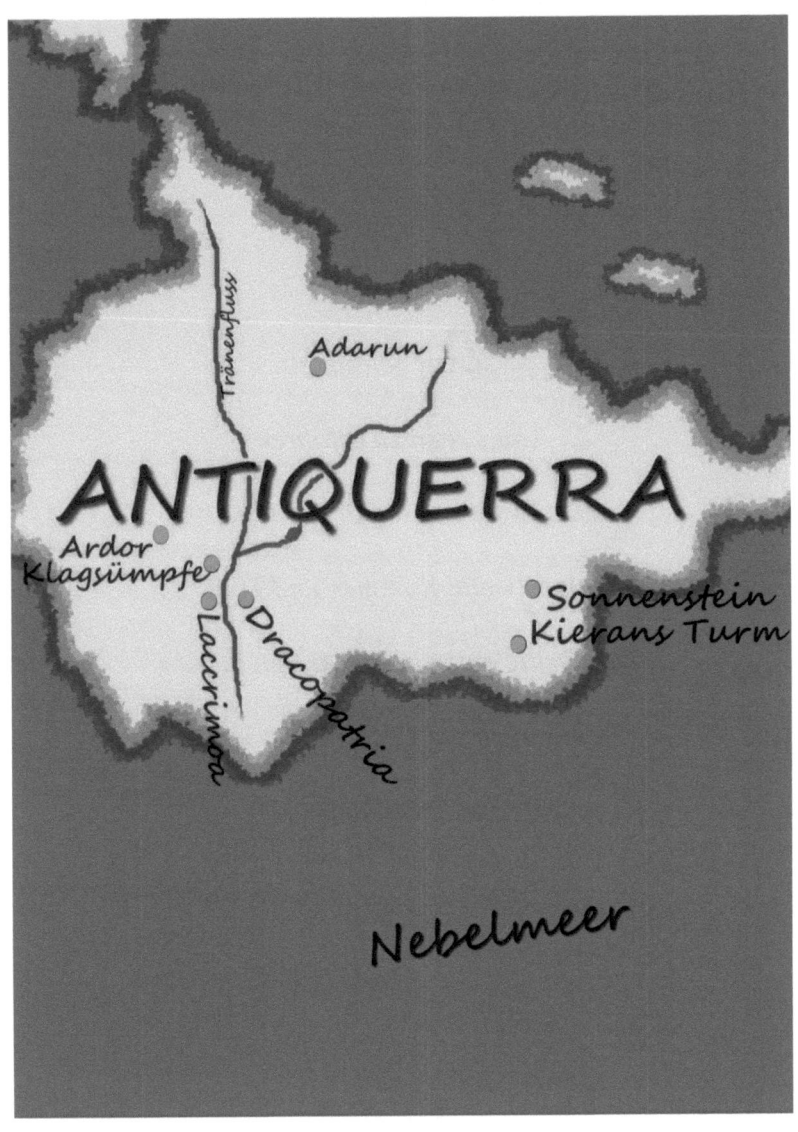

»Im Grunde ist unsere alte Erde Antiquerra nur eine Insel in einem zeitlosen Raum. Doch sie birgt ein Geheimnis, eines, das noch viel größer ist als wir bisher geahnt haben.« — Luczin zu Kieran, während einem ihrer vielen Gespräche, die den Ereignissen folgten.

Kapitel 1

Tochter des Lichts ...

Meister Kieran trat durch die offene Tür seines Turms hinaus ins Freie. Nach ein paar Schritten blieb er stehen, die Hände um seinen Stab geklammert. Nie in seinem Leben hatte sich der Lichtmagier so leer gefühlt wie heute, nicht einmal damals, als er mit der Fata Lena und den Getreuen durch die Klagsümpfe gewandert war. Kierans Blick schweifte hinüber zum Waldrand und blieb an der Eiche hängen, deren Blätter im aufgehenden Licht der Sonne golden aufstrahlten. »Gustav«, flüsterte er, »ich bin zu alt und müde.«
Ein Windstoß wehte ein Eichenblatt zu ihm herüber. Kieran fing es auf. Wie pures Gold glänzte es in seiner Hand, und es erinnerte ihn an die Strahlenkönigin, deren flammenden Lichtkristall er in der Burg hinter seinem Turm hütete. Kieran seufzte schwer auf, als er an sie dachte. Er liebte die Strahlenkönigin Alyssa so sehr wie er ihre Schwester, die Schattenkönigin Tahereh, fürchtete. Dabei verstand er sie beide nicht, jetzt weniger denn je. Und er fühlte sich so schuldig, dass er sich am liebsten verkrochen hätte.

Wie so oft in den letzten Tagen schweiften Kierans Gedanken wieder zurück in die Zeit vor mehr als fünfzehn Jahren, als er die Feen und Magier mit feurigen Worten auufgerufen hatte, zu den Menschen zu gehen und deren Evakuierung nach Antiquerra vorzubereiten. Damals glaubte er, der Fata, die einst so viel auf sich genommen hatte, um die Strahlenkönigin aus der Gewalt ihrer Schwester zu befreien, damit Ehre zu erweisen. Doch in Wahrheit tat er es wegen dem Geheimnis, das ihn mit ihr verband und das ihn fast erdrückte, weil er es nicht preisgeben durfte.

Kieran ließ das goldene Eichenblatt aus seinen Händen gleiten und setzte sich an den grob gezimmerten Tisch neben dem Eingang des Turms. Stöhnend barg er sein Gesicht in den Händen. Nach seinem Aufruf zur Rettung der Menschen hatte er mit allem gerechnet, aber nicht mit Alyssas heißem Zorn. Sie, die er immer als die Gütige betrachtet hatte, stieg aus ihrem Wolkenschloss zu ihm herunter und wies auf die brennenden Schwerter ihrer Lichtkrieger. Die Menschen hätten sie entzündet, schrie sie, durch ihren rücksichtslosen Umgang mit der Erde, die sie trug. Mit Gift hätten sie diese getränkt, um ihr den Atem zu nehmen; ihre Geschöpfe manipuliert; ihren Boden mit nicht enden wollenden Kriegen überzogen und dem Planeten so die Seele geraubt. Mit Tränen in den Augen sprach Alyssa davon, wie die Menschen tief in den Eingeweiden ihrer Erde gebohrt hätten, solange bis es ihr den Lebenssaft entzog, sodass jetzt von dem einst fruchtbaren Planeten kaum mehr als eine Hülle übrig geblieben sei. Nie würde sie zulassen, dass die Menschen dasselbe der alten Erde Antiquerras antaten. Alyssa befahl ihm, seine Feen und Magier zurückzurufen und die Menschheit ihrem Schicksal zu überlassen. Alles was Kieran ihr daraufhin entgegenhielt, konnte sie nicht erweichen, weder sein Hinweis auf die Unschuld derjenigen, die das Erbe ihrer Väter ausbaden sollten, noch sein Versprechen, nur diejenigen zu retten, die Demut im Herzen trugen. Auch mit seinem leidenschaftlichen Appell an ihrer aller Pflicht, das Leben — auch das menschliche — zu bewahren, richtete er nichts aus. »Wer sonst, wenn nicht wir?«, flehte er, doch sie lächelte nur.

»Jedes Leben, das ich nähre, führt in meiner Schwester Schoß, wusstest du das nicht?«

In den Tagen und Wochen danach konnte sich Kieran nicht entschließen, ihren Willen zu erfüllen. Stattdessen hoffte er darauf, dass die Strahlenkönigin ihre Meinung noch ändern würde. Doch dann verschlossen sich die Weltentore, und er wusste, es war zu spät.

Drei Monde blieben ihm, um den Feen und Magiern, die bereits in der Welt der Menschen lebten, den Grund zu erklären. Aber wieder zögerte er, denn wie sollte er ihnen übermitteln, dass sie durch seine Schuld dem Tod geweiht waren?

Ein Band der Hoffnung wurde ihm von unerwarteter Seite gereicht, als ihm Tahereh eines Nachts im Traum erschien. Die dunkle Königin sah ihn an, mitfühlend fast, und machte ihm dann ein Angebot: Wenn eine Fee, die geboren war im höchsten Stand des Lichts an der Schwelle des Abstiegs, ihr im Lauf des achtzehnten Lebensjahrs den Schlüssel brachte, den die Tränen der Fata Lena einst benetzt hatten, dann würde sie mit ihrer Schwester kämpfen, solange bis das Feuer auf den Schwertern der Lichtkrieger erlosch. Dies würde Alyssas Zorn besänftigen und sie versöhnen, sodass die Weltentore wieder geöffnet werden konnten — für alle. Doch sie stellte eine Bedingung: Die bezeichnete Fee, die Tochter des Lichts, musste allein zu ihr kommen, begleitet höchstens von einem einzigen Getreuen. Taherehs Schattenfeen, die Grungalp, würden sie vor den Toren Lacrimoas erwarten und zu den Klagsümpfen bringen. Von dort aus sollten sie den Juncta, den zwei Seelenvögeln folgen, die sie bis in ihr Schattenreich geleiten würden.

Als Kieran am Morgen darauf eine von Taherehs Tränenperlen in seinem Bett fand, sah er ihr Angebot bestätigt. In aller Eile übermittelte er nun die Botschaft an alle Feen und Magier, damit auch diejenigen auf der Erde der Menschen Hoffnung schöpfen konnten.

In der Folgezeit beschlich ihn allerdings immer wieder das quälende Gefühl, dass Tahereh mit ihrem Angebot eigene Ziele verfolgte. Es lag daran, dass er ihren Grungalp nicht traute, die zu oft Krankheit und Verderben brachten, und daran, dass die Schattenkönigin von zwei Seelenvögeln, den Juncta, gesprochen hatte. Von diesen wusste Kieran nichts, doch die Erwähnung erinnerte ihn an eine lange zurückliegende Begebenheit und an das Geheimnis, das er wahren musste. Wie ein Besessener forschte er, mehr als fünfzehn Jahre lang, doch er fand nirgendwo einen Hinweis auf die Juncta. Er fand auch keine Tochter des Lichts, keine Fee, die zur bezeichneten Stunde geboren worden war, und genauso blieb der Schlüssel verschwunden, den die Fata Lena einst um den Hals getragen hatte.

Vor drei Wochen jedoch änderte sich alles. Unten beim Wasserfall öffnete sich für einen kurzen Augenblick das Weltentor. Er hörte an dem Tag den Fels knirschen und rumpeln, und wenige Stunden später stand die Korriafee Alena vor ihm. Sie war eindeutig eine Tochter des Lichts, denn nur eine solche konnte nach dem Willen Taherehs die Sperre der Welten überwinden, um nach Antiquerra zu gelangen. Wie Schuppen fiel es ihm dann von den Augen, als er den Schlüssel um ihren Hals sah: All die Jahre hatte er nach dem falschen gesucht. Alena trug Nivens Schlüssel, den dieser damals aus Taherehs Schattenreich mitgebracht hatte, und der in den Jahren danach von den Tränen der Fata Lena benetzt worden war.

Die Juncta machten für Kieran nun plötzlich Sinn, und er verlor vollends den Mut. Er würde dieses Kind Alena, diese unschuldige Tochter des Lichts, die kaum etwas von ihrer Aufgabe wusste, weil sie in der Welt der Menschen groß geworden war, in den Tod schicken, und vielleicht auch seinen Freund, den Vampir Darian, der darauf bestand, sie zu begleiten.

Drinnen im Turm klapperten Töpfe, und der Duft von gekochtem Getreidebrei wehte Kieran um die Nase. Er hörte die Stimmen von Finley und Cara, die miteinander sprachen. Auf der Treppe zu den oberen Stockwerken klangen die Schritte ihrer Tochter Keona und ihres Ziehsohnes Wighard.

Kieran richtete sich auf. Sie durften ihn nicht so gebeugt sehen. Er ging hinüber zur goldenen Eiche, um den Geist Gustavs zu bitten, auf Alena und Darian aufzupassen, da ihm selbst dies verwehrt blieb. Angespannt lauschte er auf Antwort: »Das Schicksal webt die Fäden aus den Taten der Lebenden auf eigene Weise zusammen. So entsteht Hoffnung, und auch du, Lichtmagier Kieran, solltest dich daran festhalten«, flüsterte es in den Blättern.

Kieran nickte. Er hatte keine eindeutigen Worte erwartet. Während er wieder zum Turm hinüberging, straffte er den Rücken. Am Nachmittag würden sie Alena und Darian zu den Toren von Lacrimoa begleiten und dort den Grungalp übergeben. Bis dahin musste er allen eine Stütze sein. Wenn sie dann wieder zum Turm zurückkehrten, galt es die Zuversicht aufrechtzuerhalten und alles für die Ankunft der Menschen vorzubereiten. Kieran blieb einen Augenblick lang stehen, atmete tief ein und aus und fasste einen Entschluss: Wenn er Alena und Darian wiedersah und die Tore sich öffneten, dann würde er die Sorge um den flammenden Kristall und die Geschicke Antiquerras in die Hände von Finley legen. Der Junge war soweit, und vielleicht erfüllte Finley seine Aufgabe dann besser als er.

Drei Wochen zuvor ...

Aus der Ferne erklangen die klagenden Töne einer Mundharmonika. Alena blieb stehen und lauschte, aber nicht lange, dann verfiel sie wieder in Laufschritt. Sie durfte den Raben nicht aus den Augen verlieren, musste ihm folgen, wenn sie auch nicht wusste, wohin. In ihrem Inneren pochte eine drängende Stimme: *weiter, weiter, weiter* .... Ihr keuchender Atem nahm dieses Gefühl rhythmisch auf, hielt ihre Beine in Bewegung. Während sie rannte, legte Alena eine Hand auf die Brust, um den kräftigen Schlag ihres Herzens zu spüren. Es half ihr, diese seltsame Nacht zu ertragen, die immer gespenstischer anmutete. Außer ihrem eigenen Atem hörte sie kein Geräusch. Nicht einmal ihre Schritte verursachten einen Laut. Aber der Geruch des faulendem Wasser in den Tümpeln am Rande des Wegs wurde stärker, gerade so, als ob es sie betäuben wollte.

Ihr werdet mich nicht aufhalten, hört ihr!

Beherzt tauchte Alena in die Nebelfetzen, welche im Mondlicht wie Spinnweben schimmerten. Sie hatte ein Ziel! Ihr war nicht klar welches Ziel, aber es lag wohl irgendwo da vorne hinter den Zwillingsbergen. Der Rabe flog darauf zu.

Plötzlich nahm die Musik der Mundharmonika einen völlig anderen Klang an. Irritiert blieb Alena stehen. Etwas stimmte nicht mehr! War das noch dieselbe Umgebung? Und wo war der Rabe? Sie sah ihn nicht! Wie sollte sie jetzt hier herausfinden? Panik rollte in zitternden Schüben durch ihren Körper, trieb ihr den Schweiß aus den Poren und ihren Herzschlag zur Höchstleistung an. Das Licht veränderte sich, wurde heller, konturenlos — und dann ...

»Verdammt!«, schimpfte Alena, tastete mit einer Hand zum Radiowecker und schaltete ihn aus. Mit noch immer klopfendem Herzen richtete sie sich auf, blieb ein paar Sekunden lang reglos sitzen und starrte auf das altmodische Muster ihres zerwühlten Bettlakens. Dann ließ sie sich unvermittelt wieder in die Kissen zurückfallen. Die Morgensonne zauberte tanzende Lichtreflexe an die Zimmerdecke. Alena beobachtete die goldenen Flecke, ohne sie wirklich zu sehen. Zu deutlich spürte sie noch die Nachwirkungen der nächtlichen Bilder. Alena griff nach einem Zipfel der Bettdecke und presste ihn auf ihre feuchte Stirn, fing an zu grübeln. Der Traum hatte etwas zu bedeuten, zumal sie ihn nicht zum ersten Mal träumte. Aber was? Wollte sie vor etwas davonlaufen? Ah, das ging doch gar nicht! Das Leben gestaltete sich überall so schwierig wie hier. Der Vogel! ... Das konnte ein Bild für seelischen Kummer sein und ja, den hatte sie seit dem Tod ihrer Eltern. Aber deshalb gleich eine Serie von Albträumen?

»Schluss jetzt«, sagte sie laut, um die Reste ihrer nächtlichen Hetze von sich abzuschütteln. Heute war schließlich ein besonderer Tag, und den wollte sie sich nicht verderben lassen.

Alena strampelte sich aus dem Bettlaken frei und stand auf. Gähnend tappte sie durch das Zimmer, um ins Bad zu gehen. Dabei fiel ihr Blick auf den Kalender neben der Tür. Den einundzwanzigsten Juni hatte sie rot eingekreist und mit Blümchen verziert. Dieser Tag war heute. Alena blieb stehen und strich lächelnd mit dem Finger über das Datum. Dann gab sie sich einen Ruck. Sie marschierte aus dem Zimmer und direkt gegenüber hinein ins Bad. Dort stützte sie sich erst einmal auf dem Waschbecken ab, als wenn sie der Standfestigkeit ihrer Beine zu dieser frühen Stunde noch nicht recht trauen würde. Eine Weile betrachtete sie ihr Gesicht im Spiegel. Es sah so verschlafen aus wie jeden Morgen. Das bis weit über die Schultern reichende, flachsblonde Haar hing in kleinen Löckchen ein wenig wirr um ihren Kopf. Einige eigenwillige, gekringelte Strähnen fielen ihr über die Augen und erschwerten eine klare Sicht. Alena strich sie langsam nach hinten. Wie so oft, wenn sie ihr schmales, an hell schimmerndes Porzellan erinnerndes Gesicht betrachtete, ärgerte sie sich wieder, dass es trotz der vielen Sonne kein bisschen Farbe annehmen wollte. Sie sah nicht krank aus, im Gegenteil. Aber mit dieser klaren, hellen Haut fiel sie auf. Alle anderen, die sie kannte, waren von der Sonne entweder rot oder braun gebrannt. Nur sie selbst sah sommers wie winters aus, als ob sie in den Schminktopf einer Geisha gefallen wäre. Unwillkürlich zog sie ihrem Spiegelbild eine Schnute. Dann rieb sie sich heftig die Wangen, bis sie sich röteten. Es kam ihr in den Sinn, wie die Eltern sie früher oft liebevoll »Feenherzchen« genannt hatten, wenn sie sich über ihren ungewöhnlich hellen Teint beklagte. Die Erinnerung daran versöhnte sie wieder ein wenig mit ihrem Spiegelbild. Sie lächelte, weil sie jetzt die Stimmen der beiden zu hören vermeinte: »Herzlichen Glückwunsch zum achtzehnten Geburtstag, Liebes.«

Es war jedoch ihre eigene melodische Stimme, die flüsternd erklang. Die Stimmen der Eltern würde sie nie mehr hören. Ein trauriger Schatten legte sich über Alenas Augen, die wie die unendliche Tiefe der smaragdgrünen See wirkten. Doch dann riss sie sich von ihrem Spiegelbild los. Es wurde Zeit, dass sie ihr Nachthemd mit der Straßenkleidung tauschte. Bald kam ihre Nachbarin Rosa Laun herüber, um zu gratulieren. Alena mochte Rosa sehr, empfand sie als der Familie zugehörig, immer schon. Doch jetzt, nach dem Unfalltod ihrer Eltern vor einem dreiviertel Jahr, noch mehr als zuvor.

Wie üblich duschte Alena in Rekordzeit, denn Wasser war kostbar in diesen Tagen und durfte nicht vergeudet werden.

Zur Feier des Tages zog sie ihr Lieblingskleid mit den kurzen Ärmeln und dem weiten Tellerrock an. Es betonte ihre schlanke Figur und sie empfand es so bequem und luftig, dass es ihr nicht schwer fiel, dafür auf ihre kurze Jeans zu verzichten. Beschwingt lief sie danach die hölzerne Treppe hinunter ins Erdgeschoss, das aus einem einzigen großen Raum bestand. Links schmiegte sich die kleine Küchenzeile in eine Nische. Geradeaus nach vorne gelangte man direkt zur Eingangstür mit dem eigenartigen, goldglänzenden Schloss, dessen passender Schlüssel zu jeder Tages- und Nachtzeit an einer Kette um Alenas Hals hing. Hinter der Treppe befand sich der Ausgang zum Garten.

Obwohl die Sonne gerade erst aufging, wurde der Raum von grellem Licht durchflutet. Die Hitze des Tages kündigte sich bereits wieder an. Alena sah sich um und beschloss, sich nach dem Frühstück zuallererst um die Pflanzen zu kümmern.

Der Raum hatte nur eine spärliche Möblierung im Verhältnis zu seiner Größe. Es gab außer der Küchenzeile nur einen Esstisch mit sechs Stühlen, eine kleine Couchecke und einen Vitrinenschrank. Doch überall standen auf Stühlen, Hockern, Tischchen oder direkt auf dem Steinboden Töpfe mit Pflanzen. Viele Topfgewächse hingen sogar an Haken von der Decke. Das Zimmer wirkte daher weniger wie ein Wohnraum, sondern eher wie das undurchdringliche Dickicht eines Urwalds. Es wuchsen jedoch keine Blumen, mit denen Alena das Zimmer verschönern wollte. Sie zog hier Tomaten, Paprika, Gurken und viele weitere Gemüse- und Salatpflanzen, von denen sie sich ernährte. Jeder machte das so, seit vor Jahren auch in Deutschland die Versorgung infolge von anhaltenden Krisen und ständig wiederkehrenden Naturkatastrophen aufgrund des Klimawandels zusammengebrochen war. Die Lebensmittel wurden allerorts rationiert. Es gab immer weniger zu kaufen und wenn, dann zu horrenden Preisen. Wer die letzten drei Jahre überstanden hatte, musste auf Selbstversorgung setzen, und Alena nutzte dafür jedes Plätzchen. Sogar um die Couchecke herum hatte sie Töpfe mit Kürbissen gepflanzt, die an Stäben entlang bis zur Zimmerdecke rankten und sich dort festgetackert ausbreiteten. Zweimal in der Woche ging sie mit Fön und Pinsel bewaffnet durch ihr Pflanzenreich, um für die Bestäubung der Blüten zu sorgen. Bis jetzt hatte sich die Arbeit gelohnt, und sie konnte mit einem verhältnismäßig reichen Erntevorrat für den Winter rechnen.

Natürlich nutzte Alena auch den kleinen Garten für den Anbau von Obst und Gemüse, zumindest versuchte sie es. Der Ertrag blieb jedoch oft aus, trotz Hitzeschirmen und Schutzvlies für die Pflanzen. Es gab keine Bienen mehr, die für die Bestäubung sorgten. Das Gemüse wurde schon im Jungstadium von der Sonne verbrannt, und wenn es trotzdem noch wuchs, riss der Sturm es aus der Erde oder Regen und Hagel ersäuften es. Es gab aggressive und giftige Schädlinge, die ihr die geringe Ernte streitig machten. Die Vögel hatten auch Hunger und stibitzten bevorzugt die wenigen, mühsam durch Handbestäubung herangereiften Beeren. Doch wenigstens die Kartoffelernte schien sicher. Die ertragreichen Pflanzen wuchsen rundum geschützt in den großen Fässern im Keller — eine unverfälschte Sorte, die ihr Vater von irgendwoher einmal mitgebracht hatte, vermutlich von einem der aufständischen Bio-Gärtner, die gegen die Saatgut-Industrie gekämpft und am Ende doch verloren hatten, weil ihre Sorten von deren genmanipulierten Pflanzen infiziert worden waren. Alena seufzte. Jetzt durften die patentierten Industriepflanzen nicht mehr angebaut werden, weil ihre Gifte den Boden verseucht und wichtige Insekten getötet hatten. Aber es war zu spät, und das mörderischen Klima tat ein übriges, dass draußen nur noch wenig gedieh, das die Menschen ernähren konnte.

Alena arbeitete hart um ihr tägliches Brot, aber sie verlor nicht den Mut, wie so viele aus der Stadt. Sie liebte ihr Haus, vor allem weil es glückliche Erinnerungen barg. Es stand als letztes Gebäude von älteren, aneinandergepappten Reihenhäusern auf der linken Seite der Wilhelmstraße. Mit seinem bröckelnden weißen Anstrich und den kleinen Fenstern sah es ein wenig verschlafen aus. Die in der Sonne blinkende Solaranlage auf dem Dach stand zu diesem Eindruck in krassem Widerspruch, doch Alena hatte sich längst daran gewöhnt. Ein rosenumrankter Torbogen, der allerdings mehr vertrocknete, blattlose Zweige als Blüten aufwies, führte durch einen winzigen, an eine Wüste erinnernden Vorgarten mit essbaren Agavensorten bis zum Eingang mit dem großen Holzschild, auf dem die Hausnummer 49 prangte. Darunter hatte Alenas Vater einen weiteren Holzscheit gesetzt, auf dem »Feenhäusle« zu lesen stand. »Das passt zu uns«, hatte er damals gesagt.

Das Haus neben dem Feenhäusle, die Nummer 47, gehörte Rosa, der besten und ältesten Freundin ihrer Mutter. Es sah nicht viel anders aus, nur hatte es keinen Torbogen, sondern eine einfache, jetzt bereits verbrannt wirkende Buchsbaumeinfassung als Abschluss des Vorgartens und einen offenen Zuweg zur Eingangstür. Statt Agaven wuchsen bei ihr widerstandsfähige Bananenstauden, deren Früchte jedoch kurz vor der Reife jedes Jahr über Nacht verschwanden. Alenas Vater hatte auch Rosas Haus einen Namen gegeben: Schmetterlingshain. Alena fand es passend.

Das Teewasser, das Alena aufgesetzt hatte, gab blubbernde Geräusche von sich. Sie schaltete den Herd ab und marschierte mit ihrer rot-weiß gepunkteten, bauchigen Teekanne zu einer der Fensterbänke. Ein paar Zweige Pfefferminze und Melisse wanderten in das Gefäß und bald erfüllte der würzige Duft des frisch gebrühten Tees den Raum. Kaum stand alles auf dem Frühstückstisch, da hörte Alena draußen Schritte. Schnell ging sie zur Tür, und als sie öffnete, schaute sie in das strahlende Gesicht von Rosa, einer lebhaften Frau Mitte Dreißig.

Rosa sah Alena in gewisser Weise ähnlich und wer die beiden nicht kannte, hätte vermuten können, dass sie verwandt waren. Es lag vor allem an der Form ihrer Ohren, die eher ein bisschen spitz statt rund wirkten, aber auch an ihrem Gang. Rosa schritt stets aufrecht, fast schwebend, wie Alena. Ihr Haar wuchs dicht und glänzend, doch während die langen Locken der Jüngeren wie gebürsteter Flachs leicht silbrig schimmerten, erinnerte Rosas Haar eher an die Farbe eines polierten Kupferkessels. Sie trug es kurz geschnitten, und es lag in sanften Wellen um ihren schmalen Kopf. Ihre Augen strahlten in einem dunklen Braun. Ihre Haut schimmerte ungewöhnlich hell, was Alena allerdings vehement bestritt, weil sie es nicht wahrhaben wollte. Wenn Rosa ihre eigene Haut zum Vergleich heranzog, um die Vorzüge heller Haut zu preisen, dann presste Alena regelmäßig ihren Braunfilter vor die Augen. Es blieb das einzige Thema, bei dem die beiden Frauen zu keiner Einigung kamen.

Rosas schmalgliedrige Hände, denen man nicht ansah, dass sie vor keiner Schmutzarbeit zurückscheuten, hielten jetzt einen kleinen Kuchen, in dessen Mitte eine Kerze montiert war. Den hob sie Alena entgegen. »Herzlichen Glückwunsch zum Geburtstag, Liebes, und willkommen in der Erwachsenenwelt. Ab heute kann dir niemand mehr vorschreiben, was du zu tun und zu lassen hast, nicht einmal ich.«

»Danke, Rosa ... was für ein hübscher Kuchen, und wie gut der riecht!« Alena bewunderte den einfachen Dinkelkuchen, der durch die Verzierung mit essbaren Blüten und Blättern ein festliches Gewand bekommen hatte. »Komm, der Tee ist schon fertig«, sagte sie dann und zog Rosa ins Haus. Während sie gemeinsam den Geburtstagskuchen frühstückten, erzählte Alena, was sie für heute geplant hatte. Von ihrem seltsamen Traum sagte sie nichts. Sie wusste, dass Rosa ihn sehr ernst genommen hätte, vor allem da er wiederholt aufgetreten war, und sie wollte sie nicht beunruhigen. Für ausführliche Gespräche hatten sie jetzt sowieso nicht viel Zeit. Vielleicht ergab sich heute Abend eine Gelegenheit. Rosa bedauerte es zwar, dass sie nicht lange bleiben konnte, aber die Pflicht ging eben vor. Sie wollte zum Eberthof, der am Rande der Stadt neben der alten Bundesstraße lag und zu dem die Wiesen und Felder gehörten, die sich bis zum Waldrand hochzogen. Vor einigen Jahren hatten ein paar junge Leute diesen leer stehenden Bauernhof zur Bewirtschaftung für die Selbstversorgung übernommen. Alenas Eltern halfen damals beim Bau des riesigen Regenwassertanks, der hinter dem Hof in die Erde gegraben worden war. Auch Rosa trug von Anfang an durch ihr Wissen um Pflanzenanbau und Tiere viel dazu bei, dass das Hofprojekt bis jetzt leidlich klappte. Zumindest in den Dingen, die man beeinflussen konnte. Rosa und Alena halfen seither dort täglich abwechselnd bei der Arbeit und erhielten dafür im Gegenzug Milchprodukte vom Hof, Dinkelmehl und was sie sonst selbst nicht erzeugen konnten. Es war ein glückliches Arrangement für alle Beteiligten. Sie blieben mit ihrer kleinen Gruppe jedoch die einzigen, die hier, in dieser süddeutschen Kleinstadt noch versuchten, den Feldern wenigstens ein bisschen Nahrung abzutrotzen. Die Städter blieben der Hilflosigkeit verfallen und fürchteten den Misserfolg und die Gesundheitsgefahren bei der Arbeit im Freien mehr als alles andere. Nur früh morgens stürmten sie die wenigen Lebensmittelläden, deren Regale stets fast leer blieben. Mit hängenden Köpfen kehrten sie dann in ihre Wohnungen zurück, sparten Kalorien, indem sie sich wenig bewegten, und ernährten sich weiter mehr schlecht als recht von den mickrigen Zimmertomaten und den wenigen Kartoffeln, die sie in Eimern und Fässern in den Wohnzimmern zogen.

Rosa brauchte mit dem Fahrrad eine gute Viertelstunde, um bis zum Eberthof zu gelangen. Sie hatte es deshalb eilig, denn draußen wurde es schon wieder brütend heiß, und sie wollte heute Brot backen, wofür sie fast den ganzen Tag einplanen musste.

Nachdem Rosa gegangen war, räumte Alena den Tisch ab und begab sich dann in den Garten zum hauseigenen Brunnen, um Wasser für die Pflanzen zu holen. Sie empfand es als großes Glück, dass sie nicht wie alle anderen auf die städtische Wasserversorgung angewiesen war, die derzeit wieder einmal rationiert wurde. Ja, sie konnte sich reich schätzen, denn immerhin hatte sie durch den Brunnen, der sich unter dem Garten mit einem großen Wasserauffangbecken verband, noch Wasser, sogar in Trinkqualität, und die altmodische Solaranlage auf dem Dach reichte aus, um das ganze Haus mit Strom und Wärme zu versorgen.

Es dauerte eine Weile bis alle Pflanzen in Garten und Haus gegossen waren und Alena sich fertigmachen konnte, um zum Friedhof zu gehen. Heute, an ihrem Geburtstag hatte sie ein besonderes Bedürfnis, das Grab ihrer Eltern zu besuchen. Bevor sie ging überprüfte sie noch einmal alle Räume des Hauses. Die von außen kaum einsehbare Hintertür zum Garten ließ sie offen, für alle Fälle. So konnte Rosa ins Haus gelangen, falls sie vor ihr zurückkam. Alena überlegte kurz, ob sie ihr Fahrrad nehmen sollte, das neben dem Eingang in der Garderoben-Nische stand. Sie entschied sich dagegen und griff nur nach ihrem Strohhut mit der breiten Krempe. Heute wollte sie alles etwas langsamer gestalten als sonst. Als die Eingangstür hinter ihr ins Schloss fiel, tastete sie nach dem Schlüssel um ihren Hals. Er war noch an seiner Kette und das beruhigte sie.

Vor dem Haus wandte sich Alena nach rechts und ging die asphaltierte Straße entlang, die durch die anhaltende Hitze an vielen Stellen tiefe, beulenartig aufgewölbte Risse bekommen hatte. Neben den Bodenöffnungen wuchsen zwischen Steinen und trockener Erde vereinzelt ein paar unverwüstliche Unkräuter. Alena achtet darauf, sie nicht zu zertreten, denn manche davon hatten heilende Kräfte. Auf dem Rückweg würde sie die wenigen Pflanzen zur Aufstockung von Rosas Wildkräuter-Vorrat einsammeln, aus dem die Freundin bei Bedarf immer Gesundheitstees oder Salben herstellte.

Die Rollläden an den Fenstern der Häuser, an denen Alena vorbeikam, waren fast alle geschlossen und sie wusste, dass viele der Wohnungen bereits seit längerem leer standen. Die Bewohner waren entweder durch Hitzekollaps oder an seuchenartig auftretenden Krankheiten verstorben. Alena hatte die meisten von ihnen gekannt, und sie empfand den Anblick ihrer Straße umso trostloser.

Kurz vor der Kreuzung wechselte sie automatisch auf die andere Seite, um den Fußgängerüberweg zu benutzen. Eine reine Gewohnheit, denn seit das landesweite Fahrverbot für private Kraftfahrzeuge erlassen worden war, blieb die Ampel dort wie überall in der Stadt ausgeschaltet.

Alena überquerte die Straße und ging weiter geradeaus, vorbei am Lebensmittelmarkt, vor dem ein großes Schild prangte, auf dem »Geschlossen« stand. Falls der Markt heute Nacht Waren bekommen hatte, so war an diesem Morgen bereits alles wieder verkauft. Die Kunden schienen es jedoch begriffen zu haben, denn Alena begegnete hier niemandem mehr. Selbst der Stadtbahnhof, den sie nur wenige Schritte später überquerte, lag einsam da — nur eine der gelben Straßenbahnen wartete dort, doch ob sie fahren würde entschied sich wie immer erst mit der Zahl der Fahrgäste. Soweit Alena sehen konnte, saß bis jetzt noch niemand in dieser Bahn. Sie ging weiter durch den kleinen Stadtpark, der sich dem Bahnhof anschloss — hier sahen sogar die wenigen Wüstenpflanzen erbärmlich aus — und bog dann links in die Innenstadt. Obwohl hier zwei oder drei Geschäfte geöffnet hatten, waren auch in dieser Straße nur wenige Menschen unterwegs. Niemand wollte derzeit Geschenkartikel oder Kleidungsstücke kaufen. Diese Dinge mussten hintenan gestellt werden, solange es nicht genug zu beißen gab. Alena beobachtete eine ältere Frau, die verzweifelt an der Tür einer Bäckerei rüttelte. Die Jalousie war heruntergelassen, sodass man nicht ins Innere des Ladens blicken konnte, genauso wenig wie bei der schräg gegenüberliegenden Metzgerei. Es schien offensichtlich, heute gab es weder Fleisch noch Brot. Vielleicht morgen wieder oder übermorgen oder in ein paar Tagen — wenn man frühzeitig genug aus den Federn fand. Alena bedauerte die Frau aus tiefstem Herzen, die nicht begreifen wollte, dass die Tür verschlossen blieb. Sie sah elend mager aus. Neben ihrem Mitgefühl spürte Alena aber auch Ärger auf all diese Leute, die trotz ihrer Not so lethargisch blieben. Es gab noch brachliegende Felder, die für die Dinkelkultur genutzt werden konnten. Klar, das bedeutete viel

Aufwand: Sonnensegel mussten gesetzt werden; Wassergräben wie bei den alten Ägyptern angelegt und weitere Wasserauffangbecken gegraben werden, und vieles, das früher mithilfe von Maschinen erledigt wurde, wie das Säen, Ernten und Umgraben, blieb wegen der Klimaverordnungen ausschließlich fleißigen Händen überlassen. Und ob all die Mühen am Ende genügend Ertrag brachten, um über den Winter zu kommen, blieb stets bis zuletzt ungewiss. Aber die Angst der Städter vor dem Risiko war in dieser Krisenzeit ein denkbar schlechter Grund, die Feldarbeit abzulehnen. In Bezug auf die Hitzegefahren konnte man schließlich Vorsichtsmaßnahmen ergreifen, und im Freien arbeiteten sie sowieso hauptsächlich morgens und abends. Außerdem gewöhnte man sich selbst an die derzeitigen Temperaturen zwischen zweiundvierzig und sechsundvierzig Grad. Man musste es, wenn man nicht verhungern wollte. Alena seufzte. Vielleicht rafften sich die Städter ja im nächsten Frühjahr auf, die Zeiten wurden nicht besser. Aber für die Frau von eben war es dann vielleicht schon zu spät.

Alena erreichte das Ende der Straße, bog jetzt nach rechts ab und überquerte nach einigen Metern auf der Rathausbrücke den Fluss, der die Stadt in zwei Hälften teilte. Sie sah zwei Jungs, die über die Mauerbegrenzung geklettert waren, um von dem schlammigen Wasser, das noch in dem kleinen Stadtflüsschen plätscherte, zu trinken. Am liebsten hätte sie ihnen zugerufen: »Tut das nicht ... das Wasser macht euch krank.« Aber es war schon zu spät, und selbst wenn sie den Kindern ihre eigene kleine Flasche mit gesundem Wasser gegeben hätte, wären sie danach doch wieder an das Ufer gegangen, um dort weiterzutrinken. Sie hatte es schon oft so erlebt.

Alena ging jetzt ein wenig schneller, nicht nur, um die bedauernswerten Kinder nicht mehr sehen zu müssen, sondern auch, weil sie sich nach der kleinen Bank unter der

Hängebirke sehnte, die das Grab der Eltern beschattete. Vielleicht hätte sie doch lieber das Fahrrad nehmen sollen. Die Sonne brannte ihr bereits heiß auf den Kopf, ihre Wangen glühten, und der Fahrtwind wäre angenehm gewesen. Im Geist markierte sie die Abschnitte ihres Wegs. Jetzt ging sie an der Herz-Jesu-Kirche vorbei, deren bunte Glasfenster im Licht funkelten. Eine Weile später erreichte sie das alte Kasernengelände, das schon lange eine private Nutzung gefunden hatte. Jetzt war es nicht mehr weit bis zur Gärtnerei vor dem Friedhof, die aufgrund des allgemeinen Wassermangels auf anspruchslose Wüstenpflanzen umgestiegen war, um wenigstens etwas verkaufen zu können. Alena atmete auf, als sie das schmiedeeiserne Tor sah, das den Eingang zum Friedhof markierte. Es stand offen, und sie ging hinein. Der erste Weg rechts vom Hauptweg führte zum Grab ihrer Eltern. Es lag direkt vor der Friedhofsmauer und war nicht bepflanzt, sondern mit einer schwarzen Marmorplatte abgedeckt, auf der die Namen und Jahreszahlen eingraviert waren:

Selina Bruck 2060 – 2098

Roman Bruck 2058 – 2098

Seitlich des Grabes wuchs die Hängebirke, unter der eine kleine Bank stand. Dort, im Schatten der überhängenden Zweige setzte sich Alena hin. Sie nahm ihren Sonnenhut ab, strich das verschwitzte Haar zurück, und holte aus der kleinen Tasche, die sie mitgenommen hatte, ihre Flasche Wasser. Gierig trank sie daraus. Dann prostete sie in die Luft. »Hi, Mum, Dad ... heut ist mein achtzehnter Geburtstag. Den wollten wir ganz groß feiern, wisst ihr noch?« Alenas Augen wurden feucht, aber sie unterdrückte die Tränen.

Eigentlich verstand sie bis heute noch nicht, wie der Unfall, der ihren Eltern das Leben kostete, im letzten September überhaupt passieren konnte. Sicher, es hatte orkanartig gestürmt und wie aus Kübeln geschüttet, als die beiden mit den Planen, die sie ein paar Ortschaften weiter als Ersatz für die alten Sonnensegel ergattert hatten, auf dem Rückweg gewesen waren. Aber plötzlich auftretenden Sturm hatten die beiden schon oft überstanden, und die Strecke, wo es geschah, nahm einen kerzengeraden Verlauf und es gab dort damals auch noch keine Risse in der Fahrbahn. Trotzdem war der Wagen von der Straße abgekommen und die Böschung hinuntergerast, direkt auf einen Baum zu. Wie schon so oft, grübelte Alena darüber nach, ob die Eltern heute noch leben würden, wenn das landesweite Fahrverbot nur einen Tag früher in Kraft getreten wäre. Sie bemühte sich, die traurigen Bilder des Unfalls zu verdrängen. Lieber wollte sie sich so an die Eltern erinnern, wie sie diese gekannt und geliebt hatte. Hier an ihrem Grab empfand sich Alena ihnen stets näher als irgendwo sonst, und auch jetzt vermeinte sie, die Wärme der beiden neben sich zu spüren.

Ein sanfter Wind kam auf und bewegte die überhängenden Zweige der Birke. Alena schaute zwischen den Blättern durch nach oben zum Himmel. Der Regen würde wohl noch auf sich warten lassen. Hoffentlich nicht noch Wochen, und hoffentlich war er dann nicht mit Sturm und Hagel verbunden, so dass sie nach der quälenden Hitze womöglich wieder mit Überschwemmungen rechnen mussten. Leise erzählte sie ihren Eltern von den Sorgen durch das extreme Wetter und der allgegenwärtigen Angst ihrer Freunde, dass auf dem Eberthof die Dinkelernte nicht rechtzeitig eingebracht werden konnte. Sie würde sowieso schon viel geringer ausfallen als erwartet.

Fast hatte Alena jetzt das tröstende Gefühl, als ob die Eltern bei ihr auf der Bank säßen und ermutigend die Arme um ihre Schultern legten, genauso wie sie das früher immer getan hatten, wenn sie vor einer Herausforderung stand.

Wie jedes Mal, wenn sie hier war, erzählte Alena dann von ihrem Alltag, berichtete auch stolz von den letzten Erfolgen ihrer Zimmergärtnerei, stellte Fragen zu den Dingen, die sie bewegten, und lauschte auf Antworten. Manchmal war sie ganz sicher, einen Tipp zu bekommen. Nicht etwa, dass irgendjemand laut geantwortet hätte, nein, das nicht. Doch eine Idee zur Lösung ihres Problems schoss auf einmal durch ihren Kopf, und Alena glaubte fest daran, dass Vater oder Mutter ihr auf geistigem Wege Lösungsmöglichkeiten vorschlugen. Manchmal vermeinte sie sogar wie aus weiter Ferne einen Hauch ihrer Stimmen zu vernehmen.

Alena erzählte auch von Rosa, die ihr so zuverlässig zur Seite stand, und von dem gemeinsamen Frühstück heute morgen. »Sie hat mir einen wunderschönen Geburtstagskuchen gebacken, sogar mit einer Kerze darauf«, flüsterte sie lächelnd. »Ich hab viel von ihr gelernt in den letzten Monaten, und ich glaub, jetzt bin ich wirklich erwachsen — nicht nur weil ich heute achtzehn geworden bin.«

Alena nahm noch einen Schluck aus ihrer Wasserflasche. Eine Weile saß sie einfach nur da, ließ die Gedanken kommen und gehen, ohne sie in eine bestimmte Richtung hin zu verfolgen. Unter dem Schatten des Baumes empfand sie die Hitze erträglicher, die Gewöhnung trug dazu bei, und der leichte Wind, der jetzt ab und zu durch das Geäst wehte, fühlte sich fast wie eine frische Brise an. Hier könnte sie es bis heute Abend aushalten. Über ihr in der Birke hatte sich eine Krähe niedergelassen und äugte zu ihr herunter. Das Tier hatte wohl Durst, denn als sie jetzt die Wasserflasche noch einmal ansetzte, gab die Krähe einen leisen, fast wie bittend klingenden Laut von sich. Alena kramte in ihrer Tasche und beförderte eine kleine Dose zum Vorschein, in der früher einmal Bonbons waren. Sie nahm das Unterteil und goss etwas Wasser hinein. Dann stellte sie das Gefäß auf die Grabplatte. Sofort flog der Vogel von seinem Ast herunter. Gierig nahm er das Wasser auf, bedankte sich mit lautem Krächzen und flog davon.

Es ging jetzt schon auf die Mittagszeit zu. Alena tastete über die nackte Haut ihrer Arme. Sie fühlte sich brennend heiß an, und in ihrem Kopf begann es zu pochen. Besser, sie machte sich auf den Heimweg, bevor sie hier noch einen Hitzschlag bekam. Außerdem hatte sie Rosa versprochen, dass sie trotz einfachster Zutaten für den Abend ein festliches Geburtstagsmenü zaubern würde. Aber etwas hielt sie hier zurück. Ihr schien so, als ob sie die Stimme ihres Vaters hören würde, der sie an etwas erinnern wollte. Es war ein drängendes Gefühl. Aber sie verstand ihn nicht.

»Was willst du mir sagen?«, flüsterte sie.

Die Blätter der Birke über ihr bewegten sich leicht, und ein Zweig streichelte Alenas Haar. Es fühlte sich an wie eine Liebkosung. Sie lauschte eine Weile, doch sie erhielt keine Antwort.

»Dad... was willst du mir sagen?«, flüsterte sie noch einmal, jetzt ein wenig drängender.

Wieder horchte sie, doch sie fand keine Erklärung für ihr Gefühl, erhielt keine Eingebung und kein Zeichen. Nur die Erinnerung an die Stimme des Vaters lag in der Luft. Doch Alena war überzeugt, dass er etwas von ihr wollte.

Unruhig stand sie von ihrer Bank auf und ging ein paar Schritte nach vorne, um näher am Grabstein zu sein. Die Hitze des Tages traf sie mit voller Wucht, als sie unter dem schützenden Blätterdach hervortrat. Alena hatte den Eindruck, als ob sie zur Bank zurückgedrängt würde, schützend, aber auch so, als ob sie hier nicht weggehen dürfte, bevor sie begriffen hatte.

»Dad ... Mum ... woran soll ich mich erinnern? Sagt es mir, gebt mir ein Zeichen, bitte!«

Ein Schwarm Krähen flog mit krächzenden Rufen über den Friedhof hinweg in Richtung Wald.

Alena schaute ihnen nach und überlegte fieberhaft. Vorhin hatte sie einer Krähe Wasser gegeben, und jetzt flog ein ganzer Schwarm von ihnen über den Friedhof hinweg. Aber sie konnte sich nicht an irgendein Erlebnis mit ihren Eltern erinnern, das mit diesen Vögeln zu tun hatte. Sicher ein Zufall, dass ausgerechnet jetzt, wo sie um ein Zeichen gebeten hatte, die Krähen aufgetaucht waren.

Oder doch nicht?

Ihr Traum!

Ihr Traum stand damit in Verbindung. Sie zermarterte sich das Gehirn, fand aber nichts, das irgendeinen realen Bezug zu diesen Vögeln aufwies. Wenn es ein Zeichen war, dann konnte sie es nicht deuten.

»Bitte, ich verstehe dich nicht«, sagte sie leise.

Grübelnd schaute Alena auf den Namenszug ihres Vaters auf dem Grabstein. Das Unterteil des Döschens, das sie mit Wasser gefüllt hatte, stand noch daneben. Vielleicht, so überlegte sie, wollte ihr verstorbener Vater sie ja an irgendetwas erinnern, das mit Wasser zu tun hatte. Vielleicht ging es ja um den Regen, der so sehnlich erwartet wurde und nicht um die Vögel.

»Keine Sorge, ich mache immer alles dicht, wenn der Regen kommt, und bis jetzt hat unser Haus noch jeden Sturm überstanden.« Dann fiel ihr ein, dass der Brunnen in ihrem Garten damals von ihrem Vater gebaut worden war. »Willst du mir vielleicht etwas wegen dem Brunnen sagen? Ich überprüfe das

Wasser regelmäßig, es ist nicht mehr viel da, aber noch absolut in Ordnung. Ich verstehe einfach nicht ...«

Alena hätte weinen mögen, weil sie jetzt, wo es wirklich wichtig schien, einfach nichts begriff. Ihr Vater schickte aus dem Jenseits eine Botschaft. Sie fühlte es in ihrem Herzen, so sehr, dass es schmerzte. Aber sie verstand ihn nicht. Alles was ihr bis jetzt durch den Sinn gegangen war, fühlte sich nicht richtig an. Ihr Vater wollte sie an etwas Bedeutungsvolles erinnern. Doch bestimmt nicht an den Brunnen und es hatte auch nichts mit Sturm, Hagel oder Regen zu tun. Irgendwie musste es mit ihr selbst zusammenhängen.

Noch einmal visualisierte Alena das Bild des Krähenschwarms, der in Richtung Wald geflogen war. Als Kind hatte sie dort mit ihren Eltern manchmal Spaziergänge unternommen. Krampfhaft versuchte sie, sich an ein Vorkommnis aus der Zeit zu erinnern. Es gab eines. Sie erinnerte sich dunkel, aber noch kam sie nicht darauf, um was es dabei ging.

Während sie überlegte, wandte sie sich um und schaute links über ihre Schulter hinweg am Baumstamm vorbei zur Friedhofsmauer. Wenn man an ihr entlang und noch ein ganzes Stück weiterging, gelangte man irgendwann zum Eberthof. Aber die Vögel waren weder von dort gekommen noch dahin geflogen.

Sie wandte den Blick von der Mauer ab und sah wieder rechts zum Wald hoch.

»Es hat mit diesem Waldstück dort drüben zu tun, nicht wahr? Gib mir noch ein Zeichen ...«

Alena hielt fast die Luft an, so gespannt wartete sie auf einen weiteren Hinweis. Sie schaute durch das Blätterdach der Birke hindurch nach oben zu Himmel. Ein paar Wolken bildeten sich. Sie waren noch keineswegs regenschwer, eher leicht, doch sie bewegten sich schnell. Ihre Formen veränderten sich ständig und sie versuchte darin zu lesen. Eben entstand eine Form, die aussah wie ein Baum mit einer ausladenden Krone und einem knorrigen Stamm. Alena grübelte: Vögel, die zum nahen Wald flogen, Wolken, die sich zum Baum formten ... die Bilder erzeugten eine Resonanz in ihr und doch kam sie immer noch nicht darauf, an was sie das Ganze erinnerte. Als die Eltern noch lebten, war es wahrlich einfacher gewesen, sich mit ihnen zu verständigen.

Alena trank noch einmal einen Schluck aus ihrer Flasche und packte sie dann in die Tasche zurück. Das Döschen vom Grabstein hob sie auch auf, fügte es wieder mit seinem Deckel zusammen und steckte es ein.

»Ich muss jetzt gehen«, sagte sie fast ein wenig entschuldigend, »vielleicht komme ich ja noch darauf, was ihr mir sagen wolltet.« Mit einem Seufzer trat sie zur Bank zurück, um ihren Sonnenhut aufzusetzen. Als sie sich umdrehte, um zu gehen, wurde sie von einer plötzlichen Windböe erfasst, die den Rock ihres Kleides kurz, aber kräftig aufbauschte. Ein einzelnes Blatt schaukelte langsam vor ihr auf das Grab. Alena stutzte. Es stammte nicht von der Birke. Wie kam dieses Eichenblatt hierher, wenn es doch gar keine Eichen in der Nähe gab? In dieser Gegend gab es nur eine einzige Eiche, eine sehr alte und die wuchs ganz woanders. Die Windböe hatte nur ein bis zwei Sekunden lang gedauert. Es schien eher unwahrscheinlich, dass das Blatt in der kurzen Zeit von dort bis hierher geweht war. Woher kam es? Mit einem Mal sog Alena tief den Atem ein. Sie hatte ihr Zeichen bekommen! Der Wald ... Eichen ... eine Eiche ... Sie erinnerte sich schlagartig. »Jetzt weiß ich, was du meinst, Dad ... Mum ... oh, ist das ein schönes Geburtstagsgeschenk! Ich habe deine Geschichten so geliebt, Dad, und du hast sie immer so gut erzählt. Wie konnte ich das nur vergessen. Natürlich mache ich jetzt gleich einen kleinen Umweg zum Wald. Das muss sein, und ich hab ja den Hut auf. Vielleicht ist unsere dicke Eiche noch immer da ...«

Alena fühlte sich auf einmal so leicht, und obwohl die erbarmungslose Sonne wie Feuer auf ihrer Haut brannte, machte sie sich jetzt beschwingt auf den Weg. Sie ging durch das schmiedeeiserne Friedhofstor hinaus, wandte sich dann ohne zu zögern nach links und lief die steile Straße den Berg hinauf. Eine knappe viertel Stunde später stand sie schwer atmend unter der mächtigen Eiche, welche die Fantasie ihrer Kindheit beflügelt hatte.

Der mächtige Baum erhob sich mit seiner weit ausladenden Krone direkt am Wegkreuz vor dem Waldrand. Sein knorriger Stamm war so dick, dass es drei Männer gebraucht hätte, um ihn zu umfassen. Obwohl die Erde ringsum so ausgetrocknet war wie überall, leuchteten die Blätter der Eiche in einem saftigen Grün. Alena kam sich in ihrem Schatten fast so klein und geborgen vor wie als Kind. Mit ihren Eltern und Rosa war sie an kühleren Tagen oft hierher zur Kaisereiche gekommen. Das hatte eigentlich erst aufgehört, als die weltweite Krise auch Süddeutschland in die Knie zwang und somit auch ihre Stadt erreichte. Alenas Eltern hatten damals frühzeitig reagiert und umgehend begonnen, eine möglichst umfassende Selbstversorgung aufzubauen. Das erforderte viel Planung und Kraft. Vor allem der Brunnen im Garten — oder besser gesagt, das große Regenauffangbecken — hatte viel Arbeit gemacht, da es tief ausgegraben und mit Beton ausgegossen werden musste. Ihr Vater hielt schon damals die öffentliche Wasserversorgung für besonders störanfällig. Später blieb keine Zeit mehr für entspannende Ausflüge, und die Eiche geriet nach und nach in Vergessenheit. Trotzdem konnte Alena jetzt kaum begreifen, wie diese so ganz und gar aus ihren Gedanken verschwinden konnte. Dafür kam jetzt die Erinnerung mit Macht wieder zurück. Alena trat auf den Baum zu und legte ihre Hand auf die raue Rinde des Stammes, so wie sie es als Kind gerne getan hatte. Es tat ihr gut. Sie konnte die Kraft dieser Eiche spüren, und das verwunderte sie nicht. Dieser Baum hatte schon so viele Zeiten überdauert, gute und schlechte. Auch die jetzige von Krisen geschüttelte Periode würde er sicherlich überstehen. Sie versuchte sich zu erinnern, was in den Sagenbüchern über diese Eiche erzählt wurde. Es gab Geschichten, die sich um diesen über fünfhundert Jahre alten Baum rankten. Aber sie erinnerte sich nur an Bruchstücke der Überlieferungen. Viel deutlicher konnte sie sich jetzt an die Erzählungen ihres Vaters entsinnen. Er hatte die Eiche stets auf eine ganz eigene Art geschildert. Bei ihm war sie nicht mit der Geschichte der Stadt vermischt wie in den Erzählungen der Alten. Vielmehr verwob er die Eiche in märchenhafte Legenden, die Alena mit allen Sinnen in eine zauberische Welt versetzten. Lange Zeit hatte Alena die Geschichten geglaubt, die ihr Vater erzählt hatte. Selbst heute, da sie sich wieder daran erinnerte, empfand sie noch so, als ob zumindest ein Körnchen Wahrheit darin stecken müsse. Seltsam, dass sie ausgerechnet heute an ihrem achtzehnten Geburtstag zu diesem zauberhaften Ort zurückgeführt wurde.

Alena ließ ihren Blick den oberen Waldweg hinaufschweifen, der direkt an der Eiche begann. Die Schäden durch den letzten Orkan konnte sie noch deutlich erkennen. Die zerborstenen Stämme einiger Birken ragten aus dem Dickicht heraus. Im Gegensatz zum kraftvollen Grün der Eiche sah sie im ganzen Forst selbst bei den standhaft gebliebenen Bäumen nur trocken verfärbte Blätter. Der Waldboden sah aus wie im Herbst. Es hing mit dem ungewöhnlichen Klima zusammen, das dem Gehölz seinen Lebenssaft auspresste. Der untere Weg lag zwischen Wiese und Wald. Er führte an der Hedwigsquelle vorbei bis hinunter zum Eberthof. Früher sah man hier ein wunderschönes Stück Natur, doch jetzt glich die Wiese vor der Eiche nur noch einem ausgemergelten Brocken Land. Ein paar kreisförmig zusammenstehende Flecken mit fruchtlosen Getreidehalmen und vereinzelte kraftlose Stängel Mais ragten einsam zwischen ausgelaugten Grasbüscheln empor. Vor Alenas geistigem Auge stieg ein Bild auf, in dem sich ihre Stadt in eine karge Wüste verwandelte. Schnell schob sie die bedrückende Vorstellung beiseite. Sie konzentrierte sich wieder auf die Eiche, deren Überlebenskraft sie jetzt umso bewundernswerter empfand. Der trotzige Baum überstand jede Witterung. Alena tastete mit ihren Fingern über die rissige, graubraune Borke des Stammes bis hinunter zu einer der dicken aus der Erde herausragenden Wurzeln.

Als sich Alena wieder aufrichtete, wurde ihre Aufmerksamkeit auf einen verzweigten Ast gelenkt, der etwa zwei Meter über dem Boden hinter dem Stamm hervorschaute. Dort musste die Öffnung sein. Alena ging um den Baum herum, und kurz darauf stand sie vor dem Spalt, der sich links vor dem dicken Ast im Stamm gebildet hatte. Die Öffnung sah aus wie ein Tor, das ins Innere der Eiche führte und war der Dreh- und Angelpunkt der Erzählungen ihres Vaters gewesen. Eigentlich handelte es sich ja nur um eine einzige Geschichte, doch so variantenreich abgewandelt, dass sie immer wieder neu geklungen hatte.

Die Zweige, die aus einem tief liegenden Astloch der Eiche herauswuchsen, verdeckten diesen Spalt, als wenn sie ihn schützen wollten. Alena bog sie etwas zur Seite und betrachtete die Öffnung. Sie war breit genug, dass sie hätte hindurchklettern können, reichte vom Boden aus bis an ihre Brust. Die ganze Aushöhlung hatte die Form eines Ovals. Die Ränder der Öffnung erschienen wulstig und relativ glatt. Sie fuhr mit der Hand darüber und wagte dann einen Blick in das höhlenartige Innere. Es erschien ihr ziemlich düster, weil das Sonnenlicht durch das ausladende Blätterdach der Eiche nicht bis hierher reichte. Trotzdem konnte Alena erkennen, wie groß der Innenraum war. Vermutlich hätte sie aufrecht darin stehen können. Es kam ihr in den Sinn, wie die Eltern sie immer ganz ernst gewarnt hatten, wenn sie als kleines Mädchen durch diesen Spalt ins Innere der Eiche klettern wollte.

»Du darfst die Zaubereiche nur betreten, wenn du gerufen wirst«, klang Mutters weiche Stimme an ihrem Ohr. Sicher hatte sie nur Angst gehabt, dass ihr Kind sich da drinnen womöglich verletzte.

Immer mehr Visionen aus glücklichen Kindertagen stiegen auf, und Alena fühlte sich bald regelrecht von Gefühlen überschwemmt. Sie ließ die Zweige los, die sie immer noch zur Seite gedrückt hielt, und setzte sich neben der Öffnung im Baumstamm auf den Boden. Ihre Tasche legte sie neben sich ab. Dann lehnte sie sich mit geschlossenen Augen an die Eiche und ließ die Bilder der Erinnerung kommen und gehen. Um ihren Mund spielte ein glückliches Lächeln, als sie sich an immer neue Details früherer Episoden erinnerte. Doch mit den Gedanken an unbeschwerte Zeiten lösten sich gleichzeitig auch die tiefe Trauer und das Leid um den Tod ihrer Eltern. Nie hatte sie bisher richtig geweint, nicht einmal am Tag der Beerdigung. Immer hatte sie die Tränen unterdrückt. Jetzt quollen sie unter ihren geschlossenen Lidern hervor, ohne dass sie es verhindern konnte. Sie rannen ihre Wangen herab, und mit Verwunderung schmeckte Alena das salzige Nass, das sich in ihren Mundwinkeln sammelte. Sie war glücklich und sie litt, sie lachte und sie weinte, alles gleichzeitig. Die widersprüchlichen Empfindungen pressten ihr Herz schmerzhaft zusammen. Alena drückte ihren Rücken an den Stamm der Eiche, um sich mit ihr zu verbinden und ihre Kraft aufzunehmen. Ein tiefer Seufzer entrang sich ihrer Brust. Die Tränen versiegten und ihr Gesicht nahm einen entspannten, zufriedenen Ausdruck an.

»Danke«, sagte sie leise und meinte damit die Eiche.

Eigentlich hätte sie jetzt nach Hause gehen können, aber der Vorsatz, ein Abendessen vorzubereiten, berührte sie nur kurz. Rosa würde Verständnis haben, wenn sie ihr erzählte, wo sie gewesen war. Dann konnten sie immer noch gemeinsam kochen. Alena wollte nur eines, hierbleiben und sich an die Geschichten ihres Vaters erinnern. E schien ihr bedeutsam zu sein, dass sie sich jede Einzelheit ins Gedächtnis zurückrief. Außerdem spürte sie von diesem Platz eine seltsame, bezwingende Macht ausgehen, die sie sich nicht erklären konnte. Es machte sie neugierig und auch ein bisschen unruhig. Sie versuchte sich deshalb einzureden, dass es nur daran lag, dass die Eiche mit der Erzählung ihres Vaters verwoben war.

»An einem heißen Sommertag legte sich einmal ein junger Feen-Mann unter dieser Eiche schlafen.« So oder so ähnlich hatte die Erzählung ihres Vaters immer begonnen. Er beschrieb dann in fantasievollen Worten, wie der junge Mann von seiner herrlichen Heimat träumte, die er lange nicht gesehen hatte und wie er irgendwann aus seinem Traum erwachte, weil er in seiner Nähe Leute reden hörte. Dann erzählte der Vater weiter, dass der junge Mann vorsichtig seine Augen aufmachte und zwei seltsame Gestalten sah. Seiner Beschreibung nach waren diese nicht größer als fünfjährige

Kinder, wirkten aber mit ihren kurzen stämmigen Beinen und den langen struppigen Bärten eher wie sehr alte Wesen. Alena erinnerte sich, dass sie an dieser Stelle der Geschichte immer schon ganz gespannt war und den Vater im weiteren Verlauf mit vielen Fragen löcherte. Doch sie kam nicht gleich darauf, welche Namen er für diese Wesen verwendet hatte. Nach einer Weile fiel es ihr wieder ein. Er nannte sie »Alraunen« und behauptete, dass diese in einem verborgenen Land lebten. Alena entsann sich an immer mehr Einzelheiten aus der damaligen Erzählung. Sie kicherte, als sie an die lustige Beschreibung der Alraunen dachte, die anderen gerne mal ein Bein stellten. Doch dies war nicht das Wesentliche der märchenhaften Geschichte. Alena erhob sich vom Boden und fuhr noch einmal die wulstigen Ränder der Öffnung im Baumstamm nach. Die Eiche war eine Zaubereiche, und durch den Hohlraum im Inneren des Stammes gelangte man in eine andere Welt. Eine Welt, die bevölkert wurde von den alten Wesen der Erde, von Magiern, Feen und vielen anderen wie den Alraunen. So hatte ihr Vater erzählt, und Alena wollte immer in die Baumhöhle klettern, um herauszufinden, ob seine Geschichte stimmte. Sie wollte die andere Welt mit eigenen Augen sehen. Doch die Mutter hatte sie abgehalten. Es sei zu gefährlich, und sie müsse warten, bis sie erwachsen sei. Jetzt war Alena erwachsen, aber ihr Glaube an das Märchen fehlte. Trotzdem berührte es noch immer ihr Herz. Sie sah den Vater vor sich, wie er davon erzählte, dass aus dem Spalt in der Eiche eine wunderschöne Fee heraustrat, mit einem kleinen Mädchen an der Hand, das sie dem Feenmann in die Arme hob. Vaters Augen hatten geleuchtet und sein Blick auf der Mutter geruht, während er die Fee beschrieb. Heute begriff sie das. Er hatte seine Frau beschrieben, die er über alles liebte. Er schilderte ihren wiegenden Gang, ihre feingliedrige Figur, ihr sanftes Gesicht mit den smaragdgrünen Augen, die sie genauso an Alena vererbt hatte wie das lockige, blonde Haar. Im Grunde war das Märchen eine Liebesbezeugung ihres Vaters an ihre Mutter. Zumindest sah Alena das heute so. Doch auch wenn die Geschichte um die Zaubereiche erfunden war, die machtvolle Ausstrahlung des Baumes und dieses Ortes blieb bestehen. *Wer weiß*, dachte Alena, *vielleicht hat diese Eiche Kräfte, von denen kein Mensch etwas ahnt*. Ein ganz klein wenig Zauberglaube konnte ja nicht schaden. Damals in ihrer Kindheit hatte die Mutter ihr versprochen, dass eines Tages in der Baumhöhle ein Licht aufstrahlen würde, um Alena in die alte Welt einzuladen. »Wenn du achtzehn bist«, hatte sie gesagt, »dann darfst du dem Licht folgen.« Jetzt wurde Alena klar, warum sie heute den Weg hierher finden musste. Es war der alte Kinderglaube, und am Grab der Eltern war er wieder wachgerufen worden. Doch ein Wermutstropfen fiel in die Freude über die Erinnerung. Sie konnte nicht erwarten, dass die Eiche tatsächlich das Tor in eine andere Welt barg. Kein Licht würde im Inneren aufleuchten, um ihr einen Weg dorthin zu öffnen. Sie verspottete sich selbst, als sie feststellte, wie die leise Kinderstimme in ihrem Inneren trotzig flüsterte: *und es ist doch möglich ...*

Alena rutschte am Stamm der Eiche entlang zu Boden, um sich zu setzen. Die Hitze machte sie immer schläfriger. Mit der Hand tastete sie nach ihrer Tasche und zog sie zu sich heran, um die Flasche Wasser herauszuholen. Sie war schon fast leer. Deshalb trank sie nur einen kleinen Schluck und tat sie dann in die Tasche zurück. Sie schloss die Augen und döste ein wenig vor sich hin. In den Ästen der Eiche über ihr schimpfte eine Krähe. Eine Fliege setzte sich immer wieder auf Alenas Arme. Es kitzelte. Sie scheuchte sie geduldig weg, ohne die

Augen zu öffnen. Der Geruch der aufgeheizten Erde vermischte sich mit dem holzigen Duft der Eiche und stieg Alena angenehm in die Nase. Hier ließ es sich aushalten, das Blätterdach schützte sie vor der Sonne, und sie empfand diesen Platz sogar angenehm kühl. Immer wieder driftete sie weg in die Erinnerung an vergangene fröhliche Tage. Die ausdrucksvolle Stimme des Vaters klang von weit her mit immer neuen Facetten der märchenhaften Geschichte an ihrem Ohr. *Dort ist unser wahres Zuhause* ... Sie sah ihn vor sich mit seinen hellbraunen Augen, seinem verschmitzten Lächeln und seinen schmalen, langen Händen. Daneben immer wieder die Mutter, die sie sanft zurückhielt: *Nein, erst wenn du achtzehn bist* ...

Sie musste wohl tatsächlich eingeschlafen sein, denn als sie die Augen wieder öffnete stand die Sonne schon tief am Horizont. Jetzt wurde es wirklich Zeit, dass sie nach Hause ging. Rosa würde sicher schon bald vom Eberthof zurückkommen.

Alena ließ den Blick rund umherschweifen. Sie prägte sich die Einzelheiten dieses Platzes genau ein und schaute dann nach oben in das dichte Blätterdach der Eiche. So verabschiedete sie sich, nicht nur von diesem Baum und diesem Platz, sondern auch von ihrer Kindheit, die sie als glückliche Erinnerung in ihrem Herzen bewahren wollte.

Als sie sich vom Boden erhob, hatte sie jedoch das Gefühl, als ob der Eichenstamm, an den sie sich mit dem Rücken angelehnt hatte, wie ein menschliches Wesen atmete. Sie grinste. Vermutlich ging ihre Fantasie mit ihr durch, weil sie sich noch immer mit dem Märchen von der Zaubereiche beschäftigte. Sie drehte sich um und tastete mit der flachen Hand über die raue Rinde nahe der Spaltung im Stamm der Eiche. Alena spürte ein Klopfen wie von einem Herzschlag. Erschrocken zog sie ihre Hand zurück. Das konnte nicht sein. Sicher war es ihr eigener Puls, der sich bis in die Fingerspitzen übertrug. Vorsichtig ging sie näher an den ovalen Spalt heran und lugte hinein. Es war in der Baumhöhle genauso dunkel und ruhig wie zuvor am Mittag. Einerseits fühlte sich Alena beruhigt, dass die Eiche wohl doch nur ein normaler Baum war, doch andererseits spürte sie eine winzige Enttäuschung darüber, dass ihre Wahrnehmungen nur einer Sinnestäuschung entsprangen. Noch einmal prüfte sie die Baumhöhle, um sich zu vergewissern. Sie glaubte, aus dem Inneren plötzlich ein Rauschen zu vernehmen. *Sicher der Wind,* dachte sie. Doch die nüchterne Erklärung befriedigte sie nicht wirklich. Ein kleiner Zweifel blieb. Vielleicht war es auch nur der Rest des alten kindlichen Zauberglaubens, der ihren Herzschlag auf einmal beschleunigte. Alena lutschte an ihrem Zeigefinger und streckte ihn in die Luft. Sie spürte einen ganz feinen Hauch. Doch seltsamerweise kam dieser Lufthauch direkt aus der Richtung des breiten Spalts in der Eiche. Alenas Körper fing plötzlich vor Aufregung an zu kribbeln. In höchster Anspannung trat sie noch einmal nahe an die Öffnung heran und sah hinein. Das Rauschen, das sie vorhin schon gehört hatte, verstärkte sich, und dann traf sie unerwartet ein heftiger Windstoß im Gesicht. Erschrocken sprang sie ein paar Schritte zurück. Ihr Herz klopfte jetzt bis zum Hals. Sie hätte weglaufen können, aber das kam für sie nicht infrage. Die Neugier siegte über ihre Angst. So blieb sie nur wenige Schritte von der Baumhöhle entfernt stehen und behielt das Loch fest im Auge. Der eigenartige Wind dort drinnen kam nicht zur Ruhe. Alena hatte fast den Eindruck, als ob jemand heftig pustete, um die mannshohe Höhle zu säubern, denn aus dem breiten Spalt in der Eiche wirbelten jetzt abgestorbene Blätter und feine Holzsplitter heraus. Irgendwann legte sich der Windwirbel, und in der Baumhöhle wurde es wieder ruhig. Alena wartete gespannt darauf, was als nächstes geschehen würde. Waren die Geschichten, welche die Eltern erzählt hatten, wahr gewesen? Ihr Blick ließ den Hohlraum nicht mehr los. Sie stand wie festgewurzelt und war doch bereit, jederzeit loszugehen, wenn das Licht aus dem Baumspalt herausleuchten würde, um sie mitzunehmen.

Die Minuten verrannen, doch nichts geschah. Die freudige Erregung, welche Alena eben noch erfüllt hatte, flaute allmählich ab. Ihre Schultern sanken nach vorne. Das erwartungsvolle Leuchten ihrer meergrünen Augen erlosch, und das selige Lächeln um ihren Mund verschwand. Im Stillen schimpfte sie mit sich, weil sie die Märchen ihrer Kindheit noch immer für bare Münze nahm. Mit einem tiefen Seufzer wollte sie sich abwenden, um nun endlich zu gehen. Doch da nahm sie plötzlich aus den Augenwinkeln etwas wahr. Ihr Mund öffnete sich in ungläubigem Erstaunen. Aus dem Spalt glomm von ganz unten am Boden ein warmes Licht auf, strahlend wie ein Stern am Nachthimmel, und es breitete sich langsam im ganzen Oval der Öffnung aus. Alena konnte es nicht fassen. War dies tatsächlich das Licht, von dem ihre Eltern geredet hatten oder war dies doch eine Sinnestäuschung, geboren aus der verzweifelten Hoffnung auf ein Wunder. Alena kniff die Haut an ihrem Handrücken zusammen. Es tat weh, also war sie wach, und das Licht in der Baumhöhle blieb trotzdem. Sie sah es, fühlte sich davon angezogen und traute sich doch nicht, sich zu bewegen. Plötzlich schien es ihr, als ob das zauberhafte Leuchten liebkosend auf sie zukam, aus dem Spalt in der Eiche herausströmte, um sie an die Hand zu nehmen und zu führen. Es hüllte sie mit seinem funkelnden Schimmer ein, zog sie mit sich auf den Eingang der Zaubereiche zu, und ehe Alena begriff, was geschah, stolperte sie auch schon durch die Öffnung.

Der Lichtwirbel hatte sich beruhigt, und Alena traute ihren Augen nicht. Das Innere der Baumhöhle verwandelte sich in eine weite Felsengrotte, die von funkelnden Edelsteinen an den Wänden in sanftes Licht getaucht wurde. Es war hier so kühl, dass sie fast fröstelte. In der Luft schwebten hell schimmernde Lampions. Hinter Alena befand sich die Öffnung, durch die sie in die Eiche hineingeklettert war. Der hölzerne Wulst, der den Eingang umrahmte, wuchs in die steinern Wände. Alena ging zu dem offenen Spalt und erkannte draußen neben einer der Baumwurzeln ihre Tasche, ein Stück des Saumwegs sowie von der Wiese, und in der Ferne den Eberthof. Ein tiefer, brummender Ton, der aus dem Felsen zu kommen schien, alarmierte sie. Rasch trat sie einige Schritte zurück und dann ging alles sehr schnell. Der Fels wuchs mit einem lauten Knirschen von beiden Seiten zu und versperrte den Ausgang. Jetzt konnte sie nicht mehr zurück.

Alena wunderte sich, dass sie nicht in Panik geriet. Sie war eingesperrt in dieser Höhle und ihr stand nur eine einzige Möglichkeit offen. Diese konnte Gutes bringen oder Schlechtes, Sicherheit oder Gefahr. Seltsamerweise blieb sie trotzdem ganz ruhig. Sie verschwendete keinen weiteren Gedanken mehr an den magisch verschlossenen Ausstieg sondern wandte sich dem dunkel glitzernden See zu, der einen Großteil der Felsgrotte ausfüllte. Eine goldverzierte Barke lag am Ufer, vorne mit einer Galionsfigur geschmückt, einem Drachen, auf dem eine Frau ritt. Sie ging darauf zu und bewunderte den mit bunten Kissen und weichen Fellen ausstaffierten, hochlehnigen Sitz, der die Reihe von Bänken dahinter anführte. Seltsame Zeichen sprangen ihr ins Auge, die in die Lehnen der Sitze und am Bug der Barke eingemeißelt waren. Noch traute Alena sich nicht einzusteigen, obwohl sie wusste, dass ihr letztendlich nichts anderes übrig bleiben würde. Sie ließ den

Blick über den See schweifen. Schräg links sah sie im Fels eine halbrunde Ausbuchtung. Das Wasser floss dort hindurch. Vermutlich war dies der Anfang einer unterirdischen Wasserstraße, denn die Barke konnte in Höhe und Breite wohl hindurch passen. Sie schaute nach oben und beobachtete die Lampions. Ruhig und ohne zu flackern schwebten sie unter der Felsdecke. Es war so still hier, dass Alena ihren eigenen Atem hörte. Nur ab und zu plätscherte leise das Wasser unter der Barke, als wenn es Alena auffordern wollte, endlich einzusteigen. Sie schaute sich noch einmal zu der Stelle um, wo die Öffnung nach draußen gewesen war. Dann fasste sie sich ein Herz. Sie stieg in die Barke ein, setzte sich auf den vorderen Sitz und kuschelte sich in die Kissen, die sich heimelig um sie herumschmiegten. Ein schwerer, süßlicher Duft stieg ihr in die Nase, der sie ein wenig schläfrig machte. Während sie sich noch fragte, ob dieser Geruch wohl von den Kissen ausging, setzte sich die Barke selbstständig in Bewegung. Alena lehnte sich halb betäubt zurück. Das sanfte Schaukeln auf dem Wasser übertrug sich auf ihren Körper, und sie fühlte sich geschützt wie ein Kind in seiner Wiege. Sie hatte keine Angst, auch nicht, als die Barke langsam auf das Halbrund im Felsen zusteuerte und in den Höhlengang hineinfuhr. Sie war eher neugierig, was sie nun sehen würde. Obwohl Alena sich wie zwischen Schlaf und Traum empfand, bekam sie alles um sich herum mit. Vielleicht waren ihre Sinne sogar wacher als jemals zuvor.

Die Barke schipperte langsam durch den schmalen Felsengang. Wenn Alena die Arme ausgestreckt hätte, dann wäre sie seitlich bis fast an die Wände herangereicht. Doch sie unterließ es und schaute stattdessen fasziniert an die Decke. Das graubraune Gestein über dem Wasserkanal wölbte sich und ließ nach oben hin relativ viel Raum. Verschieden lange Stalaktiten glitzerten in einem weichen Licht, dessen Quelle sie nicht ausmachen konnte. Ab und zu fiel ein Tropfen Wasser von den Gebilden herab und platschte mit einem hellen Ton ins Wasser. Zwischen den Tropfsteingebilden nahmen die Auswaschungen des Steines immer wieder eigenartige Formen an, die wie magische Zeichen anmuteten. Sie schienen zu flüstern: *Die Tochter des Lichts kommt, auf den Wegen der Fata zu gehen ...*

Alena griff nach dem Schlüssel um ihren Hals, kuschelte sich noch tiefer in die Kissen und zog das schwarzglänzende Bärenfell bis hoch ans Kinn. *Fata ... Fata Lena ...* Eine Erinnerung blitzte durch ihre Gedanken: *Du bist im Zeichen des Lichts geboren und ihr ähnlich ... Wenn es soweit ist, begleiten wir dich.* Wenn es soweit ist?

Der Tunnel wurde breiter und bog sich in einer leichten Rechtskurve. Sehr leise vermeinte sie aus der Tiefe des Wassers einen bezaubernden Gesang zu hören. *Erinnere dich!* Beinahe hätte sie die Augen geschlossen, um sich diesen Stimmen zu öffnen. Doch da entdeckte sie an der linken Wand farbige Malereien. Alena beugte sich nach vorne, um sie besser betrachten zu können. Zwischen minimalistisch gezeichneten Nadelbäumen lugten Einhörner hervor, die sich genauso zu bewegen schienen wie die Greifvögel über den Wipfeln der skizzierten Tannen. Ein Stück weiter vorne erkannte sie in dem Gemälde die Umrisse einer Burg mit einem hoch aufragenden Turm. Den kannte sie doch! Darüber schwebten die Gestalten zweier Frauen mit wehenden langen Haaren. Die eine zog einen golden schimmernden Schweif hinter sich her, in dem Flammen züngelten, und die andere einen blaugrauen Nebelstreifen ohne jedes Detail. Die Frauen kämpften miteinander, schienen sich gegenseitig verdrängen zu wollen. Alena duckte sich etwas tiefer in die Kissen, um nicht von den Figuren entdeckt zu werden. Sie empfand diese Reaktion verrückt, denn die weiblichen Gestalten waren ja nur gezeichnet. Trotzdem klopfte ihr Herz jetzt schneller. Sie fühlte von dieser Zeichnung eine Macht ausgehen, die ihr fast die Sinne raubte. Alena atmete auf, als die Barke an dieser Szene vorbeigefahren war.

Ein paar Meter weiter vorne nahm der Höhlengang erneut eine Wendung und bog in einer scharfen Linkskurve ab. Die Wasserstraße wurde an dieser Stelle etwas breiter als vorher, damit die Barke den nötigen Raum für die Durchfahrt fand. Ein Felsplateau ragte rechts bis nahe an den Kiel heran. Turmartig wuchsen die Stalagmite darauf in die Höhe und verbanden sich mit den zahlreichen Stalaktiten der Felsdecke zu glitzernden Tropfsteinsäulen. Es sah aus wie ein verzauberter Garten aus Eis.

Der Tunnel wurde jetzt wieder etwas enger, und eine Weile gab es nichts Besonderes zu sehen. Die zerklüfteten Felswände trugen keinen Schmuck und auch die silberweißen Zapfen an der Höhlendecke wurden weniger. Alena hatte den Eindruck, als ob das sanfte Licht nach und nach von einer stärker werdenden Dunkelheit verschlungen wurde. Doch noch ehe ihr die neue Atmosphäre Angst machen konnte, wurde es wieder heller. Die Barke fuhr in das Wasserbecken einer kleinen Höhle hinein. Alena tauchte eine Hand in den faszinierend grün schimmernden See. Die Kälte, die sie an den Fingern spürte, machte ihren Geist wieder wacher und aufnahmefähiger. Staunend betrachtete sie den riesigen, vereisten Wasserfall, der fast die Hälfte der gesamten linken Seite einnahm. Das daran herabrinnende Wasser tröpfelte mit einem gleichmäßigen Geräusch in den See. Halb links voraus bemerkte sie eine Stelle in der Felswand, die wie ein großes steinernes Tor aussah. Die Barke hielt darauf zu, wendete dann jedoch nach rechts und zog danach schräg links auf einen weiteren Höhlengang zu. Bevor sie darin eintauchte, sah Alena auf der rechten Seite des Sees im Fels drei nebeneinander liegende Formen, die sie wiederum an große, oben abgerundete Tore erinnerten. Jedes dieser drei felsigen Portale trug eine rätselhafte Schrift und sie hatte das sichere Empfinden, dass diese Tore magisch verschlossen gehalten wurden. *Ich bin nicht das erste Mal hier ...*

Den Wasserweg, auf dem die Barke jetzt dahinglitt, empfand Alena weniger interessant als den vorigen. Es wurde dunkler, ein schwacher Lichtschein richtete sich nur auf die Seitenwände, und auch da lediglich auf einen mit Symbolen besetzten Mittelstreifen, welcher den Eindruck erweckte, als ob es sich hier um fortlaufende Schriftzeichen handelte. Alena kannte die Zeichen nicht, doch auf eine merkwürdige Art fühlte sie sich davon berührt. Hatte sie diese schon einmal gesehen? Erzählten sie eine Geschichte aus alten Zeiten? Alena machte sich keine Gedanken darüber. Es hatte nichts mit ihr und ihrer Aufgabe zu tun. *Aufgabe?* Der Gedanke schwebte durch Alenas Kopf, ohne sich festzusetzen. Sie genoss das sanfte Schaukeln der Barke, die Geborgenheit, welche ihr die weichen Kissen um ihren Köper vermittelten. Der berückende Gesang unter der Wasseroberfläche schwoll wie die Flut des Meeres an und ebbte wieder ab. Neugierig schaute sie über den Rand des Bootes in das dunkle Wasser. Sie konnte nichts erkennen. Dann nahm sie etwas Neues wahr. Alena schnupperte. Der schwere, süßliche Duft, mit dem die Kissen getränkt waren, erhielt eine stimulierende, fruchtige Nuance. Es erfrischte sie. War sie bald am Ziel ihrer Reise?

Die Wasserstraße nahm noch einmal einen kleinen Bogen, und kurz darauf sah Alena das Ende des Tunnels. Die Barke schipperte in einen weiteren unterirdischen See, der jedoch mehr als fünfmal so groß war wie das Gewässer, an dem das

Boot auf sie gewartet hatte. Ringsum in den Höhlenwänden sah Alena viele weitere Tunnel mit Wasserwegen. Sie führten entweder in den See hinein oder aus ihm heraus. Über den Tunneln brannten Fackeln, deren Licht sich im kristallklaren Wasser des Sees spiegelte und die geheimnisvollen Tropfsteingebilde, welche sich wie zufällig im Raum verteilten, zum Glitzern brachte. Unter der Felsendecke tanzten Lichtkugeln. Sie wiegten sich im Rhythmus des zauberischen Gesangs, der nun von den Höhlenwänden widerhall und diesem Ort einen feierlichen Rahmen gab. Die Barke strebte jedoch keinem Ufer zu, sondern steuerte geradewegs auf den größten Höhlengang und tauchte darin ein. Dieser Tunnel glich einem Wunder. Die Felswände waren bis zur Decke bemalt, in einer Weise, dass Alena meinte, durch einen bunten Blumengarten zu schaukeln. Feinste Gespinste hingen von der steinernen Decke herab und streiften ihr Gesicht. Prächtig gefiederte Vögel hüpften durch den mehrdimensional gemalten Garten der Felswände. Verwundert schaute sie in die bewegten Bilder, weil sie die Vögel sogar zwitschern hörte. Sie spürte Wind in ihren Haaren, schmeckte das Aroma sonnengereifter Pfirsiche, und fühlte die angenehme Wärme der Sommertage ihrer Kindheit auf der Haut. *Meiner Kindheit? Ja, ich war noch klein damals* ... Ein Glücksgefühl stieg in Alena auf. *Antiquerra! Mein Zuhause!* Am liebsten hätte sie in die Hände geklatscht, doch sie befürchtete, dass die Vögel dann verstummen würden. Von vorne traf sie ein Lichtschein, viel heller als das bisherige Leuchten, und sie kniff die Augen zusammen, bis sie sich an die Helligkeit gewöhnt hatte. Wieder mündete die Wasserstraße in einen See des Höhlengewölbes. Doch diesmal wurde das Portal von zwei weiblichen Figuren in wallenden Gewändern eingerahmt, die wie zum Willkommensgruß lächelten. Automatisch stand Alena auf und legte zwei Finger an die

Stirn, neigte grüßend den Kopf. Kurz darauf steuerte die Barke auf das Ufer zu, das sich auf der linken Seite des Sees befand. Alena stieg aus. Als sie den festen Boden unter sich spürte, schwankte sie ein wenig, aber das schaukelnde Gefühl in ihrem Körper verging schnell. Sie sah sich um. Im See ankerten viele weitere Barken, manche mehr und manche weniger geschmückt. Sie machten auf sie den Eindruck, als ob sie lange nicht benutzt worden waren, und nach der Freude von eben zog sich ihr Herz in einer leisen Wehmut zusammen. Ihr Blick flog schnell über die Barken hinweg nach oben. Über dem See schwebte ein einziger großer Kristall, der nach allen Seiten warmes Licht abstrahlte. Es erschien ihr wie ein Trost. Alena drehte sich um, weg vom See, und tastete mit ihrem Blick die Felswand ab. Nirgendwo fand sie die Andeutung eines Ausganges. Sie war jedoch überzeugt, dass es einen geben musste, denn sicher hatte das Licht in der Eiche sie nicht geholt, damit sie jetzt an einem verschlossenen Tor scheiterte. *Ich muss eine Aufgabe erfüllen, deshalb hat es mich geholt ...* Gespannt lauschte sie auf einen Ton, der Ähnlichkeit mit dem Geräusch haben könnte, als sich in der Menschenwelt der Eingang zur Zaubereiche verschlossen hatte. Es blieb jedoch still. Sie ging auf die Felswand zu und untersuchte sie mit ihren Händen. Der Fels schien auf ihre Berührung zu reagieren. Ein Ächzen und Grollen ertönte aus der Tiefe des Steins, erst leise, dann immer lauter und auf einmal erschien in der Felswand ein Riss. Der Spalt reichte vom Boden bis an ihr Kinn heran. Wie durch Zauberhand verbreiterte sich die Bruchstelle. An der linken Seite wuchs ein Baum in die Höhe, und dann formte sich davor ein reich mit Ornamenten geschmückter Torbogen. Alena sah hellen Sonnenschein in die Höhle eindringen. Das saftige grüne Gras einer Wiese reichte bis an den Durchbruch heran. Eine Margerite reckte ihren

Blütenkopf seitlich am Rand des Felsenschachts in die Höhe. Ohne zu zögern trat Alena durch die Öffnung ins Freie. Sie schaute sich um, und dann kehrte mit einem Schlag ihre Erinnerung zurück.

Kapitel 2

Die Suche ...

Im Eberthof drückten sich zur gleichen Zeit, als Alena in der Eiche verschwand, zwei Kinder am Fenster ihres Zimmers die Nasen platt. Julia war fünf und ihr Bruder Simon sechs Jahre alt. Ihre Eltern Anna und Thore Kastner hatten sie vor wenigen Minuten ins Haus geschickt, weil sie mit der Gans *Madame Schnatter* so herumgetobt hatten, dass sie ständig irgendjemandem vor die Füße liefen. Außerdem hatten die beiden hochrote Gesichter und mussten sich unbedingt abkühlen.

Das Kinderzimmer von Julia und Simon lag im obersten Stock. Auch hier war es zwar sehr warm, aber doch erträglich. Die dicken alten Mauern des Gebäudes hielten die größte Hitze draußen. Das einzige Fenster blieb derzeit fast immer geschlossen, damit nach Möglichkeit keine blutgierigen Insekten hereinkommen konnten. Deren Bisse verursachten nämlich oft schlimme Infektionen, was die Mutter der Kinder veranlasste, jeden Abend mit einer Fliegenklatsche auf die Jagd nach den verhassten Biestern zu gehen.

Vom Fenster aus hatten Julia und Simon einen weiten Blick über den Wald und die Felder. Die Kinder liebten diesen Ausblick, denn es gab immer irgendetwas zu sehen. Mal beobachteten sie einen Falken, der über den Feldern kreiste; dann wieder eines der selten gewordenen Rehe, das sich auf der Suche nach Futter aus dem Wald heraustraute, sehr zum Leidwesen der erwachsenen Hofbewohner, die um ihre Ernte bangten. Frühmorgens behielten Julia und Simon immer die Straße im Auge, auf der Rosa und Alena abwechselnd mit dem Fahrrad aus der Stadt hierher kamen. Die beiden betrachteten

49

das als Spiel, bei dem es darum ging, wer als erster die fahrradstrampelnde Person entdeckte und die nahende Arbeitshilfe verkünden konnte. An diesem frühen Abend sahen die Kinder jedoch etwas vollkommen Außergewöhnliches.

»Guck mal, dort drüben«, sagte Simon zu seiner Schwester, schob den dunklen Vorhang noch weiter zurück, und deutete auf den Waldrand.

»Das leuchtet ja ... ist das ein Engel?«, fragte Julia nach einer Weile.

»Hm ... nein, bestimmt nicht. Engel haben weiße Kleider an und der dort hat ein blaues an.« Simon hatte sehr gute Augen und feste Vorstellungen von Engeln.

Seine Schwester Julia war da nicht so fixiert, und sie dachte wie ihre Mutter eher praktisch. »Vielleicht mag der Engel blaue Kleider lieber. Das wird nicht so schnell schmutzig.«

»Nein, das glaub ich nicht. Das ist kein Engel ... aber vielleicht eine Fee. Die können blaue Kleider haben. In meinem Buch ist eine abgebildet.«

»Alena hat ein blaues Kleid, und sie sieht aus wie eine Fee«, meinte Julia.

Simon sah seine Schwester überrascht an. Es stimmte, Alena hatte so silbrigblonde Haare wie die Fee in seinem Buch. Ihr Kleid sah auch so ähnlich aus wie in der Abbildung. »Aber was macht sie dann dort an dem dicken Baum?«

»Vielleicht zaubert sie, damit das Gemüse besser wächst«, sagte Julia, der die Sorgen der Erwachsenen nicht verborgen geblieben waren. Eine Weile schauten die Kinder schweigend. Plötzlich holte Julia erschrocken Atem. »Jetzt ist sie weg und das Licht auch. Bestimmt ist sie in ihr Feenreich gegangen.«

»Aber dann kommt Alena nicht wieder!« Simon sah seine Schwester ratlos an., dann begannen seine Lippen zu zucken. »Sie hat nicht mal ›auf Wiedersehen‹ gesagt!«

Julia streichelte ihrem Bruder tröstend über den Rücken, doch auch ihre Augen wurden nass. Nebeneinander setzten sie sich auf Julias Bett und hielten sich stumm im Arm.

Sie regten sich erst wieder, als es eine Weile später unten in der Küche klapperte und rumorte, weil die Erwachsenen die Feldarbeit ruhen ließen und ins Haus kamen. Bald würde es Abendessen geben.

Simon schniefte die Nase hoch und sah Julia fest an. »Du darfst nicht sagen, was wir gesehen haben und auch nicht, dass Alena ins Feenreich zurückgegangen ist. Sonst sind die anderen genauso traurig wie wir.« Er legte den Finger an den Mund. »Ist unser Geheimnis.«

Julia wischte sich mit dem Handrücken über die Augen und nickte. Dann machten sich die Kinder auf den Weg nach unten in die große Küche.

Dort hatten sich fast alle bereits versammelt. Anna, die Mutter der beiden, putzte mickrig aussehendes Gemüse für das Abendessen. Rebecca Arndt und ihre vierzehnjährige Tochter Sarah halfen ihr.

Thore, der Vater von Julia und Simon, besprach sich am Tisch mit Rebeccas Mann Thomas und mit Jesse Thaler wegen der Dinkelernte, die in den nächsten zwei Tagen dringend erfolgen musste. »Das Gerüst der Sonnensegel über dem Dinkelfeld wird das nächste Gewitter nicht mehr überstehen, und wenn der Regensturm so wie letztes Mal früher kommt als erwartet, war unsere ganze Mühe umsonst«, sagte er gerade.

Timo Melzer, ein schlaksiger junge Mann, der sich für keine Arbeit zu schade fand, war noch nicht im Raum. Er überprüfte draußen in der Scheune noch die Boxen mit den paar Hühnern, den zwei Milchkühen und dem Ziegenpärchen.

Die zweiundzwanzigjährigen Zwillingsschwestern Jutta und Claudia Reber saßen, sichtlich erschöpft von der Arbeit in den

Gemüsebeeten, wie zwei Häufchen Elend mit hochroten Köpfen am Esstisch. Als Julias Blick die beiden streifte, trat ihr eigener Kummer augenblicklich zurück. Sie ließ sich von ihrer Mutter Gläser und die Karaffe mit der selbst gemachten Kräuterlimonade geben und stellte sie vor die beiden Frauen auf den Tisch. »Das hilft euch«, sagte sie. Dann sauste sie zu ihrer Mutter zurück und holte noch das Sieb, damit die süßen Steviablätter in der Karaffe blieben und nicht beim Einschenken in den Gläsern landeten.

Rosa blieb nicht bis zum Abendbrot bei den Freunden. Ihr Korb stand auf der Anrichte, und sie packte die Sachen ein, die sie heute mit nach Hause nehmen wollte. Die beiden Brote, eines für sie selbst und eines für Alena, lagen schon im Korb. Rosa hatte sie heute mit zwanzig weiteren Broten draußen im Steinofen gebacken. In der Zeit zwischen dem Aufgehen des Teiges, dem Formen der Brotlaibe und dem Aufheizen des Steinofens schlug sie noch Butter, stampfte in dem großen Waschtopf im Keller die Kochwäsche, und kümmerte sich zusammen mit Rebecca um die Dicklegung der Milch für den nächsten frischen Käse.

Butter, eine kleine Kanne Milch, etwas Käse, Dinkelmehl, ein paar Eier und eine eben noch frisch geerntete Zucchini lagen bereits gut verpackt bei den Broten im Korb ihres Fahrrads. Die letzten Stunden hatte sie wenig an Alena gedacht, es gab zu viel zu tun. Doch nun freute sich Rosa umso mehr auf das gemeinsame Geburtstagsessen mit ihr. Sie schaute auf die Küchenuhr — schon zwanzig Uhr vorbei. Es war wieder später geworden als geplant, doch das frische Brot und die anderen guten Sachen würden Alena bestimmt für die Wartezeit entschädigen.

Als sie sich von den Leuten des Eberthofs verabschiedete, schmiegten sich Julia und Simon an sie. Das Mädchen streichelte wie tröstend Rosas Hand.

»Nanu, ihr zwei seid heute Abend ja richtige Schmusekatzen.« Rosa drückte die beiden an sich.

Die Kinder sagten nichts, aber sie umarmten Rosa noch einmal so fest sie konnten. Sie begleiteten sie heute sogar noch bis zu ihrem Fahrrad, und Rosa hatte das Gefühl, als ob die Kinder ihr etwas sagen wollten, es aber aus Scheu nicht taten. Als sie davon radelte, dachte sie noch kurz darüber nach, doch dann schob sie den Gedanken wieder beiseite.

Als Rosa vor Alenas Haus ankam und ihr Fahrrad abstellte, wunderte sie sich, dass sie kein Licht brennen sah. Da auf ihr Klingeln niemand öffnete, ging sie in ihr eigenes Haus, von dort aus in den Garten, und durch das kleine Verbindungstor hinüber auf Alenas Grundstück, um durch die Hintertür ins Haus zu gelangen. Dann rief sie nach ihr. Doch sie bekam keine Antwort. Als Rosa den unbenutzten Herd sah, beschlich sie auf einmal ein ungutes Gefühl. Sie ging die hölzerne Treppe nach oben, schaute dort in jedes Zimmer, doch sie fand Alena nicht. Rosas Herz begann heftig zu pochen. Sie eilte die Treppen wieder hinunter und ging noch einmal in den Garten.

»Alena, wo steckst du!«

Rosa griff sich erschrocken an die Brust, als ihr Blick auf den Brunnen fiel. Schnell lief sie dorthin und schob mit zitternden Händen die hölzerne Abdeckung beiseite, die auf dem Rand des runden Steinbrunnens lag. Sie atmete befreit auf, als sie da unten in der Tiefe keine verdrehte menschliche Gestalt sah. Dann schüttelte sie über sich selbst den Kopf.

Wie hätte Alena auch in einen abgedeckten Brunnen hineinfallen sollen?

Der Keller fiel ihr ein, und sie eilte hinunter, doch auch da fand sich keine Spur von Alena. Wo konnte sie nur sein? Sie war doch immer so zuverlässig. Rosa erinnerte sich daran, was die junge Frau für heute geplant hatte. Sie konnte sich fast nicht vorstellen, dass Alena immer noch auf dem Friedhof weilte. Obwohl — Alena hatte sehr an ihren Eltern gehangen, und gerade heute an ihrem Geburtstag vermisste sie diese sicher besonders. Sie entschloss sich, wieder auf ihren Drahtesel zu steigen und zum Friedhof zu radeln. Sie nahm die Strecke, von der sie wusste, dass Alena immer dort ging. Vielleicht hatte das Mädchen nur die Zeit vergessen und kam ihr bald fröhlich entgegen. Doch sie begegnete niemandem unterwegs, und als sie an das Grab trat, war auch dort keine Menschenseele. Auf schnellstem Weg radelte Rosa zurück, um nachzusehen, ob Alena in der Zwischenzeit nach Hause gekommen war.

Als sie wieder vor dem Haus stand und kein Licht darin brennen sah, bildete sich ein schwerer Kloß in ihrem Hals. Noch einmal ging Rosa durch jeden Raum, doch nirgends fand sie eine Spur, die andeutete, dass Alena seit dem Morgen hier gewesen war. Rosa sank auf einen Stuhl und schlug die Hände vors Gesicht. Hätte sie das Mädel heute morgen nur mit zum Eberthof genommen! Sie hatte doch versprochen, auf sie aufzupassen! Was, wenn Alena etwas zugestoßen war? Nein, an so etwas durfte sie nicht denken! Rosa atmete ein paar mal tief ein und aus, um sich zu beruhigen. Sicher würde Alena gleich durch die Tür treten und die Verspätung erklären. Dann fiel ihr etwas ein. Die alte Frau Martens! Sie sprang von ihrem Platz auf, um nachzusehen, ob das Fahrrad auch weg war. Das Fahrrad stand noch neben der Garderobe. Ihre Hoffnung sank wieder in sich zusammen. Bei Frau Martens anrufen und nachfragen konnte sie nicht, weil diese sich kein Telefon mehr leisten konnte. Sonst fiel ihr niemand ein, zu dem sich Alena so hingezogen fühlte, dass sie an ihrem Geburtstag hätte dort hingehen wollen. Ihre Freunde gehörten alle zum Eberthof. Rosa konnte sich auch nicht vorstellen, dass Alena sich zu Fuß zu Frau Martens aufgemacht hatte. Die Wegstrecke bis zur Siedlung, in der die alte Dame lebte, betrug immerhin fast acht Kilometer und sie bot keinen Schatten. Einen solchen Leichtsinn traute sie Alena nicht zu. Aber andererseits, was konnte nicht alles in einem Menschen vorgehen, der an einem wichtigen Tag seines Lebens alleine blieb. Wieder machte sie sich Vorwürfe, weil sie die junge Frau heute sich selbst überlassen hatte. Schreckensbilder stiegen in Rosa auf und ließen sich nicht mehr unterdrücken. Vor ihrem geistigen Auge sah sie Alena irgendwo verdurstet am Straßenrand liegen. Die furchtbare Vorstellung vermischte sich mit den schlimmen Bildern von vor einem dreiviertel Jahr, als sie zusammen mit den Leuten vom Eberthof die Eltern von Alena verunfallt gefunden hatte.

Als Alena um zweiundzwanzig Uhr immer noch nicht zu Hause war, hielt Rosa das Warten nicht mehr aus. Sie radelte zum Eberthof, um die Freunde um Hilfe zu bitten.

Die Kinder sowie die Zwillinge Jutta und Claudia lagen schon in ihren Betten, als Rosa beim Eberthof ankam. Doch die anderen saßen alle noch an dem großen Esstisch und debattierten, als Rosa die Tür zur Wohnküche öffnete.

Jesse Thaler, der mit seinen achtunddreißig Jahren der älteste der Gruppe war, sprang von seinem Sitz auf und ging ihr entgegen.

»Was ist passiert?«

Rosa atmete keuchend, weil sie so schnell geradelt war. »Alena ist verschwunden«, erwiderte sie und bemühte sich, Haltung zu bewahren.

»Um Himmels Willen, nicht auch noch sie«, flüsterte Anna und legte vor Entsetzen die Hand vor den Mund.

»Hätte ich sie doch nur heute Morgen mitgenommen!« Jesse drückte Rosa an sich. »Mach dir keine Vorwürfe, wir werden sie finden.«

Dann wechselte er einen schnellen Blick mit den anderen Männern. Die Szene glich der von vor einem dreiviertel Jahr, als sie nach Alenas Eltern gesucht hatten. Thomas, Thore und Timo standen von ihren Plätzen auf. Rebecca füllte mechanisch die Lederbeutel der Männer mit Wasser und reichte sie ihnen. Anna nahm Rosa in ihre Arme und sprach beruhigend auf sie ein. Die Männer griffen nach den Petroleumlampen, die sie brauchten, weil die Straßenbeleuchtung in sämtlichen Ortschaften immer spärlicher wurde. Sie rüsteten sich auch mit Seil und Werkzeug aus, um sich wie damals auf die Suche zu machen und wenn es die ganze Nacht dauern sollte.

»Weißt du, was Alena heute vorhatte. Wollte sie irgendwo hin?«, fragte Thore und berührte Rosa leicht am Arm.

»Sie wollte heute nur zum Friedhof und dort eine Zeit bei ihren Eltern verbringen, aber da war ich schon und hab sie nicht gefunden. Sonst hatte sie eigentlich nur vor, ein schönes Geburtstagsessen zu kochen, für heute Abend. Sie wollte mich überraschen. Aber ich glaube nicht, dass sie seit heute Morgen noch mal zu Hause war. Die Wohnung sieht nicht danach aus. Ich weiß einfach nicht, wo sie sein könnte. Ihr Fahrrad ist noch da. Aber vielleicht ist sie ja doch in die Siedlung gelaufen, um Oma Martens zu besuchen ... oder die Unfallstelle ... Ich weiß noch, wie Selina und Roman dem Mädel versprochen hatten, den Achtzehnten ganz groß zu feiern, mit euch und allen Bekannten aus der Stadt, was davon noch übrig ist ... warum hab ich ihr nur erlaubt, heute allein zu bleiben!« Die Worte sprudelten aus Rosa heraus und obwohl sie es nicht wollte, sprangen die Tränen aus ihren Augen.

Jesse streichelte beruhigend ihren Rücken. »Könnte es sein, dass sie mit der Bahn nach Karlsruhe gefahren ist? Vielleicht um alten Erinnerungen nachzuhängen?«

»Alena fährt nicht mit der Straßenbahn, sie hasst es, außerdem ist die letzte Bahn schon längst wieder zurück, falls sie überhaupt heute in Betrieb genommen wurde.«

»Wir werden Alena finden ... Timo, du und Thomas, ihr geht noch mal zum Friedhof. Thore und ich suchen den Weg in Richtung Siedlung ab. Rosa, du solltest wieder zum Haus zurück, falls Alena doch noch dort auftaucht. Rebecca, vielleicht wäre es besser wenn du mit ihr gehst, damit sie nicht alleine ist.«

Rebecca nickte. Sie ging zu Rosa, umfasste ihre Schultern und zog sie sanft aus Annas Armen. »Es wird bestimmt alles gut.«

Anna wollte sich nun ebenfalls zum Aufbruch bereit machen, doch ihr Mann wehrte ab. »Anna, bleib du besser hier, damit jemand da ist, falls die Kinder oder die Zwillinge aufwachen.«

»Ja, du hast wohl recht.« Anna umarmte ihren Mann so fest, als wenn sie befürchtete, dass er nicht wieder käme. »Hoffentlich findet ihr sie lebend«, flüsterte sie bedrückt in sein Ohr. Thore erwiderte nichts, aber er zog seine Frau noch einmal an sich und küsste sie auf den Mund.

Die Männer machten sich zu Fuß auf die Suche. Ihre Körper verschmolzen bald mit dem dunklen Dämmergrau der Sommernacht. Nur die Laternen in ihren Händen leuchten als bewegte Punkte gespenstisch auf. Rosa und Rebecca fuhren mit dem Fahrrad. Als sie ankamen und die Fenster noch immer unbeleuchtet vorfanden, sagten sie nichts. Schweigend gingen sie über den Hintereingang in Alenas Haus.

Rosa machte überall das Licht an, sodass die Fenster des Gebäudes so weit als möglich Orientierung bieten konnten. Dann kochte Rosa einen Tee und die Frauen setzten sich an den Tisch. Zu anderen Gelegenheiten raste die Zeit nur so davon, doch jetzt verging sie sehr langsam. Sie sprachen wenig und schon gar nicht über ihre Angst, dass sich das Unglück von vor einem dreiviertel Jahr womöglich wiederholte. Die Warterei war umso schlimmer, da sie nichts tun konnten. Der Tee wurde allmählich kalt, doch beide hielten sich an den Tassen fest, als ob sie darin Beistand und Rückhalt finden würden.

Nach einer Weile hielt Rebecca es nicht mehr aus, die tatkräftige Rosa, die immer allen zur Seite stand, so zusammengesunken zu sehen. »Rosa, bitte ... du bist nicht schuld. Keiner ist schuld. Alena wollte den heutigen Tag für sich, und das mussten wir respektieren.«

Rosa antwortet nicht darauf, aber dann stand sie so plötzlich auf, dass der Stuhl umkippte. »Vielleicht ist sie drüben in meinem Haus. Vielleicht wollte sie dort ja irgendeine Zutat fürs Essen holen. Vieles hab ich im Keller gelagert und das weiß sie., und vielleicht liegt sie jetzt verletzt dort unten.«

Rebecca warf vor Schreck über Rosas heftige Bewegungen fast ihre Tasse um, aber Rosa sah es nicht einmal. Sie eilte los, um in ihr eigenes Haus zu gehen und im Keller nachzusehen. Rebecca hastete ihr hinterher. Doch sie fanden Alena auch in dem Keller nicht, und so blieb ihnen nichts anderes übrig, als zurückzugehen und weiter zu warten.

Gegen fünf Uhr morgens traten die vier Männer durch die Tür. Auf die fragenden Blicke der Frauen hin schüttelten sie nur den Kopf. Rosas Gesichtszüge erstarrten, und sie vergrub verzweifelt den Kopf in ihre Hände. Jesse versprach, dass er später mit Timo noch den Wald absuchen würde. Thomas und Thore konnten sich erst abends wieder an der Suche beteiligen. Die beiden mussten nachher mit den Frauen den Dinkel ernten, der für alle überlebenswichtig war. Zuvor brauchten sie jedoch wenigstens noch ein bis zwei Stunden Schlaf, da half auch nichts.

»Du musst auch schlafen, Rosa«, sagte Jesse bestimmt. »Wir geben nicht auf, bis wir sie gefunden haben, das verspreche ich dir. Aber es bringt nichts, wenn wir alle vor Erschöpfung umkippen.«

Jesse bestand darauf, dass Rosa mit zum Eberthof kam, um mit ihnen zu frühstücken und sich dann ein wenig hinzulegen. Rosa widersprach nicht, doch als sie an dem großen Tisch in der Wohnküche saß, rührte sie sich kaum. Bisher hatte sie mit ihrer Energie immer alle mitgerissen, doch jetzt war etwas in ihr zusammengebrochen. Alle bemühten sich um sie, versuchten Hoffnung zu verbreiten, aber sie glaubten wohl selbst kaum daran, Alena gesund wiederzusehen.

Jutta und Claudia, die beiden Zwillingsschwestern, taten heute Küchendienst. Sie hatten eben erst von Alenas Verschwinden erfahren und standen noch unter Schock. Alena stand ihnen sehr nahe, was sicher auch daran lag, dass die beiden ihr vom Alter her am nächsten standen. Gerne hätten sie Rosa getröstet und ihr Mut zugesprochen, aber sie wussten nicht wie. So schoben sie ihr nur verstohlen die besten Bissen zu, das frische, weiche Brot, das Rosa gestern noch selbst gebacken hatte, ihre Lieblingsmarmelade aus Holunderblüten und Rosenblättern, das letzte Stückchen Speck, das noch im Hause war. Doch Rosa aß kaum etwas. Ihr saß ein großer Kloß im Hals, und das Leben hatte für sie jedes Licht verloren. Sicher, die Leute vom Eberthof waren sehr gute Freunde, und sie war dankbar für diese Freundschaft. Doch Alena war ihre Familie. Die letzte aus ihrer Familie. Es spielte keine Rolle, dass sie nicht verwandt waren. Wenn sie Alena verlor, dann wusste sie nicht, ob sie das auch noch verkraften würde.

Im oberen Stock knallten Türen und gleich darauf klangen die trappelnden Füße von Simon und Julia auf der Treppe. Die beiden kamen mit einem fröhlichen Morgengruß in die Küche gerannt. Als sie die ernsten und übernächtigten Gesichter der Erwachsenen sahen, blieben sie wie angewurzelt stehen.

»Sie wissen es«, flüsterte Simon seiner Schwester ins Ohr.

»Arme Rosa«, wisperte Julia zurück.

Ungewöhnlich leise tappten sie an den Frühstückstisch und setzten sich auf ihre Plätze. Still schmierten sie ihr Butterbrot und schielten dabei immer wieder zu Rosa hinüber. Anna stieß ihren Mann unter dem Tisch an. Sie mussten es den Kindern sagen, immerhin spürten sie, dass etwas nicht stimmte. Thore räusperte sich, und es fiel ihm sichtlich schwer, seine Kinder über das Unglück aufzuklären. Hilfesuchend sah er seine Frau an, und so übernahm sie es halt, zu sagen, was geschehen war.

»Simon, Julia, ich muss euch was sagen ...«

»Alena ist weg«, platzte Simon heraus.

Die Erwachsenen sahen den Jungen völlig überrascht an.

»Woher weißt du das?«, fragte sein Vater.

»Sie ist doch in ihre Feenwelt zurückgegangen«, sagte Julia und malte mit ihrem Finger ein Gesicht in die Marmelade ihres Brotes.

»Nimm den Finger da raus«, rügte ihre Mutter automatisch.
»Wir haben's gesehen«, unterstützte Simon seine Schwester. Seine Stimme klang ein wenig trotzig, als wenn er annahm, dass man ihm nicht glauben würde.

Rosa, die gerade ihre Teetasse zum Mund führen wollte, hatte bei Julias Worten fast den Inhalt verschüttet. »Was habt ihr gesehen? Simon, Julia, bitte ... ihr müsst alles sagen, was ihr gesehen habt«, drängte sie die Kinder.

»Der dicke Baum am Wald. Wir haben's vom Fenster aus gesehen«, erklärte Simon.

»Alena ist in das Licht dort hineingegangen. Sie kommt nicht mehr wieder. Ist jetzt bei den anderen Feen«, ergänzte Julia, ohne den Blick zu heben.

»Ja. Sicher hatte Alena Heimweh. Aber bestimmt hat sie noch gemacht, dass das Gemüse besser wächst. Sie hat uns doch lieb ... oder nicht?«, sagte ihr Bruder und wischte sich mit dem Handrücken über die Augen.

»Was erzählt ihr da bloß«, fuhr Thore die beiden an, weil er die Fantasie seiner Kinder und ihre Vorliebe für Feengeschichten kannte und ihre *Spinnereien* jetzt wohl absolut nicht für angebracht hielt. Die Sache war zu ernst.

»Thore lass, die Kinder müssen wirklich etwas gesehen haben. Ich weiß, was sie meinen. Die Kaisereiche, drüben am Waldrand. Alena war als Kind oft mit mir und ihren Eltern dort. Ich gehe gleich dorthin.« Rosa wurde ganz aufgeregt.

Sie stand eilig von ihrem Platz auf, aber der fehlende Schlaf setzte ihrem Kreislauf zu. Sie schwankte und wäre fast gestürzt. Jesse konnte sie gerade noch halten.

»Aber nicht allein«, sagte er bestimmt.

Er gab Timo einen Wink, der auch sofort aufstand, um ihn und Rosa zur Eiche zu begleiten.

»Nicht doch, ihr müsst schlafen«, wehrte Rosa ab.

»Noch knicken unsere Beine nicht weg, also keine Widerrede«, sagte Timo resolut. Er mühte sich, seine Augen aufzureißen, um etwas wacher zu wirken, und die drei machten sich erneut auf den Weg, diesmal den unteren Saumweg entlang.

Rosa hatte bewusst das Wort nicht gebraucht, das ihr sofort in den Sinn gekommen war: die Zaubereiche. Zum einen wollte sie die Fantasie der Kinder nicht erneut anheizen, und zum anderen hätte sie damit Öl ins Feuer ihres Vaters gegossen. Aber die Erinnerung war bei der Erwähnung der Eiche mit einem Schlag wiedergekommen. Es schien nicht nur die Erinnerung an die Zeit von Alenas Kindheit zu sein, sondern sie reichte irgendwie sogar noch weiter zurück. Sie konnte die Bilder, welche in ihr aufstiegen, nicht fassen und schon gar nicht zuordnen, doch ihr Herz klopfte jetzt wie wild.

Es dauerte etwa eine halbe Stunde bis sie den dicken, alten Baum erreicht hatten.

Schon von weiten erkannten Rosa die Tasche von Alena. Sie lag neben der Baumhöhle. Die fast leere Flasche Wasser befand sich noch darin. Die beiden Männer liefen sofort den oberen Waldweg hinein und riefen nach dem Mädchen. Rosa blieb bei der Eiche und sah vorsichtig in den Spalt. Sie erwartete nicht, dass ihr Schützling dort drinnen steckte. Doch es wäre ihr lieber gewesen, als das, was sie jetzt dunkel ahnte. Sie streckte ihren Arm in die Öffnung und verspürte einen feinen Lufthauch — kühl, so dass sich die feinen Härchen an ihrem Arm aufstellten. Dann untersuchte sie den dicken Wulst am Rand des ovalen Lochs, fühlte das Holz weich wie die Lippen eines Mundes. Sie legte ihr Ohr an den Stamm der Eiche. Es pulsierte darin, gerade so, als ob ein Herz schlagen würde. Rosa sog scharf die Luft ein. »Selina, liebste Freundin, wo immer du bist, jetzt kannst nur noch du auf deine Tochter aufpassen. Mir sind die Hände gebunden.«

Rosa lehnte sich mit dem Rücken an den Stamm der Eiche und rutschte langsam daran entlang zu Boden. Dort blieb sie sitzen, die Augen in weite Ferne gerichtet und die Hände eng um den Körper geschlungen. Sie saß noch immer so da, als die beiden Männer zurückkamen.

»Hier in der Nähe des Waldwegs ist sie nicht«, sagte Jesse enttäuscht. »Nachher suchen wir mit Laternen auch außerhalb des Wegs, irgendwo muss Alena ja sein.«

»Sie ist nicht im Wald«, erwiderte Rosa mit ausdrucksloser Stimme.

»Was? Hast du sie gefunden?«, fragte Timo.

Rosa schüttelte den Kopf. »Sie ist weg. Wir werden sie nicht finden«, sagte sie leise und erklärte dann mit festerer Stimme: »Aber wir werden sie wiedersehen, das fühle ich jetzt. Alena ist stark.«

»Was meinst du?«

Rosa schüttelte noch einmal den Kopf. »Ich kann es euch nicht erklären. Ich verstehe es selbst nicht. Aber vielleicht ... Drängt mich nicht. Geht heim, schlafen. Ihr habt es nötig, denn die Zeiten werden noch härter. Ihr müsst eure Kraft bewahren. Ich bleibe noch ein wenig hier und gehe dann nach Hause. Morgen komme ich wieder zu euch, und Danke für eure Hilfe.«

Timo und Jesse verstanden Rosa zwar nicht, vor allem deshalb, weil sie irgendwie in Rätseln sprach und dabei gleichzeitig den Eindruck machte, als ob sie sich damit abgefunden hätte, dass Alena spurlos verschwunden blieb. Doch sie sahen ein, dass sie bei ihr nichts mehr ausrichten konnten. Müde von der nächtlichen Suche gingen sie zurück zum Eberthof, um wenigsten ein oder zwei Stunden zu schlafen, ehe sie bei der Ernte halfen. Später würden sie erneut nach dem Verbleib von Alena forschen. Aufgeben kam für sie nicht infrage, erst recht nicht, da sie sich nun auch große Sorgen um die arme Rosa machten.

Erinnerungen ...

Jesse und Timo durchkämmten in den folgenden Tagen abwechselnd mit Thomas und Thore die gesamte Umgebung der Stadt, obwohl Rosa immer wieder behauptete, dass sie Alena nicht finden würden. Die Freunde vom Eberthof konnten nicht verstehen, wieso sie einfach ihre Arbeit tat, als ob sie das alles nicht mehr berührte. Es ängstigte sie sehr. Als sie dann auch noch feststellten, dass Rosa jeden Abend zu der dicken Eiche ging, wo sie Alenas Tasche gefunden hatten und dort lange regungslos saß, da kamen sie zu dem Schluss, dass die Arme über dem Schock von Alenas Verschwinden wohl den Verstand verloren hatte. Doch Rosa behielt recht. Sie fanden Alena nicht, und nach drei Wochen machte sich im Eberthof die Hoffnungslosigkeit breit.

Rosa erkannte wohl, wie die Freunde sich um sie bemühten, und wie sie bis zur totalen Erschöpfung überall nach Alena suchten. Sie war dankbar, dass ihr alle helfen wollten, und sie bedauerte, dass sie ihnen soviel Sorge bereitete, wo die Zeiten doch sowieso schwer genug waren. Trotzdem hätte sie niemandem erzählen können, was in ihr vorging. Sie hatte einfach keine Worte dafür. Sie konnte sich selbst nicht verstehen. Wenn sie an Alena dachte, schnürte es ihr den Hals eng zusammen. Ihr Herz sagte wohl, dass Alena lebte, dass es ihr gut ging. Aber wie lange noch? Ihr Schützling schien unerreichbar weit weg, und sie konnte nicht helfen. Wo Alena sich aufhielt, davon hatte Rosa keine Vorstellung. Sie wusste nur, dass man sie hier nicht finden konnte, weder in der engeren noch in der weiteren Umgebung, und auch dann nicht, wenn man jeden noch so winzig kleinen Winkel absuchte. Rosa empfand das so, als ob das Kind ihrer toten Freundin ins Zentrum eines Wirbelsturms geraten sei, der sie von ihr weggerissen und sie selbst einfach unbeachtet zurückgelassen hatte. Es war ihre Schuld! Sie hatte nicht genug auf Alena aufgepasst. Dabei hatte sie es deren Mutter Selina doch am Grabe noch versprochen. Selina ... Wollten Selina und sie das Kind nicht begleiten, wenn es soweit war? Sie hatten darüber geredet. Roman war auch dabei gewesen. Aber wohin wollten sie Alena begleiten? Sie erinnerte sich einfach nicht richtig. Es war zu lange her. Rosa zerbrach sich den Kopf bis er schmerzte, immer und immer wieder. Da war wohl eine dunkle Ahnung, doch sie konnte sie einfach nicht greifen. Die Bilder in ihrem Kopf blieben verworren. Roman ... hatte er nicht eine Geschichte erzählt? Es war immer dieselbe gewesen. Er hatte sie sogar aufgeschrieben, damit sie diese nicht vergaßen. Alena mochte sie. Aber er hatte sie nicht nur erzählt, um seinem Kind eine Freude zu machen, dessen war sich Rosa fast sicher. Es gab noch einen anderen Grund, einen wichtigen. Die Geschichte sollte sie alle an etwas erinnern. Wenn sie doch nur darauf käme, an was.

Rosa beschäftigte sich so sehr mit ihren Gedanken und inneren Bildern, dass sie kaum ansprechbar war. Sie tat ihre Arbeit wie eine Marionette. Die Handgriffe saßen, doch innerlich blieb sie abwesend. Vor allem diese Tatsache erschreckte die Freunde. Rosa war da und doch nicht. Sie funktionierte wie ein geöltes Uhrwerk, mechanisch, präzise, doch ihre Seele schien irgendwo da draußen in der Dunkelheit einer tragischen Nacht zurückgeblieben zu sein.

Rosa ging jetzt nicht mehr nur jeden zweiten Tag, sondern täglich zum Eberthof und übernahm somit auch Alenas Arbeitspensum. Frühmorgens versorgte sie in ihrem Haus ihr eigenes Gemüse und ging dann hinüber zum Nachbarhaus, um Alenas Pflanzen zu wässern. Dann radelte sie los. Am Abend, wenn im Eberthof die vielen tätigen Hände dann endlich wieder zur Ruhe kamen, eilte sie hinüber zur alten Eiche, manchmal sogar ohne sich vorher von den Freunden zu verabschieden. Dann saß sie in sich gekehrt neben dem großen Baumspalt, oft mehr als drei Stunden lang. Mit geschlossenen Augen ließ sie die Visionen kommen und gehen, die irgendwo aus der Tiefe ihrer Erinnerung aufstiegen. Sie erschienen wie Blasen in einem Moorsee. Es dauerte, bis sie die Bilder klar sah, und dann waren sie plötzlich wieder weg. Doch obwohl die gelb wogenden Felder, die saftigen Wiesen und die weißen Häuser sowie der dunkelgrüne Wald und der steingemauerte Turm, der alles überragte, jeweils nur kurz vor ihrem geistigen Auge standen, weckten diese Bilder eine Sehnsucht, dass sie vermeinte, vergehen zu müssen. Manchmal klangen ganz leise fröhliche Stimmen an ihrem Ohr. Sie empfand sie vertraut und doch wieder nicht. Zeitweise wiegte sich ihr Körper unwillkürlich im Takt einer unbeschreiblichen Musik. Sie spürte ein Zucken in den Füßen und ihr war, als ob sie wie ein Schmetterling mit dem Wind tanzen würde. Dann wieder glaubte sie, die Stimme von Selina zu hören: »Nur drei volle Monde ...«

Rosa konnte damit nichts anfangen, doch die traurigen Augen von Roman kamen ihr in den Sinn, und das entlockte ihr einen Seufzer.

»Nur drei volle Monde ...« Sie sprach die Worte leise aus. Sie hatten eine Bedeutung, nicht nur damals, wann immer das auch war. Auch jetzt wurden sie wieder wichtig.

An jeden Abend, den Rosa unter der Eiche saß, vermeinte sie ein bisschen mehr zu erinnern.

Doch es genügte noch nicht. Auch heute, am zweiundzwanzigsten Tag nach Alenas Verschwinden, verließ sie ihren

Platz unter der Zaubereiche, ohne sich über die Tragweite ihrer Erinnerungen völlig im Klaren zu sein. Sie ging nach Hause, aß nur eine Kleinigkeit zu Abend, um sich dann gleich wieder in die Arbeit zu stürzen. Wie in jeder Nacht seit jenem Tag kümmerte sie sich um Alenas verwaisten Haushalt, schrubbte die Böden, wischte Staub — sogar da, wo es keinen gab — und erntete dann das reife Gemüse aus Zimmer und Garten, um es für den Winter einzumachen. Zum Schlafen gönnte sie sich höchstens drei bis vier Stunden. Doch selbst die waren nicht erholsam. Sie träumte von Alena, sah die junge Frau umhüllt von einer dunklen Wolke, die sie fort trug, während sie selbst wie ein Schmetterling selbstvergessen von einer verwelkenden Blume zur nächsten tanzte.

Jeder andere an Rosas Stelle wäre längst zusammengeklappt. Doch ihr Pflichtbewusstsein umgab sie wie eine Rüstung. Als der nächste Morgen graute, stand sie ohne zu zögern auf, kümmerte sich wie üblich um die Pflanzen und radelte dann wieder zum Eberthof.

Als Rosa in die große Wohnküche eintrat, saßen alle am Frühstückstisch. Ein Platz war noch frei und Anna stand schnell auf, um sie mit freundlicher Bestimmtheit dorthin zu führen. »Du frühstückst erst mit uns, ehe du dich wieder in die Arbeit stürzt.«

Rosa warf einen unruhigen Blick auf die Mehltöpfe, die sie gestern Abend noch auf dem großen Arbeitstisch neben der schrecklich altmodischen Spüle vorgerichtet hatte, weil sie heute wieder einmal Brot backen musste. Doch es blieb ihr nichts anderes übrig, als sich jetzt erst einmal zu setzen. Sie hob den Kopf, den sie in den letzten drei Wochen stets gesenkt gehalten hatte, und zum ersten Mal sah sie die

Freunde wieder wirklich: Nicht nur sie selbst litt unter dem Verschwinden Alenas, die Freunde empfanden den Verlust genauso schmerzlich. Sie sah deren sorgenvolle Gesichter mit Augenpaaren, die sich voller Mitgefühl auf sie richteten, und sie sah auch das aufmunternde Lächeln, mit dem die Freunde ihr trotz ihres eigenen Kummers Mut zusprechen wollten. Mehr noch sah sie: Die abgearbeiteten Hände und die von der Last der Zeit gebeugten Schultern, die alle älter als ihre Jahre erscheinen ließen. Ihre Körper hatten kein Gramm Fett zu viel, und das Spiel der Muskeln bei ihren Bewegungen deutete darauf hin, dass sie harte Arbeit gewohnt waren. Sie aßen ihre Marmeladenbrote langsam und mit Bedacht, manche fast andächtig, als wenn es das letzte wäre, das sie bekamen, und Rosa erkannte mit einem Male, dass die Resignation im Begriff war, in dieses Haus einzuziehen. Es lag vor allem an der Dinkelernte, die sie vom Frühjahr bis zum Sommer gehegt und gepflegt und die doch nur einen spärlichen Ertrag gebracht hatte. Sie würde nicht über den Winter reichen. Alenas mysteriöses Verschwinden tat ein Übriges dazu, um die Angst vor der Zukunft zu verstärken.

Rosa straffte die Schultern. Ihre Kraft wurde hier gebraucht! Sie durfte sich nicht in Grübeleien verlieren und die Freunde außen vor lassen. Wenn ihre eigenartigen Erinnerungen eine Bedeutung hatten, dann würde es ihr zur rechten Zeit einfallen. Darauf musste sie vertrauen.

»Es geht mir besser. Macht euch keine Sorgen um mich«, sagte sie fest, und dann ein wenig leiser, »ihr wisst, ich konnte mich immer auf meine Intuition verlassen. Ich spüre Dinge, jetzt mehr als zuvor. Die schweren Zeiten gehen dem Ende zu. Alenas Verschwinden hat damit zu tun. Ich kann es euch zwar nicht erklären, wieso ... aber ich bitte euch, mir zu vertrauen, so wie ihr es immer getan habt ... auch wenn vielleicht manches, was ich in nächster Zeit von mir geben werde, verrückt klingen könnte.« Bei den letzten Worten überzog sich Rosas Gesicht mit einem feinen Lächeln.

»Du kannst so verrückt reden wie du willst, Hauptsache du redest mit uns! Mein Gott, was sind wir froh, dass du deine Stimme wiedergefunden hast«, erwiderte Jesse stellvertretend für alle.

Eine Welle der Erleichterung ging durch den Raum und alle dachten wohl dasselbe: Sollte Rosa ruhig glauben, dass Alenas Verschwinden die Erlösung einläutete. Wenn ihr das über den Verlust hinweg half, war das in Ordnung. Hauptsache, sie nahm wieder am Leben teil. Die Gespräche am Tisch wurden lebhafter. Jeder sprach über das, was heute auf seinem Arbeitsplan stand. Timo wollte mit den Zwillingen Jutta und Claudia im Wald Heidelbeeren sammeln — sofern sie welche fanden — und bat Rosa um ihr zuverlässiges, selbst gemischtes Antizeckenmittel. Er verschwieg jedoch, dass sie das Beerensammeln mit einer weiteren Suche nach Alena verbinden würden, auch wenn jeder glaubte, dass es aussichtslos war.

Die beiden Milchkühe hatte Timo schon gleich nach dem Aufstehen versorgt. Die vierzehnjährige Sarah wollte Rosa zur Hand gehen, sich auch um die paar Hühner im Hof und das Ziegenpärchen kümmern sowie auf die beiden Jüngsten, Simon und Julia, aufpassen. Die anderen mussten wie gewohnt auf dem Feld und im überdachten Garten arbeiten. Wie so oft in den letzten Jahren konnten sie heute jedoch nur die Morgen- und Abendstunden dazu nutzen, weil die Sonne um die Mittagszeit zu viel Hitze verbreitete.

Anna betrachtete während des Gesprächs Rosas Gestalt. Sie kam ihr verändert vor. Ein wenig durchscheinender wirkte sie und ihr Haar war in den letzten drei Wochen extrem schnell gewachsen. *Seltsam, dass sich Kummer auf das Wachstum der Haare auswirkt,* dachte Anna. Rosa trug normalerweise eine praktische Kurzhaarfrisur. Anna hatte ihr die weichen, rotbraunen Wellen selbst erst vor etwa vier Wochen geschnitten. Jetzt reichten sie bereits wieder bis über die Schultern. Es sah edel aus, auch wenn sie nicht ganz so fein glänzten wie Alenas herrliche Locken. Anna zuppelte an ihrem eigenen Haar, das braun, glatt und kurz um ihren Kopf lag. Es fühlte sich ein wenig struppig an. So wenig Zeit für sich selbst zu haben war hart. Sicher empfanden die anderen Frauen das ähnlich, obwohl diese sich genauso wenig beklagten wie sie selbst. Alle hier, Männer wie Frauen, schufteten ohne zu jammern von früh bis spät. So viel Arbeit, die getan werden musste, und die doch das Überleben nicht wirklich sicherte. Ihre Kinder, Julia und Simon, schauten keiner rosigen Zukunft entgegen. Sie konnten froh sein, wenn sie überhaupt eine Zukunft hatten. Anna beobachtete, wie ihre Julia gerade fürsorglich das Brot zu Rosa herüberreichte und wie Simon ihr das Glas mit seiner Lieblingsmarmelade zuschob, das schon fast leer war. Sie lächelte, als sie bemerkte, dass Rosa nur einen winzigen Klecks nahm und das Glas zurückgab, damit Simon es ausschlecken konnte. Das war das Gute an der schwierigen Zeit. Sie hielten alle zusammen, trösteten und beschützten einander. Selbst die Kleinsten bildeten da keine Ausnahme.

»Also, dann packen wir's an«, unterbrach Jesse Annas Gedanken und gab damit das Signal, das Frühstück zu beenden.

Nachdem die ledernen Wasserbeutel an diejenigen, welche außerhalb des Hofs in der Sonnenhitze arbeiten mussten, verteilt und der Proviant für Timo und die Zwillinge gerichtet war, räumte Anna mit Hilfe der Jüngsten den Tisch ab.

Die Küche sah bald wieder aufgeräumt aus, und während Anna oben schnell die Betten machte und dann in den Gemüsegarten ging, begann Rosa umgehend den Brotteig zu mischen.

Sarah lief mit den Kleinen hinaus zum Hühnerstall, um die Eier einzusammeln. Schon von weitem sah sie, dass die baufällige Tür der alten Scheune, in der alle Tiere untergebracht waren, offen stand. Jemand hatte die Hühner bereits nach draußen gelassen, damit sie sich noch vor der größten Hitze ihr Futter suchen konnten. Als die drei näher kamen, rauschte jedoch Madame Schnatter aus dem Tor heraus, um die Kinder lautstark zu begrüßen. Die Gans vollführte das gleiche Ritual wie jeden Morgen. Sie steckte ihren Schnabel in Simons weite Hosentasche, wo er die winzige Handvoll Getreidekörner verbarg, die er jeden Tag heimlich für seine geliebte Madame Schnatter aus dem Vorrat stibitzte. Nachdem die Gans fündig geworden war, drehte sie ihren Hals auffordernd zu Julia, um aus deren verbeultem Napf Wasser zu trinken. Körnersuche ... Wasser trinken ... Körnersuche ... Wassertrinken ... Körnersuche ... Simon gluckste vor Lachen, weil der Schnabel der Gans durch seine Hosentasche kitzelte, und Julia blinzelte und kicherte, weil die Gans sie immer wieder mit einem Sprühregen Wasser nass machte. Sarah sammelte derweil die Eier ein und brachte sie zu Rosa. Als sie wiederkam, führte sie die beiden widerspenstigen Ziegen aus dem Stall, um sie auf die kleine Weide hinter der Scheune zu bringen.

»Kommt«, sagte sie zu dem Trio. Dann lachte auch sie hell auf, weil die Gans sich augenblicklich zu ihr umdrehte und sie entrüstet anschnatterte, als wenn sie ihr widersprechen wollte.

Sie mussten nur wenige Schritte bis zu dem Gattertor laufen, durch das Sarah die beiden Ziegen in ihr Morgenquartier entlassen wollte. Sie ging mit Zick und Zack voraus, die ihrem Namen wieder einmal alle Ehre machten und ständig den Zickzackkurs einschlugen. Sarah hielt die beiden so fest wie möglich am Halsband. Sie schnaufte allerdings heftig, weil das Gezerre ihr mächtig in die Arme ging. Hinter Sarah mit den Ziegen tappten Julia und Simon, gefolgt von der immer noch leise schimpfenden Madame Schnatter.

Julia hielt Sarah das Gattertor auf, und die beiden Ziegen rannten, nachdem sie losgelassen wurden, schnurstracks unter den Apfelbaum, wo es wenigstens Schatten gab.

Die Kinder füllten den Wassertrog in der Nähe auf und begutachteten dann die vom Baum heruntergefallenen Äpfel. Keiner davon sah noch gut aus, so dass sie ihn mit ins Haus nehmen konnten. Also blieben die Äpfel für die Ziegen, deren Speiseplan sonst nur aus dürrem Gras bestand.

Sarah schnitt mit einem Messer die fauligsten Stellen aus den Äpfeln heraus und häufte das Futter im Baumschatten auf.

Julia, die mit Simon den Abfall, der nachher auf den Kompost gebracht werden sollte, in einem Tuch auffing, beobachtete Sarahs bewegliche Hände und runzelte die Stirn.

»Hm ... Rosa hat jetzt ganz weiche Hände«, sagte sie.

»Ja«, erwiderte ihr Bruder, »und ihr Gesicht ist schön, wie durchsichtig.«

Sarah hielt mit dem Ausschneiden der Äpfel inne und richtete ihre Augen in die Ferne.

»Ja, es ist wahr«, sagte sie dann, »Rosa sieht anders aus als sonst. Ihre Haut ist heute wie Alabaster, so fein und schimmernd.« Sie strich sich mit einem Finger über die Wange, die sich hubbelig anfühlte durch die immer wiederkehrenden

Pickel, die sich ständig entzündeten.»Ich werde nie so eine Haut haben ...«

»Doch, du kriegst eine schöne Haut. Mama sagt das auch, du musst nur noch ein bisschen warten«, tröstete Julia schnell. Sarah hörte auf, ihre Wange zu kratzen und griff stattdessen die Haarsträhne, die in ihr Gesicht rutschte. Automatisch schob sie diese hinters Ohr.»Komisch, Rosas Haare sind auch wahnsinnig schnell gewachsen in den letzten drei Wochen.« Sie vergaß ganz, weiter die Äpfel zu schneiden und Zack, der Ziegenbock stupste sie ungeduldig an.»Ja, ja, ist ja gut ... hier«, sie reichte dem Tier einen Apfelschnitz.»Und sie schimmern jetzt wie Kupfer ... Alena hatte auch so ein zartes Gesicht, wie Rosa jetzt, und ihre Haare erst, glänzend wie feiner Flachs und die vielen kleinen Löckchen. Meine Haare haben gar keine Farbe, die sind so ... so ... ach ich weiß nicht und wachsen tun sie auch nicht richtig.«

»Aber mir gefällst du«, meinte Simon.

Julia holte auf einmal tief Luft, so als ob ihr gerade eine unglaubliche Idee gekommen wäre. Sie wurde ganz hibbelig, und fast wären die Abfälle zu Boden gefallen, weil sie das Tuch in ihrer Aufregung nicht mehr richtig hielt.»Simon, Sarah ... vielleicht ist Rosa ja auch eine Fee! Wie Alena!«

Simon sagte erst einmal nichts. Er senkte den Kopf und zog seine Seite des Tuchs ein wenig höher, sodass seine Augen nicht zu sehen waren. Aber Sarah lächelte zu der Kleinen hinunter.

»Wer weiß«, sagte sie, obwohl sie mit ihren vierzehn Jahren natürlich nicht mehr an Feen glaubte.

»Simon, sag doch auch was!«, drängte Julia ihren Bruder, »Sarah meint, dass es sein kann.«

»Wenn Rosa auch weggeht, dann hab ich sie nicht mehr lieb«, schrie Simon und wischte sich vor Wut, dass ihm die

Augen nass geworden waren, mit dem schmutzigen Tuch quer über das Gesicht.

»Rosa geht nicht weg!«, sagte Sarah schnell.

»Alena ist auch weggegangen, heim zu den anderen Feen, ich hab's gesehen!«, erwiderte Simon heftig, »und sie hat nicht mal ›Tschüss‹ gesagt.«

Die Möglichkeit, dass Rosa weggehen könnte, weil sie eine Fee war, hatte Julia noch gar nicht bedacht. Das Tuch rutschte ihr aus den Händen und die fauligen Apfelstücke fielen auf den Boden. Einen Augenblick lang stand sie mit hängenden Armen da. Sarah kam sich richtig hilflos vor, weil die Kinder das alles so ernst nahmen. Sie ärgerte sich, weil sie deren Glaube an Feen auch noch so unbedacht geschürt hatte. Wenn es tatsächlich Feen gäbe, dann sähe die Welt doch besser aus, dachte sie erbost, aber es gab halt keine. Ihre eigene Trauer um die verschwundene Alena kehrte mit Macht zurück und erdrückte sie fast. Zick und Zack, die beiden Ziegen drängten sich an sie und schleckten über ihren Arm. Das Gefühl ihrer rauen Zungen auf der Haut gab ihr wieder ein wenig den Boden unter den Füßen zurück. Sarah bückte sich zu den Kindern hinunter und nahm sie in den Arm.

»Keine Angst, Rosa geht nicht weg«, sagte sie fest, »und jetzt legt ihr das Tuch auf den Boden, und wir sammeln das faulige Zeug wieder ein.«

Die Kinder gehorchten, und bald standen sie wie zuvor mit ausgebreitetem Tuch da.

Sarah ließ wieder ausgeschnittenen Abfall von den Äpfeln hineinplumpsen. Eine Weile blieb es still zwischen den dreien. Dafür nahm Sarah umso deutlicher die knabbernden Geräusche der Ziegen wahr, die ihre Zähne an der Rinde des Apfelbaums schleiften; die Rufe hungriger Krähen, die sich auf die abgeernteten Felder stürzten, und das Rascheln von

Madame Schnatter, die ihren Kopf wieder einmal in die Hosentasche von Simon steckte.

Sarah schaute zu Julia, die auf ihren Lippen kaute, und dann auf Simon, der mit gesenktem Blick krampfhaft die Zipfel des Tuchs festhielt.

Julia holte plötzlich tief Luft. »Wir sagen Rosa, dass wir wissen, dass sie eine Fee ist, und dann betteln wir solange, bis sie verspricht zu bleiben.«

Simons Augen blickten sofort ein wenig fröhlicher drein. Er nickte seiner kleinen Schwester zu, gerade so, als ob er sagen wollte: Du hast doch manchmal ganz brauchbare Ideen. Und Betteln, das konnte er immerhin gut.

Während Sarah, Julia und Simon die Ziegen wieder in die Scheune zurückbrachten und anschließend ins Haus zurückgingen, hatte Rosa bereits den Brotteig geknetet und in Stücke geteilt. Als große runde Laibe lagen diese Portionen auf dem hölzernen Schiebebrett, um dort mit der Zeit noch größer zu werden. Zwischen dem Kneten, dem Aufgehen und dem Portionieren des Teiges hatte Rosa draußen noch Kräuter gesucht, diese gereinigt und zum Trocknen aufgehängt; ein paar Wäschestücke gebügelt und die Suppe gerührt, die jetzt für das Mittagessen auf dem Herd vor sich hin köchelte.

Julia und Simon stürmten, kaum dass sie durch die Tür gekommen waren, sofort auf Rosa los und hakten sich rechts und links bei ihr unter. Sie zogen sie zum Tisch, wo Sarah, nachdem sie sich die Hände gewaschen hatte, bereits die Teller eindeckte.

»Wir müssen mit dir reden, Rosa«, sagte Julia und ahmte dabei die Art der Erwachsenen nach, wenn es um wichtige Dinge ging.

»Nanu, das hört sich aber ernst an«, erwiderte Rosa dann auch prompt. Aber sie lächelte dabei.

»Ist ernst«, sagte Simon, »wir wissen es nämlich ...«

»Ja, du kannst es nicht mehr geheim halten!«, assistierte Julia ein wenig vorwurfsvoll.

»Ja was denn, ihr Lieben«, fragte Rosa, die gar nichts begriff. Simon holte tief Luft. »Wir wissen, dass du eine Fee bist, so wie Alena!«

Die Kinder sahen Rosa gespannt an, um die Wirkung ihrer Worte zu testen.

Sarah grinste, wohl froh darüber, dass nicht sie jetzt den Beiden antworten musste. Rosas Reaktion bekam sie zuerst nicht mit, weil die Haustüre aufging und sie schnell in den Keller zum Wasserzuber eilen musste, um feuchte Handtücher zu holen, damit die von der Feldarbeit Heimkehrenden ihre erhitzten Köpfe kühlen konnten. Sie drückte jedem eines in die Hand, nahm danach die restlichen Suppenteller auf, blieb dann aber plötzlich mit Blick auf Rosa reglos stehen.

»Was ist los, habt ihr etwa Krisensitzung«, fragte Thore erstaunt, hängte seinen Strohhut an den Haken und warf sich das Tuch über den Kopf. »Ah, tut das gut!«

»Rosa ist eine Fee«, erklärte Simon seinem Vater. Es war ihm egal, dass er für seine Worte vielleicht gleich wieder einen strafenden Blick ernten würde. Er zuppelte an Rosa herum.

»Sag was Rosa, wir wissen doch, dass du eine Fee bist.«

Thore wollte seinen Sohn zur Ordnung rufen, damit er die arme Rosa endlich in Ruhe ließ. Doch dann geschah etwas, das allem im Raum den Atem nahm.

Rosa sank, als die Kinder auf sie einredeten, wie geistesabwesend in sich zusammen. Das Wort »Fee« klang ihr noch in den Ohren. Sie vermeinte plötzlich, ferne Stimmen zu hören, das Rauschen von dichten Wäldern, die Rufe von Eulen und das leise Flattern unzähliger Schmetterlinge. Ihre Hände zuckten, ihr Atem vertiefte sich, und mit einem Mal wusste sie wieder, wer sie war. All die grausamen Kriege, die dieser Welt in den letzten Jahrzehnten die Würde nahmen, all die Kämpfe um die letzten Ressourcen ihrer Eingeweide und um die wenigen Flächen unberührter Natur, das kannte sie nur aus den Geschichtsbüchern, aber ihre eigenen Vorfahren hatten die Zerstörung nicht miterlebt. Sie selbst kam erst vor etwa fünfzehneinhalb Jahren hierher, aus einer anderen Welt, die so schön war, so lebendig, dass ihre Freunde hier, denen die Väter nichts anderes hinterlassen hatten als verbrannte Erde, sich diese sicher nicht vorstellen konnten. Aber sie kam damals, um ein Versprechen zu erfüllen. Ja, sie erinnerte sich! Es ging um die Unschuldigen, um Menschen wie ihre Freunde. Sie hob den Blick, lächelte und drückte die beiden Kinder an sich, ein ums andere Mal.

Als Rosa sich dann vom Stuhl erhob, auf dem sie gesessen hatte, fiel Sarah ein Teller aus der Hand. Klirrend zersprang er auf dem Steinboden in tausend Stücke. Auch die nassen Tücher, mit denen sich die Erwachsenen eben noch abgekühlt hatten, fielen zu Boden. Anna presste eine Hand vor den Mund, und die Augen ihres Mannes Thore weiteten sich in ungläubigem Staunen. Jesse starrte auf Rosas Gestalt und murmelte etwas in sich hinein, was wohl nicht einmal er selbst verstand. Thomas und Rebecca hatten sich auf den nächststehenden Stuhl fallen lassen, weil ihnen bei dem Anblick, der sich nun bot, die Beine zu versagen drohten.

Rosa stand da, die Kinder noch an der Hand, und um sie herum verbreitete sich ein Blumenduft, wie ihn seit Jahren keiner mehr gerochen hatte. Ihr Körper schien sich um einige

Zentimeter aufzurichten, während ihr welliges, kupfern glänzendes Haar in rasanter Geschwindigkeit bis fast auf Taillenhöhe herunterwuchs. Ein Licht hüllte sie ein, das die Haut von ihrem Gesicht und den Armen wie von Innen heraus zum Schimmern brachte. Nach einiger Zeit ging das Leuchten zurück, doch die Verwandlung, die Rosa durchgemacht hatte, blieb. Sie sah wunderschön aus.

Rosa liebkoste die Kinder und flüsterte ihnen immer wieder ein »Danke« ins Ohr. Dann wandte sie sich an die Erwachsenen. »Ich erinnere mich wieder. Jetzt ergibt alles einen Sinn. Oh, endlich ... die Eiche, Selina, Romans Geschichte ... Alena ... Die Kinder haben recht. Ich bin eine Fee ... aus dem Geschlecht der Sidda. Ich hatte es nur vergessen. Über fünfzehn Jahre war ich nicht mehr in meiner Heimat. Antiquerra, so nennen wir sie, die alte Erde ... Die Wiesen und Wälder dort sind tiefgrün und die Felder fruchtbar ohne Ende.«

»Bitte Rosa, du darfst nicht auch noch weggehen. Bitte, bitte, bleib hier ... Alena ist doch schon weg ...«, bettelte Simon, und auch seine Schwester hängte sich wie eine Ertrinkende an ihren Arm.

»Nein, ich gehen nicht fort, keine Sorge«, sagte Rosa zu den beiden und sah dann wieder zu den Erwachsenen, die noch immer wie behämmert wirkten. »Ich verließ meine Heimat nur aus dem Grund, um euch in der schweren Zeit zu helfen, zusammen mit vielen anderen Feen. Ihr seid meine Freunde geworden, und ich bin eure Freundin — wenn ihr mich weiter bei euch haben wollt.«

Statt einer Antwort kam jetzt Bewegung in die Gruppe. Sie gingen auf Rosa zu und umarmten sie herzlich. »Ob Mensch oder Fee, dein Herz ist auf dem richtigen Platz, und wir sind stolz, uns zu deinen Freunden zählen zu dürfen«, sagte Jesse und fasste damit die Empfindungen aller zusammen.

Das Mittagessen verlief so lebhaft wie nie und in den folgenden Stunden blieb die Arbeit ausnahmsweise liegen. In all den Fragen der Freunde und den Antworten hätte Rosa beinah sogar die Brote vergessen, die sie dann aber gerade noch rechtzeitig in den Steinofen schieben konnte. Als die Beerensammler am Nachmittag zurückkamen, begann das Staunen von neuem.

»Rosa, wo hast du denn die tolle Perücke her«, fragte Jutta, kaum dass sie durch die Tür trat. »Du siehst ja fantastisch aus, völlig verändert.«

Es dauerte eine ganze Weile, ehe Timo, Jutta und Claudia begriffen, dass es sich tatsächlich um Rosas eigenes Haar handelte, das heute so unglaublich schnell gewachsen war. Bis zum Abend hatte Rosa dann mehrfach erzählt, wie sie damals aus der Zaubereiche in die Welt der Menschen getreten war, zusammen mit ihrer besten Freundin Selina und deren kleinen Tochter Alena, die wie ihr Gatte Roman, der damals schon mehr als drei Monate bei den Menschen weilte, zu den Korria-Feen gehörten. Sie erzählte auch, wie sich bald darauf das Tor zu ihrer Welt verschlossen hatte, sodass sie nicht mehr zurück konnten. Sie verriet nicht alles von dem, woran sie sich jetzt wieder erinnerte, erst recht nicht, dass die weitere Zukunft von Alena abhing. Es wäre zu viel für die Freunde gewesen und manches hätte ihnen wohl große Angst gemacht. Sie würde ihnen die Wahrheit in verträglichen Dosen beibringen, nach und nach. Das fand sie besser.

Die Fragen der Kinder, ob sie zaubern könne wie die Feen in ihrem Buch, bejahte sie lächelnd. Auf einen Wink ihrer Hand hin öffnete sich zum Erstaunen aller das Fenster hinter dem Esstisch, und herein flog ein Heer von bunten Schmetterlingen, tanzte um die Köpfe der begeisterten Kinder und schwebte wie schwerelos wieder zum Fenster hinaus, das sich danach genauso selbstständig verschloss, wie es sich vorher geöffnet hatte. Allerdings verschwieg Rosa, dass ihre Zauberei doch noch einen Haken hatte. Die Schmetterlinge aus ihrer Heimat Antiquerra zu rufen war leicht. Sie manifestierten sich, wo immer sie wollte. Aber um das zu bewältigen, was jetzt bevor stand, brauchte sie eine wesentlich mächtigere Magie, und vieles davon war noch immer nicht in ihr Gedächtnis zurückgekehrt. Sie entsann sich aber, dass Selina und sie, als das Tor der Welten sich damals verschloss, tage- und nächtelang an einem »Buch der Erinnerung« geschrieben hatten. Heute noch musste sie danach suchen!

Rosa aß noch mit den Freunden zu Abend und verabschiedete sich dann. Diesmal schlug sie jedoch nicht den Weg zur Eiche ein, sondern radelte mit ihrem Fahrrad auf direktem Weg heim. Sie versorgte in ihrem Haus die Pflanzen mit Wasser, ging dann in Alenas Haus, um dort das gleiche zu tun, und dann suchte sie das Buch der Erinnerung. Sie vermutete es in Alenas Haus, denn Roman wusste damals davon und hatte sicher auch geholfen, ein geeignetes Versteck dafür zu finden.

»Zeig dich«, flüsterte sie und schnipste mit den Fingern.

Der Küchenschrank klapperte, aber gleichzeitig kam von oben über der Treppe ein Luftzug, der ein paar glitzernde Partikel mit sich trug. Es irritierte Rosa. Sie konnte sich nicht vorstellen, dass sie das Buch in Teilen versteckt hatten. Zuerst ging sie zum Küchenschrank, um dort nachzusehen. Sie öffnete alle Schranktüren, aber außer drei Kochbüchern fand sie nichts, das dem Gesuchten gleich kam. Als sie den Schrank ein wenig enttäuscht wieder schließen wollte, bemerkte sie eine große, alte, mit Blau und Gold verzierte Tasse, die auf einer Seite eine hübsche porzellanene Blüte trug. Die Tasse

81

vibrierte leicht, und sie erinnerte sich, dass Roman erzählt hatte, dass diese einst seiner Urgroßmutter gehörte. Rosa nahm die Tasse in die Hand, und sah in ihrem Inneren einen unscheinbaren Beutel. Sie holte ihn heraus. Als sie ihn öffnete, entdeckte sie darin eine Handvoll ausgetrockneter Kokons, die vielleicht von einer Seidenraupe stammen konnten. Als sie weiter kramte, fand sie noch zwei Silberringe mit eigenartigen Zeichen; ein winziges holziges Stückchen, das aussah wie eine ausgedörrte Wurzel und ein paar matt schimmernde Muschelperlen. Sie hätte nicht sagen können wofür diese Dinge gebraucht wurden, doch sie spürte genau, dass sie aus ihrer Heimat, der alten Erde Antiquerra, stammten. Sie nahm den Beutel an sich und stellte die Tasse wieder zurück. Dann ging Rosa zur Treppe und folgte der Spur nach oben. Sie führte in Selinas und Romans Schlafzimmer, das noch genauso kuschelig und verspielt aussah wie zu ihren Lebzeiten. Das schwere Doppelbett ruckelte, als ob es in der Mitte auseinanderstreben wollte. Rosa machte mit ihren Händen eine Bewegung, wie um etwas auseinanderzuschieben. Die beiden Betthälften trennten sich, schoben dabei die kleinen Nachttische mit beiseite und gaben einen kleinen Spalt in der Mitte frei, in dem sich Rosa gerade noch bewegen konnte. Eine Ecke der braunen Holzdielen erregte ihre Aufmerksamkeit. Es sah aus, als sei sie lose. Sie zwängte sich bis zu der Stelle vor und versuchte, die Holzplatte anzuheben. Ein paarmal rutschte sie mit ihren Fingern ab. Dann gab die Holzdiele auf einmal ein stöhnendes Geräusch von sich. Sie verschob sich und Rosa konnte das Holz anheben. Es befand sich tatsächlich ein kleiner Hohlraum darunter, der jedoch nicht auffiel, weil er mit etwas ausgefüllt war, das von ähnlich unscheinbarer brauner Farbe war wie die Dielen. Sie hob den Gegenstand heraus, und sofort erkannte sie das in marmoriertes Leder gebundene Buch. Alle Seiten waren von Hand beschrieben, in ihrer eigenen Schrift und doch veränderten sich die Buchstaben vor ihren Augen immer wieder so, dass sie gleichzeitig auch Selinas Handschrift zu erkennen glaubte. Rosa drückte das Buch an ihr Herz. »Selina, meine Liebe ... dein Roman hatte recht. Die Erinnerung ist nicht verloren. Sie ist wiedergekommen, weil jetzt die Zeit passt!«

Mit einem Fingerschnipsen brachte Rosa das Schlafzimmer ihrer Freundin in Ordnung, so dass es aussah, als sei nichts berührt worden. Das Buch und den Beutel mit den magischen Gegenständen tat sie in die kleine bestickte Tasche, die sie immer zum Kräutersammeln an einem Gürtel um die Taille trug. Die magischen Utensilien passten sich ihrer Hülle an, so dass es von außen kaum auffiel, dass in der Tasche etwas darinnen war. Zufrieden ging Rosa nach unten und hinüber in ihr eigenes Haus. Dort kochte sie sich einen duftenden Kräutertee. Dann setzte sie sich an den Küchentisch und las die ganze Nacht in ihrem wiedergefundenen Buch der Erinnerung.

Nur drei Monde ...

Den Freunden vom Eberthof hatte Rosa noch immer nicht gesagt, dass in Antiquerra Entscheidungen getroffen wurden, die über das Wohl und Wehe der Menschen in ihrer Stadt entscheiden würden. Sie spürte zwar viel, ihre Erinnerung war zurückgekehrt, und ihre magische Verbindung zur alten Erde wurde täglich stärker. Doch sie empfing von dort nicht die Informationen, die sie gerne gehabt hätte. Alle Eingebungen wurden überlagert von dem beängstigenden Gefühl, dass die Zeit davonlief. Sie begriff auch warum das so war, denn mittlerweile wusste sie wieder was »die drei Monde« zu bedeuten hatten. In ihrem Kalender hatte sie sich den neunundzwanzigsten September, den Tag des letzten der drei Vollmonde rot angestrichen. Bis dahin würde es sich entscheiden, ob die Menschheit an ihrer zugrunde gerichteten Erde zerbrechen musste, oder ob sie wenigstens einigen Menschen in Antiquerra Zuflucht geben konnte. Der Kalender zeigte bereits den fünfundzwanzigsten Juli. Es war also sinnlos, einfach nur auf die Zeichen zu warten, die den Fortschritt von Alenas Mission anzeigten. Ihr konnte sie nicht helfen, obwohl es einmal so geplant gewesen war, aber hier bei den Menschen konnte sie etwas tun. Rosa entschied sich, die Dinge auf der Erde beherzt in die Hand zu nehmen, damit am Tag der Entscheidung so viele Menschen wie möglich gerettet werden konnten.

Allerdings sorgte sie sich, weil sie wohl in den nächsten Wochen der Allgemeinheit ihre Identität als Fee preisgeben musste. Die Freunde vom Eberthof hatten ihre Natur ohne zu zögern akzeptiert und schnell begriffen, dass Rosas wiedererinnerte magische Fähigkeiten viele Vorteile brachten. Aber sie bezweifelte, dass die Leute aus der Stadt das genauso sahen. Menschen in Not reagierten zuweilen seltsam, auch wenn man es gut mit ihnen meinte. Viele in der Stadt suchten nach einem Sündenbock, und wer wusste schon, ob sie nicht sogar ihr die Schuld geben würden für ihr Elend. Vor allem die Tage vor der Entscheidung würden den Menschen wie das jüngste Gericht erscheinen, zumindest dann, wenn Alena es schaffte, der Schattenkönigin Tahereh ihren Schlüssel zu geben. Rosa seufzte auf — der Wille des Feenvolks, zu helfen, wurde wahrlich schwer geprüft. Sie sah die Tage und Wochen vor ihrer Abreise aus Antiquerra wieder klar vor sich: Meister Kieran hatte alle Feen und Magier aufgerufen, notleidenden Menschen Hilfe zu gewähren und sie nach Antiquerra zu führen, damit sie dort leben konnten, bis ihre Erde sich wieder erholte. Viele erklärten sich dazu bereit, im Gedenken an die legendäre Fata Lena, die einst einen schweren Weg gegangen war, um sie alle vor dem Untergang zu retten. Die Fata, hab Mensch, halb Fee — auch Rosa fühlte sich ihr verpflichtet. Aber es gab Schwierigkeiten von unerwarteter Seite: Die Strahlenkönigin Alyssa, Herrin über Licht und Leben, stellte sich gegen den Plan und verschloss die Tore der Welten. Ehe diejenigen, die bereits unter den Menschen weilten, drei Monde danach ihre Erinnerung verloren, erfuhren sie noch den Grund: Alyssa zürnte der Menschheit, weil sie ihre Erde ruiniert hatten, ohne Rücksicht darauf, dass sie damit die Lebensgrundlage ihrer Nachkommen zerstörten. Die endlosen Kriege, oft nur geführt, um den Reichtum einzelner Staatshaushalte zu mehren oder wiederherzustellen, taten dazu. Alyssa vertrat die Meinung, dass das Erdenvolk die Konsequenz seiner Taten tragen sollte, auch wenn das bedeutete, dass die menschliche Rasse dann womöglich an den Folgen irgendwann ausstarb. Dass es auch Unschuldige gab und Feen, die in der Menschenwelt gefangen waren, änderte nichts. Zu aller Überraschung reichte ihnen aber Alyssas dunkle Schwester Tahereh, Herrin über das Schattenreich der Toten, den Stab der Hoffnung: Wenn eine Fee, geboren als Tochter des Lichts, ihr innerhalb dreier Monde nach ihrem achtzehnten Geburtstag den Schlüssel gab, den die Fata Lena einst um den Hals trug, dann konnten die Weltentore wieder geöffnet werden — auch für die Menschen. Rosa hatte damals sofort gewusst, was das für die kleine Alena bedeutete, denn sie war am Tag des wiederkehrenden Lichts zur Stunde des Abstiegs geboren worden, und der Schlüssel der Fata Lena befand sich seit langem im Besitz ihrer Mutter Selina.

Rosa seufzte noch einmal. Den Schlüssel hatte Alena sicher um den Hals, aber ob sie ihrer Aufgabe gewachsen war? Nein, sie durfte nicht grübeln, nicht zweifeln — und sie musste hier die Dinge anpacken. Am besten, sie besprach sich morgen mit Jesse, wie sie die Leute aus der Stadt am besten vorbereiten konnten, damit sie zu ihrer Rettung wenigstens ein bisschen beitrugen. Rosa gab sich nicht der Illusion hin, dass sie alle aus der Stadt in ihre Heimat mitnehmen konnte, wenn sich das Tor zwischen den Welten öffnete. Viele würden ihr vermutlich nicht glauben. Aber die Zurückbleibenden mussten dann zumindest soweit auf die Zukunft vorbereitet sein, dass sie auch hier eine Überlebenschance hatten, wenn auch nur eine winzige. An die Möglichkeit, dass sich das Tor in der Eiche nie mehr öffnen würde, mochte Rosa gar nicht denken. In ihrem Kopf verankerte sie ganz fest die Zuversicht, dass sie Alena bald wiedersehen würde. Dann war die Not endlich vorbei.

Das in Leder gebundene Buch der Erinnerung hatte Rosa wieder in sein Versteck unter den Dielen im Schlafzimmer ihrer verstorbenen Freunde gelegt. Sie brauchte es nicht mehr. Alles was darinnen geschrieben stand, haftete nun in ihrem Gedächtnis. Sobald sie wieder in ihre Heimat ging, würde es zu Staub zerfallen, damit es niemand Unbefugtem zwischen die Finger geraten konnte. Vor zwei Tagen hatte sie auch die Schachtel mit ihrem rubinroten Feenkleid und dem Gürtel mit der goldenen Eichenblatt-Schließe sowie ihren Haarkranz aus mittlerweile längst vertrockneten Rosenblüten auf ihrem Speicher wiedergefunden. Das Kleid hatte sie magisch gereinigt und an die Garderobe bei der Eingangstür gehängt. Den Gürtel trug sie nun zu ihrem bunten Sommerkleid. Er verstärkte ihre Kraft, und das konnte sie jetzt gut gebrauchen. Auch den kleinen Beutel mit Selinas magischen Gegenständen trug sie nun täglich bei sich. Rosa war froh, dass sie diese Dinge, von denen sie endlich wieder wusste, wozu sie gebraucht wurden, in Alenas Haus gefunden hatte. Sie selbst besaß sicher auch so einen Beutel wie ihre Freundin, aber er blieb trotz intensiver Suche verschwunden.

Der ersehnte Regen blieb auch in den folgenden Tagen aus, und der Wasservorrat unter Rosas und Alenas Garten war aufgebraucht. Rosa hatte sich daher entschlossen, nur noch die letzten Früchte und Gemüse zu ernten und danach zu ihren Freunden zu ziehen. Ein kleines Zimmer im oberen Stock des Eberthofs wurde schon für sie gerichtet. In den letzten drei Tagen hatte sie bereits ihre persönlichen Sachen hingeschafft – nicht viel, nur das, was sie in den nächsten zwei Monaten noch brauchen würde. Ein großer Teil ihrer Wintervorräte lagerte auch schon dort, und den Rest wollte sie heute Nacht einkochen. Wenn alles so klappte, wie sie hoffte, dann konnten sie im September die Vorräte für diejenigen zurücklassen, die hier blieben. Jesse hatte versprochen, dass er morgen um halb fünf Uhr noch einmal mit dem Fahrradanhänger kommen würde, damit sie die restlichen Sachen aufladen und zum

Eberthof schaffen konnten. Rosa machte sich an die Arbeit, und sie freute sich wie ein Kind, weil sie nun mit Hilfe ihrer wieder erinnerten Magie doppelt so viel schaffte wie zuvor.

Als Jesse am nächsten Morgen pünktlich zur ausgemachten Uhrzeit klingelte, hatte Rosa bereits alles gerichtet. Sie fühlte sich munter, obwohl sie nur wenig geschlafen hatte. Jesse staunte wieder einmal über ihre Leistungsfähigkeit, die seit dem Tag, an dem Rosa sich ihrer Herkunft erinnerte, noch sehr zugenommen hatte. Die Gläser mit dem heute Nacht eingeweckten Gemüse standen auf dem Küchentisch, daneben zwei reichlich angeknabberte Kohlköpfe und darum herum etliche Zimmertomaten und Gurkengewächse mit noch unreifen Früchten und Blütenständen.

»Tiere ...«, sagte Rosa, »sie haben fast den ganzen Kohl im Garten gefressen.« Sie sah von den armseligen Kohlresten zu Jesse, dessen Blick jedoch an der Garderobe klebte, wo sie ihr Feenkleid hingehängt hatte. »Dieses Kleid trug ich, als ich mit Selina und Alena hierherkam. Ich werde es tragen, wenn ich euch in meine Heimat führe«, sagte sie lächelnd zu ihm.

»Du wirst darin aussehen wie eine Göttin!« Jesse schaute sie an und zum ersten Mal, seit sie sich kannten, wurde Rosa gewahr, dass in seinen Augen mehr als freundschaftliche Zuneigung schimmerte. Es überraschte und verwirrte sie so sehr, dass sie die Augen niederschlug und sich verlegen umwandte.

Die Vorräte waren schnell in dem Fahrradanhänger verstaut. Jesse deckte alles sorgfältig ab, man musste die Diebe schließlich nicht einladen. Nur die Töpfe mit den Pflanzen guckten in die aufgehende Sonne. Rosa verpackte noch ihr Kleid sowie den vertrockneten Haarkranz, legte beides in den Korb ihres eigenen Fahrrads und dann strampelten sie zusammen los. Im Eberthof kamen sie gerade rechtzeitig zum Frühstück an.

Am Vormittag fand Rosa keine Zeit, um mit den Freunden über die Vorbereitungen zu sprechen, die zur Rettung der Menschen aus der Stadt notwendig wurden. Aber nach dem Mittagessen blieben sowieso alle im Haus, weil die Hitze ein Arbeiten draußen unmöglich machte. Anna verfrachtete die Kinder ins Bett und bestand darauf, dass sie ein wenig Mittagsruhe hielten. Dann setzte sie sich wieder zu den anderen an den Tisch.

Thore stützte den Kopf in die Hand und seufzte schwer auf. »Seit fast drei Monaten hat es nicht mehr geregnet. Unser Wasser wird verdammt knapp, und die Hedwigsquelle oben am Wald tröpfelt auch nur noch vor sich hin.«

»Kann deine Magie da nicht auch ein wenig helfen?«, fragte Anna hoffnungsvoll und blickte dabei zu Rosa.

»Wenn unter der Erde noch Wasser ist, das sich mit der Quelle verbinden kann, dann ja. Ich komme heute Abend sowieso dort vorbei und dann tue ich, was ich kann. Bis es ...«

Claudia unterbrach sie. »Du willst noch mal in dein Haus?«

»Nein, nicht in mein Haus, heute Abend gehe ich zur Eiche. Ich muss Verbindung zu den anderen Feen aufnehmen, die wie ich unter euch leben. Die Zeit drängt, und wir müssen Vorbereitungen treffen. Freunde, ich habe es euch noch nicht gesagt, aber schon bis zum neunundzwanzigsten September wird sich unser aller Schicksal entscheiden. Bitte ...«, sagte Rosa, als sie die erschrockenen Blicke sah, »es wird alles gut. Es sind viele von uns hierher gekommen, um euch Menschen zu helfen. Schon damals wussten wir, dass die Zeiten schwer werden. Unglücklicherweise haben wir danach die Erinnerung verloren. Doch jetzt wissen wir wieder, wer wir sind, und wenn der Tag da ist, brechen wir zusammen mit euch in ein besseres Leben auf.«

»Das ist aber verdammt wenig Zeit bis zum ... herrje ...«, sagte Thore.

»Rosa ... und ich werde das Gefühl nicht los, dass du uns noch immer ein paar Kleinigkeiten verschweigst. Alenas Mission ... es könnte auch schief gehen, nicht wahr? Ich kann nicht für alle sprechen, aber ich persönlich bin lieber auf das Schlimmste vorbereitet, als dass es mich nachher wie ein Hammerschlag trifft«, warf Timo ein.

»Was ist das Schlimmste, das passieren kann? Sag es uns Rosa!« Thomas sprach leise und ergriff die Hände seiner Frau Rebecca und seiner Tochter Sarah, die rechts und links von ihm saßen.

Rosa schaute in die Gesichter ihrer Freunde und dachte bei sich, wie mutig sie doch waren. Ihr Herz weitete sich und strömte über vor Liebe zu diesen Menschen, die ihre Gefühle nun wie eine sanfte Umarmung empfingen. Dann wurde sie ernst.

»Gut«, sagte sie, »ich werde euch die ganze Wahrheit sagen, aber ich will, dass ihr alle genauso fest daran glaubt, dass wir gerettet werden, so wie ich es auch tue.« Als die Freunde etwas zögernd nickten, fuhr sie fort zu sprechen. »Ich habe euch erzählt, dass Alena eine Tochter des Lichts ist und in meiner Heimat eine Aufgabe zu erfüllen hat. Sie muss der Schattenkönigin Tahereh einen Schlüssel geben, der sich lange im Besitz von Alenas Familie befand und der einst einer Halbfee gehörte ... sie hieß Lena ... ja, auch den Namen trägt A—lena nicht zufällig, und sie muss denselben Weg gehen, den die Fata — so nennt man bei uns eine Halbfee — damals ging. Das ist nicht ungefährlich, das Schattenreich ist schwer zu finden und Tahereh unberechenbar. Aber ich bin überzeugt, dass Alena mittlerweile Freunde gefunden hat, die ihr helfen, und ich spüre, dass sie sich schon bald auf den Weg machen. Wenn es gelingt, werden sich die Tore zwischen unseren Welten wieder öffnen und wir Feen dürfen euch mitnehmen in unsere Heimat. Deshalb muss ich heute Abend mit den meinen sprechen, damit alle die Reise vorbereiten können. Sie wissen ja noch nichts von Alena, im höchsten Fall ahnen sie etwas. Sie werden sich dann um die Menschen in ihrem Umfeld kümmern.«

»Du nimmst also an, dass es hier noch schlimmer wird, als es bereits ist?«, fragte Jesse.

»Wenn Alena es schafft, Tahereh den Schlüssel zu überreichen, dann wird hier die Hölle losbrechen, soviel ist sicher. Die Strahlenkönigin Alyssa, Taherehs Schwester und Herrin über Licht und Lebensfeuer, wird mit Tahereh kämpfen, die Dunkelheit und Tod in sich trägt, aber auch den Keim, aus dem Alyssa neues Leben entfachen kann. So steht es geschrieben, und auch, dass keiner der beiden in solchem Kampf siegen wird, denn es ist ein Ringen um das Gleichgewicht ihrer Kräfte. Wenn die beiden sich wieder beruhigt haben, werden sie gemeinsam die Weltentore öffnen. Aber bis dahin wird die Hitze der Strahlenkönigin hier alles verdörren, mehr als es jetzt schon der Fall ist, und damit die Erde nicht ausglüht, muss Tahereh Schnee und Eis schicken, um das Feuer im Inneren der Erde abzukühlen. Bis sich dann hier alles wieder regeneriert, werden womöglich Jahrtausende vergehen. In Antiquerra dagegen wird der Aufruhr der Königinnen bereits in wenigen Tagen vergessen sein, weil unsere alte Erde anders ist als eure, viel größere Selbstheilungskräfte hat und nicht schon über die Zeit ausgelaugt ist. Deshalb wollen wir so viele Menschen wie möglich mit uns nehmen. Bei uns seid ihr sicher, aber hier wird das Leben auf lange Zeit hinaus sehr schwer, wenn nicht gar unmöglich werden.«

»Dann sind eure Königinnen auch mit unserer Erde verbunden?« Thomas sah Rosa ungläubig an.

»Mit allem, was lebt und stirbt, deshalb ist es so wichtig, die Erde, die uns nährt, zu schützen. Auch sie kann sterben.«

»Ja, unsere Erde ist todkrank.« Jesse seufzte und sprach dann leise weiter. »Manchmal schäme ich mich, ein Mensch zu sein ... wenn man die Jahrtausende überblickt ... immer grausamere Kriege, Verdrängung statt Zusammenhalt, Fanatismus, Intoleranz. Die Natur, die uns nähren sollte, wurde nach Gutdünken zurechtgestutzt, unter dem Deckmäntelchen des Ertrags, der doch nur dem Geldbeutel einzelner diente ... bis zur Zerstörung. Es gab sogar Zeiten, da landeten Lebensmittel tonnenweise im Müll, nur damit ihr Preis gehalten werden konnte. Unvorstellbar heute. Zu wenige unserer Vorfahren haben den kranken Atem dieser Welt erkannt, und sie konnten sich nicht durchsetzen.« Jesse seufzte wieder und schaute Rosa an. »Du wirst Hilfe brauchen«, sagte er dann, und sie nickte.

Thore knetete immer wieder das feuchte Handtuch, mit dem er seinen Nacken kühlte, schüttelte dann den Kopf »Ja, wie oft habe ich gegrübelt ... dieses mörderische Klima, zum Teil unsere eigene Schuld, oder, ich mag nicht daran denken, auch ganz, wenn ich diese Königinnen jetzt als Wächterinnen des Gleichgewichts begreife. Die globale Erwärmung — über Jahrhunderte hinweg gefördert, weil sich der Mensch nicht als Teil seiner Umwelt betrachtete, sondern als ihr Herr. Jetzt ist das Eis der Arktis geschmolzen und der Meeresspiegel viele Meter hoch gestiegen.« Er blickte kurz zu Rosa. »Hamburg soll eine lebendige Stadt gewesen sein, bevor sie im Wasser versank. Ja ... und das gefrorene Methangas, das bei der Schmelze freigesetzt wurde und dann diese brennende Hitze entfacht hat. Überall auf der Welt stehen noch Ruinen von Kernkraftwerken, und unter der Erde und im Meer lagern die Abfälle. Im Umkreis davon ist alles verstrahlt, weil die Erde aufbricht und das Meer sich immer weiter erwärmt. Ja, das Risiko war bekannt, seit mehr als hundertfünfzig Jahren. Wir haben hier ja noch Glück, irgendwie ... oder auch nicht, denn mit Sorge beobachte ich unseren Wald, der so ausgetrocknet ist, dass er bald wieder brennen könnte. Und wenn doch zuvor der Regen kommt, dann sind wir dem Sturm ausgeliefert, der ihn bringt. Ja, all das, womit wir zu kämpfen haben, geht zum großen Teil auf das Konto unserer menschlichen Rasse, aber ich hoffe, nicht nur. Es wäre mir unerträglich ... wenn die Folgen, auch dieser spürbar gesunkene Sauerstoffgehalt der Luft, der uns bei der Arbeit so zu schaffen macht ...« Thore fuhr sich verzweifelt mit den Händen durch die Haare. »Wie soll ich meinen Kindern erklären, dass es ihnen deshalb immer mehr den Atem nimmt, weil ihre Vorväter nicht an einem Strang gezogen und rechtzeitig gehandelt haben?«

Rebecca, die an seiner linken Seite saß, streichelte seinen Arm. »Thore, der Blick in eine Vergangenheit, die nicht zu ändern ist, bringt nichts. Und es gibt doch Hoffnung jetzt! Rosa hilft uns hier raus.«

»Aber was, wenn Alena es nicht schafft?«, fragte Anna ängstlich.

Rosa konnte ihre Sorge nachempfinden. Sie verstand auch Thore, der sich immer so sehr in die Verantwortung nahm, für alle hier, und noch mehr für das Leben seiner beiden Kinder. Jeder der Freunde wollte zwar die Wahrheit hören, sie hatten das vorhin nicht nur dahingesagt, aber sie fürchteten sich auch davor, obwohl sie diese in ihrem tiefsten Herzen kannten.

»Sie schafft es, das fühle ich.« Rosa sprach mit voller Überzeugung und lächelte dann, um ihre nächsten Worte abzumildern.« Aber da ihr es wissen wollt ... falls nicht, dann werden sich die Tore zwischen den Welten niemals mehr öffnen. Wir Feen werden unsere Erinnerung endgültig verlieren und auch unsere magischen Fähigkeiten. Wir werden dann mit euch in Alyssas heißem Zorn dahingerafft. Aber ich vertraue auf Alena, und ihr solltet es auch tun.«

Eine Weile sprach niemand etwas. Was Rosa gesagt hatte, musste verdaut werden. In wenigen Wochen konnte ihr Leben vorbei sein, es hing am seidenen Faden. Aber sie hatten die Wahrheit ja hören wollen und im Grunde auch schon geahnt. Rebecca schaute zu ihrer Tochter, um zu sehen, wie sie es aufnahm. Aber die vierzehnjährige Sarah zeigte sich unerwartet gefasst.

»Ich werde morgen unsere Gemüsesamen eintüten und einen Trieb von unserem armen halbverdorrten Geißblatt eintopfen. In Antiquerra wächst das bestimmt«, sagte sie.

»Also Leute, konzentrieren wir uns auf unsere Rettung! Rosa, wie ist der Plan und wie können wir helfen?«, fragte nun Jesse, und brachte damit alle wieder zu sich.

»Wir müssen es schaffen, so viele Leute wie möglich aus der Stadt mit uns zu nehmen, wenn es soweit ist. Vielleicht könnt ihr euch mal darüber den Kopf zerbrechen, wie wir die am besten überzeugen können. Dann sollte jemand schon mal die alte Frau Martens hierherholen. Wenn sich das Tor öffnet, haben wir keine Zeit mehr dazu.«

»Das mache ich, auf mich hört die sture Eselin noch am ehesten«, sagte Thomas und erntete für seine Respektlosigkeit einen harten Knuff von seiner Frau.

»Timo, du kannst doch so gut schreinern. Könntest du die Scheune, wo wir die Tiere untergebracht haben, und das Hühnergehege maßstabsgetreu im Puppenformat nachbauen? Mit Futtertrögen und winzigen Wassereimern?«

»Ja klar, aber wozu brauchst du das?«

»Für die Tiere«, antwortet Rosa lächelnd. Timo und die anderen schauten nur überrascht, sagten aber nichts mehr.

Rosa stand auf. »Ich bin so froh, euch an meiner Seite zu wissen«, sagte sie leise und schickte einen frischen Blumenduft durch den ganzen Raum, der jeden einzelnen der Freunde stärkend einhüllte. »So, und jetzt gehe ich erst einmal meine Schwestern und Brüder rufen, bis zum Abend bin ich wieder zurück. Morgen sehen wir dann weiter.«

»Soll ich dich begleiten?« Jesses Frage klang ein wenig unsicher.

»Wenn du möchtest, gern ...«, erwiderte sie.

Ihre Zusage schien Jesse auf eigenartige Weise zu beflügeln, und nur wenig später machten sie sich auf den Weg.

Kapitel 3

Zauber ...

Sie liefen auf dem schmalen Weg, der steil zum Wald hinaufführte. Rechts entlang, in Abgrenzung zu den Feldern, plätscherte früher ein kleiner Bach, der von der Hedwigsquelle gespeist wurde. In den letzten Jahren war davon lediglich ein Rinnsal übrig geblieben, das nur nach den Regenfällen kurzzeitig wieder anschwoll. Jetzt führte die Rinne gar kein Wasser mehr. Thore hatte vor ein paar Tagen das kleine Staubecken vor der oberen Wegbiegung geschlossen, damit sich dort wenigstens noch der spärliche Rest Quellwasser sammeln konnte.

Auf der linken Seite wurde der Weg von halbtoten Büschen und Bäumen begrenzt. Das Land dahinter lag brach, das staubtrockene Erdreich hatte hüfthohe Risse. Als sie an einem verdorrten Haselnussstrauch vorbeikamen, bat Rosa um einen Stecken davon. Jesse schnitt ihn mit seinem Taschenmesser ab und entfernte die dünnen Seitentriebe. Nur den vorderen mit wenigen welken Blättern besetzten Haupttrieb ließ er auf Rosas Bitte hin stehen.

»Das macht den Wasserzauber leichter«, sagte sie und blies ihren Atem über den Haselnusszweig, dessen verdorrte Bätter sich daraufhin in saftiges, lebendiges Grün verwandelten.

Sie gingen weiter und kamen bald darauf zu dem kleinen Staubecken, in dem nur noch eine Handbreit hoch Wasser stand. Aus dem Wasserlauf darüber ploppte in erschreckend langsamen Abständen ein weiterer Tropfen in das Becken. Rosa und Jesse gingen schweigend daran vorbei.

Der Weg bog in eine Rechtskurve und dann ging es gleich darauf wieder in leichtem Bogen links am Waldsaum entlang.

Von da aus war es nicht mehr weit bis zur Hedwigsquelle. Sie befand sich an einem runden Platz am Rand des Saumwegs. In der Mitte gab es eine alte Feuerstelle, die früher oft bei kleinen Sommerfesten zum Grillen genutzt worden war, und in der Nähe der Quelle stand eine Bank. Rosa und Jesse gingen jedoch direkt auf den kleinen Felsvorsprung zu, aus dem das Quellwasser munter hätte heraussprudeln sollen. Es tröpfelte nur, und dieses wenige Nass versickerte im Boden. Rosa schloss die Augen, um ins Innere der Natur zu fühlen. Dann fasste sie den Haselnussstecken mit lockerer Hand und richtete ihn mit dem blattbesetzten Trieb auf den Fels, als wenn sie ihn abtasten wollte. Der dünne Trieb mit den Blättern fing an zu vibrieren, als sie den Stab in einen bestimmten Winkel zum Stein drehte.

»Es gibt noch eine Wasserader. Das Wasserbecken, zu dem sie gehört, scheint nicht gerade riesig, aber bis zur Entscheidung reicht es auf jeden Fall, und nicht nur für uns.« Rosa drehte sich von Jesse weg und wies mit dem Finger den Wald hoch. »In dieser Richtung. Ich versuche jetzt die Quellen zusammenzuführen.«

Rosa schloss wieder die Augen und richtete den Haselnussstab auf die Stelle, die sie gezeigt hatte. Ihr Haar fing an zu wehen. Ein heller Lichtschein erfasste ihre Gestalt. Jesse hielt fast die Luft an. Seine Augen weiteten sich, staunend und auch ein wenig erschrocken. Er wurde Zeuge eines kraftvollen Zaubers, der keinen Zweifel an Rosas Herkunft ließ. Er spürte, wie die Erde unter seinen Füßen vibrierte, so als ob weit weg eine unterirdische Detonation stattfinden würde.

Rosa griff nach seiner Hand und holte ihn damit wieder in die vertraute Wirklichkeit. »Ich glaube, es hat geklappt ...« Sie lächelte, verbeugte sich vor dem Wald und legte dabei zwei Finger an ihre Stirn. »Danke!«

Der Lichtschein um sie herum verschwand, und ihr Haar lag bald ruhig um ihre Schultern. Wie Jesse lauschte sie jetzt, und es dauerte nicht lange, bis sie ein leises Rauschen hören konnten. Es wurde lauter, und dann schoss ein kräftiger Wasserstrahl aus dem Fels.

Jesse nahm Rosa um die Taille und wirbelte sie vor Freude im Kreis herum. »Wasser ... wir haben wieder Wasser ... mein Gott, ich fass es nicht, du hast es geschafft! Rosa ... meine Liebste ... meine zauberhafte Fee!« Er lachte, und dann küsste er sie so unvermittelt und leidenschaftlich, dass ihr Hören und Sehen verging. Als sie sich Minuten später wieder voneinander lösten, griff Jesse in ihr Haar und strich es sanft zurück. »Du darfst nicht denken, dass ich dich nur geküsst habe, weil du eine Fee bist«, sagte er leise. »Ich habe mich schon vor langer Zeit in dich verliebt. Es erschien mir hoffnungslos, ich fürchtete, dass du mich immer nur als Freund sehen würdest. Aber heute Morgen, da ...«

»Ich weiß«, erwiderte Rosa und schlang die Arme um seinen Hals. »Es ist nicht hoffnungslos ... wenn du mich noch einmal so küsst wie eben.«

Jesse streichelte ihr Haar, ihre Wangen, fuhr mit den Fingern sanft an ihren Ohren entlang. Seine Hände glitten weiter, über Rosas Schultern, wanderten über den Rücken und dann zog er sie fest an sich und erfüllte ihren Wunsch. Nichts gab es jetzt mehr außer ihrer beider Umarmung und die heißen Küsse, die verrieten, wie lange sie auf diesen Augenblick des Erkennens gewartet hatten. Die Umgebung wurde unwichtig. Die Sorge um die Zukunft wurde unwichtig. Es war, als ob auf einmal alle Schwierigkeiten weit weg rückten und als ob die Welt für einen Augenblick stillstehen würde, nur um auf den Atem zweier Liebender zu lauschen, die sich gefunden hatten.

»Endlich«, flüsterte Jesse nach einer Weile in ihr Ohr, und die Zeit fand zu ihrem normalen Rhythmus zurück. »Ja.« Rosa lächelte ihn glücklich an. Dann machte sie sich sanft von ihm los, wies auf den Haselnusstecken in ihrer Hand, der wieder wie zu Anfang verdorrt aussah. »Mein Zauber konnte ihn nur für kurze Zeit wiedererwecken, ich werde ihn der Erde zurückgeben, aus der er wie alles hier hervorgegangen ist.« Sie ging mit Jesse ein paar Schritte nach vorne und drückte den Stecken am Rand des Platzes ins Erdreich. Dann sah sie Jesse an. »Wir müssen weiter, mein Liebster ...«

Doch bevor beide dann Arm in Arm weitergingen, traten sie noch einmal zur Quelle, die nun ihr Wasser großzügig in die Rinne ergoss, von wo es weiter eilte, um das Staubecken zu füllen bis es überlief, so dass auch der ausgetrocknete Bach mit neuem, sprudelndem Leben erfüllt wurde. Beiden erschien es wie ein gutes Zeichen für das Kommende, als sie gemeinsam mit geöffneten Händen das kühle Nass auffingen, um zu trinken.

Etwa eine Viertelstunde später kamen sie bei der Eiche an. Rosa tastete nach dem kleinen Beutel mit den magischen Gegenständen. Er baumelte seitlich ab Taillenhöhe an einer Schlaufe, die sie extra dafür an ihr Kleid genäht hatte. Sie löste den Clip, der das Täschchen daran einhakte. Eine Weile hielt sie den Beutel nur in der Hand, als wenn sie schätzen wollte, wie schwer er wohl war. Aber in Wirklichkeit wollte sie nur den Zeitpunkt, da sie hineingriff und den Kokon, den sie für ihren Zauber brauchte, herausnahm, noch ein wenig hinauszögern. Sie hatte plötzlich Angst, dass es nicht klappte. Der Papilio-Wurfzauber gehörte zu der Art Magie, die am schwersten auszuführen war. Er brauchte Übung, viel Übung, und immerhin hatte sie diesen Zauber lange Jahre nicht mehr angewandt. Was, wenn ihre Kraft gar nicht dafür ausreichte? Vielleicht waren ihre Fähigkeiten nicht vollständig zurückgekehrt. Vielleicht würden sie sogar nie mehr vollständig zurückkehren, weil sie einfach zu lange nicht mehr damit gearbeitet hatte.

Rosa biss sich unbewusst auf die Lippen, und ihre gesamte Haltung verkrampfte sich.

Jesse begriff schnell, dass sie mit irgendwelchen Problemen rechnete. Er umfasste ihre Schultern und streichelte sie. »Was ist? Hast du Angst, dass sie nicht kommen?«

Rosa schüttelte den Kopf. »Nein, ich habe Angst, dass meine Kraft nicht ausreicht, sie zu rufen«, erwiderte sie bedrückt.

»Du konntest eine Quelle öffnen, dann schaffst du das auch!«

»Quellen zu finden und sie zu öffnen liegt uns Feen im Blut, aber das hier ist der schwerste Zauber, den es gibt. Ich habe Jahre gebraucht, bis ich ihn beherrsche, und jetzt bin ich schon so lange aus der Übung.«

»Aber du konntest ihn ... und was man einmal kann, klappt immer wieder. Nur Mut, meine Liebste.« Jesse hob ihr Kinn ein wenig an, so dass er ihr in die Augen sehen konnte. Er lächelte. »Du bist so voller Kraft und Energie. Schon zu der Zeit, als du dich noch nicht an deine Herkunft erinnert hast, warst du viel stärker als jeder andere, den ich kenne.«

Rosa atmete tief aus, nickte, und dann öffnete sie den Beutel. Sie holte einen der Kokons heraus, verschloss das Täschchen wieder und hängte es an der Schlaufe ihres Kleides ein. Dann nahm sie das trockene weiße Gehäuse zwischen Zeigefinger und Daumen und zeigte es Jesse. »Ein magischer

Kokon ... wenn der Zauber klappt, wird er Boten ausschicken, um die Feen von überall auf der Erde hierher zu holen.«

»Dann werde ich jetzt mal so tun, als ob ich gar nicht da wäre.« Jesse gab Rosa einen aufmunternden Kuss auf die Nasenspitze und verzog sich unter die Eiche, wo er sich auf den Boden setzte.

Rosa ging ein paar Schritte nach vorne und stellte sich an den Rand der ausgetrockneten Wiese. Ihr Herz klopfte jetzt viel zu schnell, und in ihrem Hals saß ein Kloß, den sie krampfhaft herunterzuschlucken suchte. Sie musste ihre Angst loswerden, aber wie? Rosa ging ein paar weitere Schritte in die Wiese hinein, wieder zurück auf den Weg, wieder auf die Wiese. Die Bewegung tat gut, und sie atmete tief ein und aus. *Du schaffst das!* In Gedanken feuerte sie sich an. *Du kannst es!* Roas blieb stehen, ihre Haltung richtete sich auf, und dann konzentrierte sie sich fest auf das Gelingen ihrer Aktion. Sie legte den Kokon in ihre linke Hand, streckte sie nach vorne aus und heftete ihren Blick darauf. Ihr Haar begann zu wehen. Licht umstrahlte ihre Gestalt. Der Kokon hüpfte in ihrer Hand und schoss dann plötzlich nach oben in den Himmel. Ein paar Funken stoben um ihn herum, wie bei einem kleinen Feuerwerk. Dann fiel er unvermittelt zurück auf die Erde. »Ich wusste es!«, schimpfte Rosa leise vor sich hin und machte sich auf die Suche nach dem Kokon. Wenigstens hatte sie gesehen, wo er ungefähr auf den Boden getroffen war. Die Stelle lag nicht weit von ihr entfernt, und so fand sie ihn schnell. Allerdings war der Kokon in zwei Hälften zerborsten, die wie angekokelt aussahen. Für ihren Zauber konnte sie diese Bruchstücke nicht mehr gebrauchen. Seufzend öffnete sie ihren Beutel und nahm einen weiteren Kokon heraus. Wenn es jetzt auch nicht klappte, dann hatte sie nur noch drei Versuche übrig. Aber sie durfte sowieso nicht alle verbrauchen, denn vielleicht war sie in den nächsten Wochen auch noch auf die Magie dieser Kokons angewiesen. Rosa überlegte krampfhaft, woran es wohl gelegen haben könnte, dass der Zauber nicht geklappt hatte. Fehlende Kraft konnte eigentlich nicht die Ursache sein, obwohl das zu Anfang ihre Befürchtung gewesen war. Die Magie war fühlbar aus ihr herausgeflossen. Auch die Richtung stimmte. Ihr fiel plötzlich ein, was ihr alter Freund, Meister Kieran, vor langer Zeit einmal über die Kokons gesagt hatte: »Sie können schlecht werden, wenn sie zu lange liegen.« Die Kokons funktionierten frisch am besten, und diese hier trockneten schon seit Jahren vor sich hin. Wenn sie also Pech hatte, funktionierte keiner mehr.

»Bei der Strahlenkönigin Alyssa, zeig was du kannst«, beschwor sie den Kokon in ihrer Hand.

Wieder streckte Rosa den Arm aus, konzentrierte sich auf das helle, steife Insektengespinst. Ihr langes Haar begann wie vorhin zu wehen, Licht wogte um ihren Körper und breitete sich ringsum auf die Umgebung aus. Ihre Sinne schärften sich so sehr, dass sie sogar die gemurmelten Worte von Jesse hörte, der ein ganzes Stück von ihr entfernt unter der Eiche saß und sie mit der Kraft seiner Zuversicht anfeuerte. Der Kokon in ihrer Hand vibrierte, hüpfte, und schnellte dann in rasender Geschwindigkeit nach oben in die Luft. Dort fing er an golden zu glühen, wurde leuchtend wie eine kleine Sonne und platzte dann mit einem Ton, der an feine, helle Glöckchen erinnerte, auf. Ein Bündel feinster Seidenfäden schwebte zur Erde, und das damit verbundene Heer von Schmetterlingen flatterte in den Himmel und flog in alle Richtungen davon.

Rosa sank langsam in die Knie — bis sie den staubigen Boden berührte. Sie hatte es geschafft! Ihr Papilio-Wurfzauber war gelungen. Mit feuchten Augen schaute sie in den Himmel, den Schmetterlingen nach, die nun ihren Auftrag ausführten und in alle Länder der Erde flogen, um die dort lebenden Feen hierher zur Eiche zu führen.

Als Jesse sah, wie sich Hunderte von Schmetterlingen in den Himmel erhoben, sprang er von seinem Platz unter der Eiche auf und eilte zu Rosa hinüber. »Siehst du, ich hab's gewusst, dass du es noch kannst. Welch ein großartiger Anblick ...«, rief er und beschattete die Augen, um den Faltern nachzuschauen, die eine Spur von glitzernden, seidenen Fäden in der Luft hinterließen. »Und jetzt, was geschieht jetzt?«, fragte er, als der letzte Schmetterling verschwunden war.

Rosa stand auf, ihre Augen leuchteten. »Jetzt müssen wir warten ... vielleicht eine Stunde, vielleicht zwei oder auch länger. Durch meinen Zauber werden die Schmetterlinge die Feen nicht nur rufen, sondern ihnen auch ein Tor schaffen, durch das sie hierher kommen können. Aber sie werden sicher erst eintreffen, wenn der Abend dämmert. Du musst nicht so lange mit mir warten, nur, wenn du es willst ...«

»Die Zeit wird uns wie im Flug vergehen, ich weiß da ein gutes Mittel«, grinste er, zog Rosa in seine Arme und steuerte mit ihr den tiefsten Schatten unter der Eiche an.

Während sich Rosa nur zu gern der zärtlichen Umarmung von Jesse überließ, flatterten die magischen Schmetterlinge zu denen, die sie rufen sollten. Der erste erreichte sein Ziel auf der Kaiserstraße in Karlsruhe. Er setzte sich auf die Hand einer dunkelhaarigen Frau, die geduldig auf einen der viel zu selten fahrenden Busse wartete. Ihre Augen blitzten in freudigem Erkennen auf, und dann verschwand sie plötzlich in einem schimmenden Gespinst aus Seidenfäden. Auf dem Berliner Ku'damm bewunderte ein Pärchen, beide mit blonden Haaren, die Auslage eines Kunsthandels. Als sich zwei hellblaue Schmetterlinge auf ihre Schultern setzten, sahen sie sich an, ergriffen sich an den Händen und lösten sich in einem glitzernden magischen Gebilde in Luft auf. In Düsseldorf flatterte ein Zitronenfalter in einen dort ansässigen Club bis vor auf die Bühne, wo eine Rothaarige eine atemberaubende Show darbot. Er setzte sich auf ihr knappes, schwarzes Spitzenhöschen. Mit einer letzten, aufreizenden Bewegung und einem katzengleichen Ausdruck in den Augen beendete sie ihre Darbietung. Sie ging fast schwebend in ihre Garderobe, und dann verschwand auch sie spurlos. Überall auf der Welt fanden Schmetterlinge den Weg zu Feen und Magiern, sogar zu Vampiren, welche unerkannt unter den Menschen lebten. In großen Städten als auch in kleinsten Dörfern tauchten die magischen Insekten auf, und die Gerufenen folgten ihrem seidenen Faden, der sie alle an der Zaubereiche zusammenbringen sollte.

Es dunkelte schon, als sich Rosa plötzlich aus Jesses Armen befreite und angespannt lauschte. Die Blätter der Eiche, unter der sie saßen, flüsterten über die bevorstehende Ankunft der Feen.
»Sie kommen ...«, sagte Rosa und stand auf.

Jesse tat es ihr gleich. Er fragte sich, was sie jetzt wohl zu erwarten hatten, und es wurde ihm etwas mulmig zumute, als er an die magische Kräfte der unbekannten Feen dachte, die er nicht einschätzen konnte. Aber er ließ sich nichts anmerken.

Rosa verhielt sich jedenfalls völlig unbekümmert. Sie nahm ihn an der Hand und zog ihn mit sich nach vorne, heraus aus dem Schatten der Eiche. In der Luft rauschte es leise und die Atmosphäre über der Wiese vor der Eiche lud sich auf, wie vor einem Gewitter. Das Licht veränderte sich, bildete glitzernde Nebel und bald wurden Schatten sichtbar, erst einzelne, dann immer mehr. Sie nahmen nach und nach Gestalt an. Die Wiese füllte sich mit Personen, die man für Menschen hätte halten können, wenn man das feine Leuchten, das die Seidenfäden um ihre Körper wob, nicht beachtet hätte. Die Gesichter erschienen zart und ebenmäßig, bei vielen fast wie durchscheinend, und alle hatten lange Haare, Frauen wie Männer. Ihre Kleidung jedoch entsprach der Alltagskleidung der Menschen aus ihrer Gegend. Nur sehr wenige von ihnen hatten sich die Mühe gemacht und ihr Feenkleid angezogen, bevor sie den Schmetterlingen zur Zaubereiche folgten.

Jesses Anspannung stieg, je mehr Feen sich auf der Wiese materialisierten. Doch als er sah, wie sie näher kamen und Rosa anlächelten, atmete er auf.

»Ich erinnere mich wieder ...«

»Ich auch.«

»Ich auch.«

Viele glückliche Stimmen erklangen. Die magischen Wesen grüßten einander mit dem Feengruß und umarmten sich.

»Ich bin eine Korria ... wir waren zu siebt, als wir vor mehr als fünfzehn Jahren unsere Heimat verließen.«

»Wir waren zu dritt ... wir sind Lichtmagier aus der Gegend von Sonnental. Ich bin Keral, das dort drüben sind Leander und Roman ... erst vor zwei Tagen haben wir uns wiedergefunden.«

»Ich bin eine Sidda, wie diejenige, die uns gerufen hat.« Die Stimme der Frau mit den brünetten Haaren klang stolz.

Doch dann sprach ein weißhaariger älterer Mann, und bei seinen Worten verstummten alle. »Jemand hat das Tor geöffnet!«

Ein Raunen ging durch die Reihen der Feen und Magier. Sie schauten auf Rosa. Ihre Gesichter, die eben noch so freudig strahlten, wurden plötzlich ernst.

»Wir können trotzdem nicht hindurchgehen, ich habe es mehrfach versucht«, sagte die zierliche Frau, die sich vorhin als Sidda zu erkennen gegeben hatte. »Ich verstehe es nicht ...«

Rosa hob die Arme und gab damit das Zeichen, dass sie reden wollte.

»Ja, es ist wahr, das Tor wurde geöffnet, hier in dieser Eiche«, sagte sie und wies hinter sich auf den Baum. »Es ist auch wahr, dass wir trotzdem nicht hindurchgehen können, durch keines der Tore, das unsere Heimat mit dieser Erde verbindet. Noch nicht ...«

Ein aufgeregtes Raunen ging bei ihren Worten durch die Reihen der Feen. Rosa hob wieder die Arme, um sich Gehör zu verschaffen.

»Hört mir zu, ich kann es erklären! Ihr erinnert euch sicher wieder, warum wir unsere Heimat verließen. Wir wurden geschickt, um den Menschen in einer schweren Zeit beizustehen. Wir hatten einen Auftrag, doch bevor wir ihn erfüllen konnten, verschlossen sich die Weltentore. Wir verloren die Erinnerung an unser schönes Antiquerra und an unser Versprechen, für eine lange Zeit.« Viele nickten, und bestätigendes Murmeln erhob sich. Doch die Feen wurden sofort wieder ruhig, als Rosa weitersprach. »Vor sieben Wochen hat sich die Lage jedoch verändert. Das Tor in der Zaubereiche wurde geöffnet und wir fanden allmählich unsere Erinnerung wieder. Ja, es war eine Fee, die das Tor geöffnet hat. Sie besitzt eine Kraft, die wir nicht haben. Vielleicht könnt ihr es euch schon denken ...« Rosa lächelte, und die Feen und Magier hielten fast den Atem an in Erwartung dessen, was sie hofften, zu hören. »Ja, es ist so«, bestätigte Rosa, »eine Tochter des Lichts, vor mehr als fünfzehn Jahren kam sie mit ihren Eltern hierher auf der Erde der Menschen. Sie heißt Alena. Sie hat das Tor geöffnet, ohne zu wissen wer sie ist. Meine Freundin Selina, Fee aus dem Stamm der Korria, war ihre Mutter. Sie starb vor fast einem Jahr zusammen mit ihrem geliebten Roman.«

»Sie mögen beide ruhen in den Armen der ewigen Liebe«, sagte Keral, der Lichtmagier. Doch seine Trauer hielt sich in Grenzen. Es war ihm viel wichtiger, seine Vermutung bestätigt zu sehen, dass es ein Kind des Lichts gab. Das veränderte die Lage dramatisch und nicht nur im Hinblick auf die zurückgekehrte Erinnerung der Feen an ihre Herkunft. »Wie lange ist Zeit? Und hat das Mädchen den Schlüssel, den Tahereh wünscht«, fragte er sachlich.

»Ja, Alena trägt den Schlüssel immer um ihren Hals. Bis spätestens zum neunundzwanzigsten September muss sie vor Tahereh stehen, die Zeit ist denkbar knapp. Deshalb habe ich euch hierher gerufen, damit auch wir unsere Vorbereitungen treffen können, so wie wir es damals versprochen haben. Ich fühle, dass es bald losgeht. Wir müssen auf die Zeichen achten, damit wir die Menschen rechtzeitig zu den Weltentoren bringen, wenn diese sich öffnen.«

»Also weniger als zwei Monate, in denen sich entscheiden wird, ob wir alle leben oder sterben«, meinte Keral nüchtern.

Der schlanke Mann mit dem hellbraunen Haar, von dem Keral gesagt hatte, dass er Leander hieß, trat jetzt an seine Seite. Er streckte die linke Hand aus und machte darüber eine Bewegung, als wenn er einen Ball darin streicheln wollte. Eine große durchsichtige Kugel bildete sich, die Ähnlichkeit mit einer Seifenblase hatte. Leander hielt sie hoch und schaute hinein. »Ich sehe einen Turm, Tannen umsäumen ihn. Dahinter ragt eine Burg auf. Ein Mann«, Leander lächelte belustigt, »hackt wie wild Holz. Jetzt sehe ich noch einen Mann, er ist viel älter ... sein Gesicht kenne ich. Natürlich, das ist Meister Kieran ... beeindruckender Mann, lebt schon länger als manche rechnen können, ich hab ihn mal getroffen. Und an seiner Seite ist eine sehr junge blonde Frau. Oh, jetzt kommt ein neues Bild ... sie ist unterwegs ... allein ... nein, doch nicht, jemand begleitet sie ... keine gute Gegend, oh nein, wirklich nicht.« Leander ließ die Hand sinken und die Kugel darin zerplatzte. Sein Gesicht wirkte bedrückt. »Wir können nichts tun, nicht helfen.«

»Nicht dort, aber hier«, sagte Rosa fest, »Alena hat Freunde gefunden, ich fühlte es, und du hast es mir bestätigt. Sie ist stark, ich vertraue fest auf sie. Wir müssen jetzt hier unsere Vorbereitungen treffen, damit wir mit den Menschen in unsere Heimat gehen können, wenn der Kampf der Königinnen vorüber ist. Wir dürfen nicht warten. Alena riskiert ihr Leben für uns alle, und es darf nicht umsonst sein.«

Jesse, der noch immer an Rosas Seite stand, zuckte bei der Erwähnung, dass Alena ihr Leben riskierte, zusammen.

Keral, der Lichtmagier, bemerkte seinen leisen Schrecken. Er hatte Jesse schon eine Weile beobachtet und zeigte jetzt mit dem Finger auf ihn. »Er ist keiner von uns.«

»Nein«, sagte Rosa, trat noch näher zu Jesse und umfasste seine Hüfte, »er ist ein Mensch und mein Geliebter.«

Der misstrauische Ausdruck auf dem Gesicht von Keral verschwand und machte einem feinen Lächeln Platz. »Ah«, sagte er und entbot Jesse den Feengruß, den dieser ein wenig unbeholfen erwiderte. »Nun ja, auch ich habe zuweilen Liebe unter den Menschen gefunden, obwohl sie rar ist in diesen

Zeiten.« Er schaute Jesse aufmerksam an. »Ich schätze, du weißt noch nicht viel über uns und von dem, was uns allen blüht.«

»Ich begreife jedoch sehr schnell, und Alena ist unser beider Herzen sehr nahe«, erwiderte Jesse und deutete dabei auf Rosa. Dann sprach er leidenschaftlich weiter. »Soweit ich weiß, verbindet sie als Tochter des Lichts die Stämme der Feen mit uns Menschen, in Erinnerung an eure Fata, die zur Hälfte ein Mensch war. Alena muss etwas tun, das sehr gefährlich ist, das erkenne ich jetzt, doch Rosa ist überzeugt, dass sie es schaffen wird. Es wäre doch jämmerlich, wenn wir hier einfach die Hände in den Schoß legten. Wir alle wollen doch weiterleben. Ein besseres Leben als bisher. Da bleibt uns doch gar nichts anderes übrig, als vertrauensvoll das zu tun, was getan werden muss, um so viele wie möglich zu retten. Ich habe nicht eure magischen Fähigkeiten, aber Hände, um anzupacken und eine Stimme, die sich Gehör verschaffen kann. Ich werde Rosa nach Kräften helfen, und wir haben Freunde, die uns unterstützen. Wir jedenfalls werden alles Nötige tun, um die Menschen aus unserer Stadt zu evakuieren, wenn es soweit ist, genauso wie Rosa es geplant hat.«

»Nun, zumindest mit der ›Stimme‹ hast du wohl recht«, meinte Keral, »aber es ist ein hartes Stück Brot, das mir schwer fällt zu kauen, auch wenn wir wohl alle ein paar Freunde unter den Menschen gefunden haben ... zu viele denken hierzulande nur an sich.«

»Damals, als wir hierher gingen, haben wir versprochen, dass wir unser Bestes geben«, erinnerte Rosa.

»Aber auch, dass wir am Ende nur diejenigen mitnehmen, die ohne Machtgelüste sind, nur solche, die aus ihrer Not gelernt haben und die unsere alte Erde Antiquerra so rücksichtsvoll behandeln werden, wie wir selbst.

»Da macht euch keine Sorgen!«

Der Mann, der das sagte, trat mit seinem Gefährten nach vorne. Sie trugen dunkle Sonnenbrillen sowie lange, weit schwingende Ledermäntel und breitkrempige Hüte. Ein Raunen ging durch die Reihen der Magier und Feen, und sie machten ihnen respektvoll, teils ängstlich Platz.

»Eure Gesichter kenne ich doch!« Rosa schaute die beiden an und griff sich grübelnd an die Stirn.

»Ich bin Luczin und das ist Briann.« Der Mann zeigte auf seinen Gefährten. »Wir stammen aus Dracopatria, wie einige andere hier auch.« Er neigte grüßend den Kopf in Richtung einer rothaarigen Frau, die mit wiegenden Schritten vortrat und knickste. Einen kaum wahrnehmbaren Augenblick lang entblößte ihr lächelnder Mund zwei lange, spitze Eckzähne. Dann sprach Luczin weiter: »Wir sind schon sehr viel länger als die meisten von euch hier, und als Meister Kieran dazu aufrief, die Menschen in unser Antiquerra zu holen, da riefen wir die unseren, damit sie die Evakuierung überwachen. Wir erkennen jeden Menschen, der Schaden bringen will.«

»Wie denn?« rutschte es Jesse heraus. Unter Luczins intensivem Blick schwankte er plötzlich und musste sich an Rosas Schulter abstützen.

»Wir Vampire haben ein Gespür dafür.« Luczin und Briann hoben die Lippen, als wenn sie lächeln wollten und zeigten dabei ihre Zähne.

Jesse keuchte auf. »Das glaub ich jetzt nicht!«

»Bitte«, flehte Rosa. »Ich weiß jetzt, wer ihr seid. Ihr wart Freunde der Fata, habt sie begleitet auf ihrem schweren Weg und für uns alle viel auf euch genommen. Ihr wollt weder der Menschen noch unser Blut!«

Der Vampir Luczin neigte den Kopf. »Das ist wahr. Wir wollen dasselbe wie ihr, der Fata Ehre tun.«

Keral, der die beiden bislang nur grübelnd angestarrt hatte, fand unvermittelt seine Stimme wieder. »Dann habt ihr Nachricht von der Fata Lena und von Niven für uns? Jahrzehntelang hörten wir nur Gerüchte, die einen sagen, sie sind beide tot, und die anderen sagen, sie halten sich versteckt, damit Tahereh sie nicht findet. Was ist nun wahr? Ich fürchtete immer, dass Taherehs Angebot, die Tore zu öffnen, wenn sie den Schlüssel der Fata hat, mit einem Hintergedanken verbunden ist. Es macht mir zu schaffen, und ich frage mich, ob unsere Hilfe am Ende nicht etwas Schlimmes heraufbeschwört.«

Briann schüttelte den Kopf und Luczin presste für einen Moment die Lippen zusammen. »Was kann es Schlimmeres geben als dieses Klima, das uns Vampiren selbst bei Sonnenuntergang noch die Haut abschält?« Er strich sich über die Wange, wo bei genauerer Betrachtung noch ein paar kleine Hitzebläschen erkennbar waren. »Tut mir leid«, sagte er dann, »ich kann deine Frage nicht beantworten.«

Die Gesichter der beiden Vampire verschlossen sich, und Keral begriff, dass er nichts von ihnen erfahren würde — entweder weil sie selbst nichts wussten oder weil sie es nicht sagen wollten.

Er senkte den Kopf, flüsterte: »Was, wenn wir uns um die Menschen bemühen, und nachher ist es zu unser aller Schaden, weil die Schattenkönigin ... weil Tahereh ...«

Briann legte ihm eine Hand auf die Schulter. »Wo ist dein Vertrauen geblieben? Die Dunkelheit ist ein Teil des Lichts, und die Schatten der Königin verbergen nur Wahrheiten, die zu sehen wir noch nicht bereit sind. Es ist nicht recht, die helle Seite zu wollen und die dunkle abzulehnen. Die Fata Lena wusste das, noch bevor sie der Schattenkönigin damals gegenüberstand, und diejenige, die ihr Schicksal im Namen trägt und die ihr Tochter des Lichts nennt, wird es auch wissen.«

Rosa hatte zu Brianns letzten Worten genickt.

Jesse ergriff ihre Hand. Er hatte sich zwischenzeitlich wieder gefasst, wenn er auch über die Langzähne und den Grund ihrer Anwesenheit im Augenblick lieber nicht nachdenken wollte. Die Richtung, die das Gespräch genommen hatte, beschäftigte ihn allerdings sehr, und er befürchtete den Rückzug der Feen.

Luczins Blick mied er, dafür schaute er Keral fest an. »Ich weiß nicht viel über die Königinnen, nur das, was Rosa erzählt hat. Aber wenn Alena den Mut hat, um unseretwillen der Dunklen gegenüberzutreten, obwohl es lebensgefährlich ist, dann sollten wir unseren Teil der Aufgabe ebenso erfüllen. Ich sage bewusst ›wir‹, denn auch unter uns Menschen gibt es noch Ehre und solche auf die man zählen kann. Wenn ihr die richtigen Freunde habt, und davon bin ich überzeugt, werden sie euch auch in der Gefahr nicht im Stich lassen, weder hier noch in Antiquerra.«

Keral lächelte ihn an. »Wahrlich gut gesprochen, und ich gebe dir recht. Aber wir wissen nicht einmal, ob die Tore sich öffnen werden. Vielleicht ist alle Mühe vergebens.«

Jesse machte über seinen Kopf hinweg eine weit ausholende Armbewegung. »Vielleicht, aber uns hier tatenlos die Sonne auf den Kopf brennen zu lassen, lässt unsere Chancen nicht wachsen.«

Briann stieß Luczin in die Seite. »Gefällt mir! Der ist nicht auf den Mund gefallen.«

Es wurde noch viel gesprochen, und zum Glück kam kein unvermuteter Spaziergänger an der Wiese vorbei. Er wäre sicher mächtig erschrocken über das, was er gehört hätte. Die Feen und Magier nahmen kein Blatt vor den Mund, die Vampire erst recht nicht, schilderten mit ernüchternden Worten, wie es da, wo sie lebten, zuging. So etwas wie einen Zusammenhalt gab es höchstens noch in kleinen Dörfern. In den Großstädten waren Verbrechen im Namen von Hunger und Raffgier an der Tagesordnung. In manchen Gegenden tobte offen der Aufruhr, und in anderen hatten sich die Menschen schon fast aufgegeben. Doch trotz allem — am Ende erneuerten die magischen Wesen ihr altes Versprechen und schworen, es einzulösen.

Jesses Herz weitete sich, als er den Mut der Feen erkannte, denen durchaus klar war, dass sie selbst bei ihrer Rettungsaktion ein Opfer des Mobs werden könnten. Er dachte an Rosa, die noch immer neben ihm stand und seine Hand hielt. Er war sich seiner Liebe zu ihr so sicher. Mit ihr wollte er sein Leben teilen und es sollte so lange wie möglich währen. Doch nicht sein Wunsch entschied das, sondern der Verlauf der nächsten Wochen. Sein Hals wurde eng als ihm klar wurde, dass auch Rosa gefährdet war. Er nahm sich fest vor, sie unter allen Umständen zu schützen, und zuhause wollte er mit den anderen einen sicheren Plan austüfteln, bei dem sie so lange als möglich ihre Identität geheim halten konnte.

»Kein Risiko«, sprach er dann laut aus, »hört ihr, ihr dürft kein Risiko eingehen! Gebt euch erst zu erkennen, wenn es gar nicht mehr anders geht.«

Unzählige Augenpaare schauten ihn an und eine köstliche Brise wie von klarer Bergluft umwehte mit einem Male seine Nase. Die Feen hatten den Schlag seines Herzens erkannt. Rosa lächelte ihm stolz zu.

Der Lichtmagier Keral trat vor und reichte Jesse die Hand. »Mein Freund«, sagte er herzlich, »mögen die Mächte des

Guten uns allen beistehen. Wir treffen uns wieder, wenn wir Seite an Seite auf unseren Barken in den Kristallenen See einfahren.«

Er trat zurück zu den anderen. Es gab nichts mehr zu besprechen. Jetzt musste gehandelt werden. Eine Verneigung, ein letzter Gruß, dann lösten sich die Gestalten der Feen und Magier unter einem über ihnen aufschimmernden Tor aus Seidenfäden auf. Auch die Vampire verschwanden so schnell, dass Jesse ihr Fortgehen kaum mitbekam.

Als sie wieder allein waren, blieb er noch eine Weile Hand in Hand mit Rosa auf der Wiese stehen, noch gefangen von dem, was er eben erlebt hatte. Dann atmete er durch und drückte sie an sich. »Kein Wort über die Vampire, hörst du!«

Sie nickte, und wenig später machten sie sich schweigend auf den Heimweg.

Rosas hätte jetzt nicht über all das sprechen können, was sie bewegte. Ihr Zauber hatte geklappt und die unter den Menschen lebenden Feen und Lichtmagier waren ihrem Ruf gefolgt, zahlreicher als sie es erwartet hatte. Alle würden jetzt ihre Vorbereitungen treffen, genauso wie sie selbst. Die Vampire würden erst dann auf den Plan treten, wenn sie die Menschen durch die Weltentore schleusten. Über diese Wesen machte sie sich die wenigsten Gedanken. Rosa wusste, dass sie anders waren, als die Menschen sie gerne beschrieben. Sie bevorzugten Hirschblut, und die meisten von ihnen wurden nur gefährlich, wenn sie zu wenig geschlafen oder lange nicht mehr getrunken hatten. Es reichte daher völlig, wenn sie den Freunden erst in Antiquerra ein paar Verhaltensregeln gab.

Als sie mit Jesse beim Eberthof ankam, ging es jedoch erst einmal wieder um die Liebe. Anna saß mit den beiden Zwillingen Jutta und Claudia in der Wohnküche am Tisch und sortierte gerade die Hagebutten, aus denen Gelee gemacht werden sollte. Als Jesse und Rosa Hand in Hand eintraten, schaute sie hoch, und dann leuchteten ihre Augen auf.

»Dass du dich endlich getraut hast, Jesse! Ich dachte schon, du wirst dich Rosa nie erklären.« Anna stand auf, um die beiden zu umarmen, was etwas schwierig war, weil sie dabei ihre behandschuhten Hände abspreizte, um sie nicht mit Hagebuttensaft zu beschmutzen. Dann wandte sie sich an Jutta und Claudia. »Mädels, schnell, holt die anderen her, wir haben etwas zu feiern!«

Die beiden zögerten keine Sekunde und gingen hinaus, um die Freunde ins Haus zu holen, die auch an diesem Abend noch draußen arbeiteten.

»Na also Jesse, besser spät als nie«, grinste Claudia im Vorbeigehen.

»Genau, aber du warst auch bissel begriffsstutzig die letzten Jahre, Rosa! Jeder hat gemerkt, wie's um Jesse stand, nur du nicht ... aber jetzt umso herzlicher, meinen Glückwunsch, ihr zwei«, sagte Jutta.

»Wir haben wohl einiges nachzuholen«, seufzte Rosa und gab Jesse einen Kuss. Aber dann konnte sie es nicht lassen und ging Anna zur Hand, die jetzt zur Feier des Tages einen Eichelkaffee aufkochte. Echten Kaffee konnten sie sich ja leider nicht mehr beschaffen.

Es dauerte nicht lange, da ging die Tür wieder auf und herein stürmten die Kinder Julia und Simon, gefolgt von Sarah, Timo, Thore, Thomas und Rebecca.

»Es hat also geklappt, die Feen sind gekommen?«, fragte Thore, während er noch schnell seinen Strohhut an den Haken hing.

»Das auch«, erwiderte Rosa.

»Aber wir feiern jetzt was anderes.« Jesse grinste und drückte Rosa an sich.

»Ist nicht wahr!«, rief Thore und eilte auf die beiden zu.

»Das wurde aber auch Zeit!«, sagte Thomas und legte seine rauen Hände auf die Schultern von Rosa und Jesse.

Sie gingen zu Tisch und während nun alle ihren Kaffee schlürften – die Kinder hatten ihren mit viel Milch versetzt bekommen – schaute Julia immer wieder zu Jesse, als wenn sie auf irgendwelche Veränderungen warten würde. Dann hielt sie es nicht mehr aus.

»Verwandelst du dich jetzt in einen Feen-Mann?«, fragte sie.

»Nein, Schatz, Rosa hat mich so lieb, wie ich bin.«

Damit war das Thema jetzt doch auf die Feen gelenkt. Thore fragte, wie das Treffen denn gewesen sei und er erwähnte auch, dass sie bereits gemerkt hatten, dass wieder Wasser floss. »Wenn ich nicht schon wüsste, dass du eine Fee bist, würde ich dich jetzt glatt als solche ansehen, obwohl ich euch immer für ein Märchen gehalten habe. Du hast uns eine große Last genommen, Rosa.«

Jesse und Rosa erzählten nun ausführlich, was sie erlebt hatten: von dem Wasserzauber; von ihrem Geständnis, dass sie sich liebten; von der Begegnung mit den vielen Feen und Lichtmagiern. Nur von den Vampiren erzählten sie nichts.

Dann kam Jesse auf sein Anliegen zu sprechen. »Leute, es wird nicht einfach, und wir müssen vorsichtig sein. Rosas Identität darf nicht vorzeitig bekannt werden. Ihr wisst, wie unvernünftig manche Leute reagieren. Sie könnten Gutes in Böses verkehren. Also brauchen wir einen gescheiten Plan, wie wir die Stadtmenschen über die bevorstehende Evakuierung informieren, ohne dass Rosa in Gefahr gerät.«

Dieser Plan war freilich nicht auf die Schnelle zu erstellen, und es sollte noch eine ganze Weile dauern, ehe sie sich endlich im Klaren waren, wie sie vorgehen wollten. Aber es gab ja auch noch anderes zu tun. Timo erklärte Rosa, wie er sich den spielzeuggroßen Nachbau der Scheune und des Hühnergeheges vorstellte. Er wollte zumindest teilweise Originalholz verwenden, damit die Tiere wenigstens einen bekannten Geruch um sich hatten. Wie die zwei Kühe, die Ziegen, die Hühner und Madame Schnatter da allerdings hineinkommen sollten, blieb noch seiner Fantasie überlassen. Rosa hüllte sich auf seine Nachfragen hin lächelnd in Schweigen. »Lass dich überraschen!«

In den nächsten Tagen wurden auch die Vorräte gesichtet. Rosa besaß vier von Taherehs magischen Tränenperlen, die auch unter schwierigsten Bedingungen für Wachstum sorgten und sie musste gut überlegen, wo sie diese am sinnvollsten einsetzen konnte. Es ging vor allem darum, dass die Vorräte für die zurückbleibenden Stadtbewohner im Haus bleiben sollten, damit diese eine Chance hatten, über den Winter zu kommen. Doch mindestens zwei der Perlen mussten in den Feldern vergraben werden, damit sie allen Wetterkapriolen zum Trotz Nahrung hervorbrachten. Blieben also nur zwei Perlen übrig. Rosa entschied sich, eine davon in den Sack voll Dinkelkörner zu geben und die zweite in den Topf mit Mehl. Sie nähte die Perlen in ein Stück von einer Nylonstrumpfhose ein. Dann drückte sie die eine ganz unter das Getreide und befestigte die Hülle mit einem Faden am Dinkelsack, damit sie nicht verloren gehen konnte. Das Päckchen für den Topf wurde mit ein wenig Kleber am Boden befestigt.

Anna, Rebecca, sowie die Zwillinge Jutta und Claudia machten sich dann zusammen mit Rosa daran, Anweisungen zu schreiben, wie die Felder bestellt werden mussten, damit sie wenigstens ein bisschen Ertrag brachten, und was sonst noch alles wichtig war für diejenigen, die zurückblieben. Am Ende blieb nur noch die Frage, wem sie die Schlüssel zu ihrem Hof übergeben würden.

Rebecca zweifelte. »Also ich weiß nicht ... diejenigen, die nicht mit uns gehen wollen, werden wohl nicht die Klügsten sein. Ob die das dann schaffen? Und ob da überhaupt einer dabei sein wird, der fähig ist, die Zurückbleibenden ein wenig anzuleiten? Wir haben es bislang ja auch nicht geschafft, die Leute zur Feldarbeit zu bewegen.«

»Trotzdem sollen sie wenigstens eine winzige Chance haben. Wie sie die nutzen, ist nicht mehr unsere Sache. Im Übrigen glaube ich fest, dass wir jemanden finden, dem wir die Schlüssel zum Haus geben können, obwohl dieser Jemand vermutlich ein absoluter Sturkopf sein wird«, erwiderte Rosa.

So schrieben die Frauen weiter, und auf ihrer Liste für die »Unterweisung der Sturköpfe« erschienen immer neue Notizen, die abgearbeitet werden wollten.

Die Männer hatten sich derweil ebenfalls mit Stift und Papier ausgerüstet. Wo immer sie hingingen, was immer sie taten, diese beiden Dinge waren stets dabei. Sie betrieben jedoch eher eine Art Brainstorming mit dem Ziel, eine möglichst Erfolg versprechende Vorgehensweise zu finden, welche die Stadtbewohner dazu bewegen konnte, mit ihnen durch die Zaubereiche zu gehen — wenn es denn soweit kam.

Zeichen ...

In der Nacht vom neunundzwanzigsten auf den dreißigsten August schlief Rosa sehr schlecht. Erst dachte sie, dass sie vielleicht etwas gegessen hatte, das ihr Magen nicht vertrug. Es fühlte sich an, als ob in ihrem Bauch ein Klumpen wäre, der bis an ihren Hals drückte. Dann fing auch noch ihr Herz an zu rasen, wie bei einer Panikattacke. Rosa wälzte sich in ihrem Bett hin und her, bis sie es nicht mehr aushielt und aufstand. Sie ging zum Fenster und öffnete es, um frische Luft zu schnappen. Ihr Blick schweifte über die abgeernteten, mondbeschienenen Felder bis hinüber zur Zaubereiche, während sie versuchte, tief und gleichmäßig durchzuatmen. Ihr Herzschlag beruhigte sich ein wenig. Der Druck in ihrem Bauch wurde besser, aber es blieb ein seltsames Ziehen zurück, das sich immer dann verstärkte, wenn ihr Blick die Baumkrone der Eiche erfasste. *Es ist nicht das Essen,* dachte sie, *es ist Angst!* Das konnte eigentlich nur bedeuten, dass die Dinge tatsächlich in Bewegung kamen. Der Lichtmagier Leander hatte es in seiner Kugel gesehen, obwohl er natürlich den genauen Zeitpunkt des Geschehens nicht hatte benennen können. Rosa heftete ihre Augen fest auf die Eiche. Sie fühlte sich, als ob ihr Geist plötzlich ihren Körper verlassen würde und in die andere Welt wanderte, um zu beobachten, was dort geschah. Die Wirklichkeit vor ihren Augen verschwamm, ihr Kopf fühlte sich leer an, und ihr Herzschlag erklang wie ein rhythmisches Trommeln aus der Ferne. Sie hielt sich krampfhaft an der Fensterbrüstung fest, um nicht umzukippen. Doch sie konnte nicht verhindern, dass ihre Beine nachgaben. Ihr Oberkörper sank nach vorne, sie knickte ein und spürte plötzlich das Holz der Fensterbank, das gegen ihre Rippen drückte. Die Felder vor ihren Augen veränderten sich, wogten in einem Farbenwirbel und verschwammen dann in einem dunklen Grauschleier. Von weit her erschien aus dieser Dunkelheit ein helles Licht, formte eine neue Landschaft und sie sah statt der abgeernteten Felder des Eberthofs eine von Tannen umgebene Lichtung und den Turm, der ihr vor gefühlten Ewigkeiten so vertraut gewesen war. Die Eingangstür stand offen, doch eine magische Sperre verwehrte ihr den Zutritt. Sie spürte eine knisternde Spannung in der Luft, eine eigenartige Unruhe, die alles ringsum in Aufruhr versetzte. Ihr Blick wanderte an den grob gemauerten Steinen des Turms entlang nach oben. Die Fenster darin erweckten den Eindruck von dunklen Löchern. Kein Licht spiegelte sich darin, obwohl der Mond schien. Im Gegensatz zu der flüsternden Erregung der Umgebung wirkte der Turm in sich gekehrt, still und verlassen. Seine Mauern schwiegen, offenbarten nichts über das Schicksal der Bewohner. Sie wehrten das Außen ab mit trotziger Härte und unbeugsamen Widerstand, wie ein zusammengepresster Mund, der nicht gewillt ist, etwas preiszugeben.

»Alena«, flüsterte Rosa dennoch.

Sie fand kein Echo. Die Tochter des Lichts mochte hier sein oder auch nicht. Entmutigt wandte sich Rosa von dem hohen Gebäude ab und der Umgebung zu. Sie lauschte. Doch die wispernden Stimmen in den Bäumen und Sträuchern, das Raunen im Gras unter ihren Füßen, klang viel zu aufgeregt, als dass sie daraus irgendeinen Hinweis hätte entnehmen können.

Sie fror plötzlich, und dann zog sie etwas mit unwiderstehlicher Kraft zurück. Die Lichtung verwandelte sich in leeres, weißes Licht. Als sie daraus auftauchte, blinzelte sie verwirrt in die runde Scheibe des Mondes, die tief über den Feldern des Eberthofs hing und gespenstisch aussah. Rosa lag noch immer mit dem Oberkörper auf der Fensterbrüstung, ihr rechter Arm baumelte im Freien. Vorsichtig versuchte sie, sich aufzurappeln. Ihre Beine erschienen ihr wie Gummi. Sie fühlte ihren Herzschlag wieder, doch auf eine Weise, die ihr die Schwäche ihres Körpers deutlich machte. Es war, als ob ihr Körper und ihr Geist noch nicht wieder richtig zusammengefunden hätten. Mit zitternden Händen zog sie den Stuhl zu sich heran, der in der Nähe des Fensters stand. Sie rückte ihn so, dass sie im Sitzen in den Himmel blicken konnte und dabei auch die Mondscheibe sah. Dann rieb sie heftig die Hände aneinander, bis sie heiß wurden, drückte mit dem Daumen mehrmals in die Kuhle ihrer Innenflächen, ohne Rücksicht darauf, dass es wehtat. Allmählich spürte sie sich wieder. Ihr Kopf wurde klar. Ein paarmal noch atmete sie tief und ruhig ein, dann legte sie den linken Zeigefinger über die Nasenwurzel und den rechten Daumen darüber. Ein Lächeln flog um ihren Mund, als sie an Jesse und ihre Liebe zu ihm dachte und dabei den leichten Druck ihrer Finger spürte. Ein Strom kräftigender Energie durchfloss ihren Körper, und mit einem erleichterten Ausatmen ließ sie ihre Hand sinken und stand auf.

Rosa lief nun nachdenklich im Zimmer auf und ab und ließ die Vision von ihrer Heimat Antiquerra und der Umgebung des Turms Revue passieren. Alena hatte sie dort nicht gespürt, doch das musste nichts heißen. Wenn sie bei Kieran war, würde der sie aus Sicherheitsgründen bestimmt abschirmen. Der Turm selbst hatte verlassen gewirkt. Falls Alena noch dort drinnen war, dann auf jeden Fall nicht mehr lange. Das würde auch die pulsierende Atmosphäre auf der Lichtung erklären. Alena war also entweder bereits zu Taherehs Schattenreich unterwegs oder würde in Kürze aufbrechen. Rosa ging wieder zum Fenster und schaute zum Himmel. Nach ihren Berechnungen fand die genaue Opposition von Sonne und Mond nächsten Abend statt. Doch die daraus resultierende Vollmondphase entfaltete schon ihre aufwühlende Wirkung. Zudem war dies bereits der zweite der drei Monde. Sie hielt es daher für wahrscheinlicher, dass Alena sich bereits auf dem Weg und vielleicht gar in einer entscheidenden Phase ihrer Reise befand. Ja, so musste es sein, denn es schien ihr auch, als ob der Mond heute heller strahlte als je, und dann nahm Rosa noch etwas Ungewöhnliches wahr. Der Himmels färbte diese Nacht anders als sonst. Er schien zum Greifen nah und leuchtete in einem ungewöhnlich kräftigen, leicht rötlichen Helioblau. Rosa sah weder Wolken, noch Sterne. Das hatte etwas zu bedeuten. Das Firmament gab Zeichen, und Rosa interpretierte das, was sie jetzt sah, als die aufmerksame Erwartung der Schattenkönigin, die Alena im Auge behielt. Doch ihr genügten diese Zeichen noch nicht. Ihre Vision war stark gewesen und in Verbindung mit diesem eigenartig blauen Himmel sicher ein Hinweis, dass Alena alles tat, um ihre Aufgabe zu erfüllen. Aber wenn es so war, dann würde es noch mehr Zeichen geben.

Als der Tag anbrach, stand Rosa schon lange vor dem Frühstück auf. Sie ging hinaus und wanderte den Feldweg hinauf zum Waldrand. Sie beobachtete dabei genau, was rings um sie herum geschah. In den Zweigen des Haselnussstrauchs, von dem Jesse ihr vor ein paar Tagen den Stab für die Öffnung der Quelle geschnitten hatte, saß eine Krähe. Sie starrte Rosa reglos an. Rosa blieb stehen und versenkte ihren Blick in den des Tieres. Die Krähe gab leise flüsternde Töne von sich. Rosa lächelte und nickte. Ein Stück weiter oben des Wegs trauten sich drei Rehe auf die Felder heraus und äugten in wacher Aufmerksamkeit zu ihr herüber. Fast schien es, als ob sie erkennend die Köpfe neigten. Das größte der Tiere stampfte mit dem Vorderhuf ein paar Mal auf den Boden, und als Rosa danach den Feengruß bot, trabten sie alle drei gemächlich in den Wald zurück. Sie lief weiter, vorbei an der Quelle, den Weg entlang in Richtung Zaubereiche. Auf halber Strecke flogen fünf Krähen über sie hinweg und ließen sich ganz in ihrer Nähe im verdörrten Gras nieder. Die Vögel schienen sie wie hypnotisierend anzustarren, ihr lautlos Botschaften zu schicken und dann, nach einer Weile, erhoben sie sich plötzlich schreiend wieder in die Luft. Rosa sah dem kleinem Rabenschwarm nach, bis die Vögel über den Baumwipfeln verschwanden. Dann kehrte sie um. Sie hatte genug erfahren.

»Mögen die guten Geister dich und deine Begleiter schützen«, flüsterte sie.

Als Rosa wieder in die Wohnküche des Eberthofs trat, schliefen die Freunde noch. Nur das Ticken der großen alten Uhr an der Wand neben dem Fenster machte ein Geräusch. Das Uhrwerk schnarrte plötzlich, als ob es mühsam Atem holen müsste, und dann schlug es die volle Stunde fünfmal an. Rosa lächelte. *Auch du weißt es schon*, dachte sie.

Sie nahm den Wasserkessel vom Haken, füllte ihn und setzte ihn auf. Dann holte sie die Dose mit der Teemischung aus Zitronenverbenen, fermentierten Brombeerblättern und Kräutern. Sie verteilte etwas von dem Gemisch in die Teekannen, ein wenig großzügiger als sonst. Bald, so hoffte sie, gab es Teekräuter in Hülle und Fülle, genauso wie auch all die anderen lebensnotwendigen Gaben der Natur. Wenn sich das Tor in der Zaubereiche öffnete und sie nach Antiquerra gehen konnten, begann endlich wieder das Leben.

Mit ruhigen Bewegungen deckte Rosa den Tisch, stellte das Brot hin, die Marmeladengläser, die Butter. In den oberen Stockwerken schlug die erste Tür. Vermutlich war es Timo, der morgens vor dem Frühstück die zwei Kühe molk. Kurz darauf erkannte sie seine raschen Schritte, als er die Treppe herunterkam. Wenig später bewegten sich oben weitere Türen. Allmählich wurde es im Haus lebendig.

»Ähm... bin ich heut später als sonst?«, wunderte sich Timo, als er den fast fertig gedeckten Tisch sah und Rosa, die mit den Teekannen hantierte.

»Nein, ich bin früher dran als sonst«, erwiderte sie und lenkte seinen Blick auf die Uhr.

Es beruhigte Timo. Während er zu seinen erklärten Lieblingen hinausging, den Kühen Emma und Kunigunde, erschien Rebecca auf dem Treppenabsatz. Eigentlich wäre es heute an ihr gewesen, das Frühstück zu richten, aber so ging es halt manchmal: Wenn einer nicht mehr schlafen konnte und früher aufwachte, dann übernahm der die Vorbereitung der Morgenmahlzeit. So wunderte sich Rebecca auch nicht, sondern freute sich einfach, dass der Tee bereits fertig war und sie sich nur noch an den gedeckten Tisch setzen musste. Auch die anderen kamen nun nach und nach herunter. Jesse nahm Rosa in die Arme und küsste sie erst einmal fröhlich schmatzend auf den Mund, bevor sie sich dann gemeinsam an den Tisch setzten.

»Ihr macht ja wie meine Saugpfeile, wenn ich sie wieder von der Wand ziehe!« Simon grinste, als er mit seiner Schwester an Rosa und Jesse vorbei ging. Gleich darauf duckte er sich, aber zu spät. Jesses Hand hatte schon sein frisch gekämmtes Haar wieder verwuschelt.

Bald darauf kam auch Timo mit dem Milcheimer wieder herein, goss von dem Inhalt in eine Kanne und bereicherte so das Frühstück mit noch kuhwarmer Milch. Dann füllten alle erst einmal ihre Mägen. Rosa ließ ihnen Zeit. Doch der Kräutertee weckte recht bald die Lebensgeister der Freunde, und nun konnte sie ihre Neuigkeiten nicht länger für sich behalten.

»Freunde, es hat begonnen«, sagte sie am Ende ihres Berichts ernst, »Alena ist unterwegs.«

Begegnung mit dem Mob ...

Über den Fortschritt von Alenas gefährlicher Mission gewann Rosa in den nächsten zwei Tagen keine neuen Erkenntnisse, obwohl sie aufmerksam alles beobachtete, das Hinweise geben konnte. Sie bedauerte es, fand sich aber ab und tröstete sich damit, dass wohl bislang alles gut verlief, da sich der Himmel über dem Eberthof nicht verdunkelte. Ihre Zuversicht gab den Menschen um sie herum Kraft und Halt.

Die Hedwigsquelle, der sie eine neue Wasserader geöffnet hatte, sprudelte noch wie erwartet, schenkte allen vom Eberthof und den Tieren Wasser. Doch die Erde ringsum dürstete noch immer sehr, und das tat ihr in der Seele weh. Die Leute aus der Stadt, welche das lebenswichtige Nass entdeckt hatten und ihre Kanister dort füllten, verstopften regelmäßig den Wasserlauf im Felsen, aus Angst, dass die Quelle versiegen könnte. Immer öfter hatte sie in den vergangenen drei Wochen auch mitbekommen, wie sich dort oben Menschen um das Wasser stritten, es einander nicht gönnten, obwohl es doch für alle gereicht hätte. Die Leute glaubten den Freunden nicht, weil sie nur die versiegten Brunnen ihrer Stadt vor Augen hatten, das fast ausgetrocknete Flussbett des Stadtflusses und vor allem das extrem rationierte Leitungswasser in ihren Wohnungen, das neuerdings so seltsam schmeckte. Im Eberthof tranken sie das öffentliche Wasser schon lange nicht mehr. Doch jetzt benutzten sie es nicht einmal mehr zum Duschen. Alle nahmen Rosas Warnung sehr ernst — sie hatte vor Tagen, als sie ihre Hände mit Leitungswasser waschen wollte, daran geschnuppert und gesagt, dass es schlecht sei. So marschierten die Freunde lieber täglich mit ihren Eimern zur Quelle hoch, schütteten das Wasser dann in kleine Waschwannen und säuberten sich wie zu den Zeiten, als es noch keine Bäder und Duschen gab. Bislang hatten sich alle am Wasserholen beteiligt, sogar die Kinder mit ihren Sandeimern, doch gestern hatte Thomas ein schlimmes blaues Auge davongetragen. Im Versuch zu schlichten, war er zwischen zwei bitterböse Streithähne geraten, die danach auch noch die Frauen bedrohten. Jesse erklärte daraufhin das Wasserholen zur Männersache. Rosa hatte sich zusammen mit Claudia um das geschundene Auge von Thomas gekümmert, es mit heilenden Kräutersalben behandelt und nichts verlauten lassen über das ungute Gefühl, das sie beschlich, wenn sie an die Leute unten in der Stadt dachte.

Timo jedoch machte sich Luft. »Ein Wunder, dass sie unsere Hühner noch nicht geklaut haben. Tagsüber in der Hitze traut sich keiner zu uns heraus, aber nachts hatte ich schon manchmal das Gefühl, als ob jemand im Hof sei. Und schon mehr als einmal sah das Schloss des Scheunentors morgens aus, als ob jemand versucht hätte, es aufzubrechen. Fragt Jesse! Jedes Mal, wenn nachts die Kühe unruhig werden, oder Madame Schnatter ihrem Namen Ehre macht, treibt es mich aus dem Bett und ans Fenster. Ich weiß nicht, was ich täte, wenn ich jemanden erwischte ...«

Doch wenigstens ein Vorhaben entwickelte sich gut. Thomas hatte die alte Frau Martens überredet, zu ihnen zu ziehen. Mit einer Engelsgeduld hatte er der fast 80-jährigen immer wieder erklärt, dass sie ganz bestimmt niemandem zur Last falle. Das war nämlich ihre größte Sorge.

»Was wollt ihr mit mir? Ich seh nimmer gut, ich hör nimmer gut und kann nimmer tapfer laufen«, hatte sie Thomas immer wieder entgegengehalten.

Doch er hatte nicht lockergelassen und heute holte er sie ab. Schon vor Tagesanbruch war er losgeradelt, mit dem kleineren der beiden vierrädrigen Anhängerwagen hintendran.

Kurz vor dem Frühstück kamen sie. Thomas half Frau Martens aus dem Anhänger heraus, und sie hatte kaum ihren Stock in die Hand nehmen können, als sie auch schon von Simon und Julia in Beschlag genommen wurde. Fröhlich plappernd geleiteten die beiden Oma Martens in die Wohnstube. Thomas folgte ihnen mit dem kleinen abgewetzten Koffer, in dem ihre wenigen Habseligkeiten verstaut waren.

Die Augen der alten Frau strahlten, als sie die Freunde begrüßte. »Guten Morgen, ihr Lieben ... ah, wie der Tee duftet!« Fröhlich klatschte sie in die Hände. »Kinder, ich hätte nicht gedacht, dass mir eine Fahrradfahrt noch einmal soviel Spaß machen würde! Hat mich ganz schön durchgeschüttelt auf dem Anhänger ... zu schade, dass mich niemand gesehen hat ... hätten sich wieder mal das Maul zerrissen über die verrückte alte Martens.«

Es wurde dann ein richtig lebhafter Morgenschmaus. Oma Martens war an allem interessiert. Zwar musste sie ab und zu nachfragen, weil sie schlecht hörte, aber ihr Verstand funktionierte zweifellos noch hervorragend. Sie behauptete dann auch, dass sie schon immer gewusst hätte, dass Rosa eine Fee ist.

»Schade nur, dass ich dich trotz Brille nur verschwommen sehe. Aber ich hab ja noch ein anderes Auge, und das sieht dich ganz deutlich«, erklärte sie und deutete sich dabei auf die Brust.

Nach dem Frühstück wollte Oma Martens auf ihr Zimmer gehen und sich ein wenig hinlegen, damit sich, wie sie sagte, ihre Knochen wieder sortieren konnten. Das Zimmer neben der Wohnküche, das Anna für sie hergerichtet hatte, fand ihre uneingeschränkte Zustimmung.

»Ach, Liebes ... hier ist es schöner als in meiner Wohnung, und auch noch ohne beschwerliches Treppensteigen zu erreichen. Ihr seid so lieb zu mir.« Sie zog Anna zu sich, um ihr einen Kuss auf die Wange zu drücken.

Als später in der Küche der Tisch abgeräumt war, holte Timo seine Bauteile, um weiter an der Miniaturscheune zu bauen. Es fehlte nur noch der Innenausbau mit den Stalleinteilungen. Von außen sah das Gebäude bereits aus wie das Original draußen. Julia und Simon sahen ihm zu und freuten sich, weil sie ihm ab und zu helfen durften.

Der Plan für die Evakuierung der Stadtmenschen stand fest. Sie entschlossen sich, mit der Post an alle Haushalte Flugblätter verteilen zu lassen, mit dem Angebot, jeden in ein Land mitzunehmen, das ihnen Zuflucht bot und wo es genug Wasser und Nahrungsmittel für alle gab. Lange hatten sie über der Formulierung gebrütet. Sie schrieben nicht, dass es sich um das Land der Feen, um Antiquerra, handelte. Auch nicht, dass die Fee Rosa sie durch die Eiche führen würde, sondern nur, dass ein hilfsbereites Volk ihnen die Chance gab, eine bessere Zukunft aufzubauen. Sie erwähnten auch gleich, dass jeder, der mitkommen wollte, nur einen kleinen Rucksack oder eine kleine Tasche mit den wichtigsten Sachen mitnehmen durfte. Sicherheitshalber listeten sie auf, was die Leute unbedingt brauchten und was sie zurücklassen mussten. Sie betonten aber, dass sie dort, wo sie hingingen, mit allem Notwendigen versorgt werden würden. Dann setzten sie als Termin den fünfzehnten September fest, an dem sie auf dem Marktplatz vor dem Rathaus zu allen Auswanderungswilligen sprechen wollten. Erst da würden sie Rosas Identität aufdecken. Jesse graute es jetzt schon davor, denn genau wie Rosa erkannte allmählich auch er den Frust der Stadtbewohner, der nach einem Ventil suchte. Er hatte Angst um seine Fee. Sein Herz wurde täglich schwerer durch diese grässliche Sorge, dass seine große Liebe ihm womöglich entrissen wurde, weil er sie nicht gut genug schützen konnte. Er ließ sich nichts anmerken, denn es half ja nicht. Sie mussten da durch, damit sie zumindest einige der Leute retten konnten, wenn Alena ihre Aufgabe erfüllt hatte. Nur wenn sich Rosa in der Öffentlichkeit zu dem bekannte, was sie war, konnten sie die Stadtmenschen dazu bringen, ihnen zu glauben.

Den Druck ihrer Flugblätter hatten sie einem Copyshop in Auftrag gegeben. Thore wollte heute in die Stadt gehen, um die Blätter dort abzuholen und diese dann auch gleich zur Post bringen. Am Spätnachmittag radelte er los. Schon nach wenigen Metern schnaufte er heftig, da die Sonne fast noch heißer vom Himmel brannte als in den Wochen zuvor. Was gäbe er jetzt für ein paar Tropfen Regen.

An der Kreuzung vor der Herz-Jesu-Kirche stieg Thore von seinem Drahtesel ab und schob ihn neben sich her. Nach dem Überqueren der Straße befand er sich bereits in der Fußgängerzone der Innenstadt. Die Menschen, denen er begegnete, liefen alle hochsommerlich gekleidet herum. Eigentlich konnte man ihre schwerfälligen Bewegungen gar nicht *laufen* nennen, und Thore fragte sich, was mit ihnen wohl wäre, wenn sie gleich ihm und seinen Freunden den ganzen Sommer draußen gearbeitet hätten.

Dann fiel ihm auf, wie auf den Gesichtern und Armen mancher Passanten der Schweiß perlte. Ungesunder Schweiß, denn die Haut dieser Leute glänzte in einem kranken, gräulichen Ton. Thore beobachtete, wie sich eine junge Frau, die sehr elend wirkte, in die nahe Bäckerei quälte. Heute Nachmittag boten sie hier ausnahmsweise noch einmal ein paar

Halbpfünder Brot an. Er blieb kurz stehen und schaute durch das Schaufenster ins Innere des Geschäfts. Die Frau reihte sich in die Schlange ein, hinter einer abgemagerten Mittfünfzigerin. Als sie eine Weile später an die Reihe kam, gab sie an der Theke zusammen mit ihrem Geld eine der Brotmarken ab, die von der Stadtverwaltung jeden Monat an die Haushalte verteilt wurden. Das bisschen gebackene Getreide, das sie dafür erhielt, verbarg sie wie einen Schatz in ihrer Tasche. Sie presste diese an sich, als sie den Laden verließ. Ihre schnellen Schritte und der misstrauische, gehetzte Ausdruck in ihren Augen verrieten ihre Angst, bestohlen zu werden.

Thore ging langsam weiter. Sein Rad schob er neben sich her. Als er das Ende der Straße erreichte und über die Rathausbrücke gehen wollte, torkelte ihm ein Mann entgegen. Er stützte sich am Brückengeländer ab, krümmte sich plötzlich und übergab sich. Dann sank er mit einem Stöhnen zu Boden.

Thore eilte zu ihm und legte eine Hand auf seine Schulter. »Was ist mit ihnen? Kann ich helfen?«

Der Mann schüttelte den Kopf und zog sich mühsam am Geländer hoch. Auf seiner Haut perlte Schweiß. Er zitterte am ganzen Körper und suchte doch wie in panischem Schrecken von Thore wegzukommen. »Lass mich in Ruh, geh weg, ich hab kein Geld, auch kein Essen ...«

Thore fasste es nicht, dass dieser arme Mann, der offensichtlich schwer angeschlagen war, glaubte, er wollte ihn überfallen. Obwohl total geschwächt, streckte der Kranke jetzt den Arm aus, um ihn wegzustoßen. Fast wäre Thore über sein Fahrrad gestürzt, so unerwartet und heftig erfolgte der Schlag auf seine Brust. Dann zog der Mann ein Springmesser aus seiner Tasche, hielt es ihm drohend vor die Nase und hastete torkelnd weiter. Thore sah ihm nach, und allmählich dämmerte ihm, dass es mit dieser Stadt rapide bergab ging. Eilig lief er weiter, durch das Rathaustor hindurch, quer über den Marktplatz. Als er sah, wie eine Gruppe junger Leute, die auf der Rathaustreppe herumlungerten, begehrlich auf sein Fahrrad schielten und Anstalten machten, aufzustehen, schwang er sich schnell auf den Sattel und radelte den Rest des Wegs bis zum Copyshop. Er nahm sein Rad sogar mit in den Laden. Die Verkäuferin dort, eine nervöse kleine Frau mit glanzlosen blonden Haaren, schien Verständnis zu haben.

»Soviel Gewalt, es ist furchtbar! Seit vierzehn Tagen ist es richtig schlimm geworden, täglich Messerstechereien. Die Polizei ist machtlos ... ich geh nicht mehr allein auf die Straße und meine Kinder bleiben mir im Haus!«, sagte sie und half ihm, die Packen mit den Flugblättern im Fahrradkorb zu verstauen. »Ich hab's gelesen«, sagte sie dann leise, »würde gern mit den Kindern mitgehen. Es klingt nach einem Ort, an dem die Menschlichkeit noch nicht ausgestorben ist. Was für ein Land ist das denn?«

»Es ist ein schönes Land. Dort wird es uns gut gehen. Kommen sie mit ihren Kindern zur Kaisereiche am Tag und zur Stunde, wenn die Schmetterlinge fliegen«, erwiderte Thore und als sie ihn verständnislos ansah, »ich erkläre alles auf der Kundgebung am fünfzehnten September. Jetzt muss ich weiter.« Er sagte bewusst »ich erkläre« und nicht »wir« und beeilte sich dann, aus dem Laden zu kommen. In der Tür drehte er sich noch einmal zu ihr um. »Trinken sie kein Leitungswasser. Es macht krank! Gehen sie zur Hedwigsquelle, wenn sie Trinkwasser brauchen.«

Als er zur Post radelte, hatte Thore das Gefühl, als ob jemand seinen Hals zudrückte. Wie gern hätte er der Frau mehr gesagt. Sie sah nicht aus, als ob sie noch lange durchhalten würde. Doch er konnte es nicht riskieren. Es hätte nicht nur Rosa gefährdet, sondern auch alle anderen vom Eberthof.

Sie mussten notgedrungen noch eine Weile im Hintergrund bleiben. Das Flugblatt war anonym gehalten und niemand hier wusste, wer er war, auch die Verkäuferin nicht. Vorerst durfte sich das auch nicht ändern. Die Leute würden miteinander über die geplante Auswanderung reden. Wenn sie vor der Zeit zu viel wussten, konnte das ihnen allen schaden. Selbst die beste Absicht wurde derzeit nur allzu leicht missverstanden. Er hatte es ja eben erst erlebt, als er dem kranken Mann helfen wollte und dafür mit dem Messer bedroht wurde. Er empfand es traurig und alarmierend zugleich. Hier in der Stadt konnte man wohl niemandem mehr vertrauen. Die Hilflosigkeit der Leute schlug in Aggressivität um. Immer mehr Menschen traten nicht mehr füreinander ein, sondern gegeneinander an. Die Kranken und Schwachen traf es natürlich am schlimmsten. Thore war sich fast sicher, dass hier bald eine seuchenartige Epidemie ausbrechen würde, verursacht durch das schlechte Leitungswasser. Der Mann, der ihn bedroht hatte, konnte eines der ersten Opfer davon sein. Die Atmosphäre, die über der Stadt lag, glich jedenfalls einem Pulverfass, das jeden Moment hochgehen konnte.

Thore ließ jetzt den Marktplatz hinter sich und bog rechts zum Schlossplatz ab. Dort fuhr er links die Straße hoch, an deren Ende das Postgebäude lag. Auch hier nahm er sein Fahrrad sicherheitshalber wieder mit hinein. Zu seiner Erleichterung stellte er fest, dass er der einzige Kunde war. Der Mann am Schalter gab ihm teilnahmslos ein Formular, wandte sich dann jedoch schnell ab, wie um zu demonstrieren, dass er keine Lust hatte, beim Ausfüllen zu helfen. Thore griff sich einen Kuli, um die geforderten Angaben einzutragen. Er brauchte eine Weile, ehe er damit fertig wurde und das Formular abgeben konnte. Schweigend überprüfte der Postangestellte seine Angaben, nahm dann mit unfreundlichem Blick die Packen entgegen, um sie mit müde schlurfenden Schritten in den hinteren Bereich des Schalters zu schleifen, wo er sie einfach irgendwohin schmiss. Das scharf knallende Geräusch der unachtsam hingeworfenen Packen mit Flugblättern, die sie alle soviel Mühe gekostet hatten, ging Thore durch Mark und Bein. Er war froh, als er das Postgebäude und diesen missmutigen Mann wieder verlassen konnte, um sich auf den Heimweg zu machen.

Thore trat nun kräftig in die Pedale, um die bedrückende Atmosphäre der Stadt so schnell wie möglich hinter sich zu lassen. Er sehnte sich nach dem Frieden des Eberthofs. Als er von der alten Bundesstraße aus rechts abbog und gleich darauf den Kies des Hofgeländes unter seinem Rad knirschen hörte, atmete er befreit auf.

Als er in die Wohnküche trat, rannten ihm sein Kinder Julia und Simon entgegen.»Timo ist fertig! Guck mal, wie toll der Stall geworden ist, genau wie der richtige, sogar Stroh ist schon drinnen!«

Simon zog ihn, unterstützt von Julia, an den Tisch, wo die Miniaturscheune stand. Thore drückte seine Kinder rechts und links an sich und begutachtete gemeinsam mit ihnen Timos Kunstwerk. Ein warmes Gefühl durchströmte ihn, weil ihm klar wurde, wie viel Glück sie alle bisher gehabt hatten. Ihre Welt war in Ordnung geblieben trotz Not und Mühsal. Es gab keinen Neid, keine Missgunst untereinander, sondern gegenseitige Hilfe und fester Zusammenhalt. Deshalb hatten sie bisher alle überlebt und deshalb ging es seinen Kindern gut, obwohl sie wie alle derzeit zu viel entbehren mussten.

Thores Frau Rebecca saß in einem Lehnstuhl und nähte mit geschickter Hand einen Flicken auf Simons durchgescheuerte Hose. Ihre Augen trafen sich, als er zu ihr trat, um einen Kuss auf ihren Mund zu drücken.

»Du bringst keine guten Nachrichten«, flüsterte sie.

»Später, wenn die Kinder schlafen«, erwiderte er leise.

Am Abend saßen die Erwachsenen dann alle am großen Küchentisch, und Tore fasste seine Eindrücke über das Wirken in der Stadt zusammen.

Rebecca erschrak zutiefst, als sie von dem Messer hörte. Doch eigentlich überraschte es niemanden, dass die Stimmung der Städter sich immer mehr aufheizte. Sie hatten ja schon an der Hedwigsquelle erlebt, mit welcher Gewaltbereitschaft manche Leute ihren Vorteil verteidigten. Das geschwollene, in allen Farben schillernde Auge von Thomas zeugte davon. Sie konnten die Menschen auch nicht ändern, sondern nur hoffen, dass die Situation nicht noch schlimmer wurde.

»Wie soll das nur werden? Die Atmosphäre in der Stadt hat sich um hundertachtzig Grad gedreht und nicht zum Besseren. Und was, wenn die anständig gebliebenen bis zum Tag X alle krank sind?« Thore seufzte.

»Lasst uns nicht so sehr an Krankheit und Gefahr denken, sondern daran, dass die Städter ohne unsere Hilfe verloren sind. Da wir sie retten wollen, werden wir auch die Kraft dazu haben. Alenas Mühe darf nicht umsonst sein«, sagte Rosa.

Jesse umfasste liebevoll ihre Schultern. Er drückte sie an sich, und zum tausendsten Mal nahm er sich vor, alles so gut durchzuplanen, dass Rosa nichts passieren konnte.

»Deine Bodyguards stehen bereit«, flüsterte er in ihr Ohr.

»Ja.« Sie gab ihm einen Kuss. »Die besten, die es auf dieser Welt gibt.«

Rosa schmiegte sich an Jesse und wurde ganz ruhig. Die Eiche konnte sich schon bald öffnen, und Alena wartete dann darauf, sie alle wiederzusehen. Ihr Vorhaben musste also gelingen, und es würde gelingen, wenn sie nur den Glauben daran nicht verloren.

Die Anspannung wegen der bevorstehenden Kundgebung auf dem Marktplatz der Stadt wuchs von Tag zu Tag. Sogar die Kinder Simon und Julia tobten nicht mehr soviel draußen herum, sondern hängten sich lieber wie Kletten an Oma Martens, die als einzige nicht aus ihrem Rhythmus zu bringen war.

Rosa hielt sich oft draußen auf dem Hof auf, beobachtete den Himmel, sah zum Wald hoch und achtete auf das Verhalten der Tiere. Bis jetzt hatte sich nichts verändert. Die erhofften Zeichen ließen auf sich warten. So verging die Zeit, schneller als allen lieb war, und dann zeigte das Kalenderblatt den fünfzehnten September. Gegen Abend dieses Tages wollten die Männer mit Rosa in die Stadt aufbrechen, um die Bevölkerung zu informieren.

Während des Mittagessens, das wie üblich aus einer einfachen Suppe bestand, besprachen sie noch einmal die wichtigsten Details. Am Nachmittag entschlossen sich Rosa und Jesse dann trotz der Hitze zu einem kurzen Spaziergang, um noch ein wenig Kraft in der Zweisamkeit zu tanken. Arm in Arm schlenderten sie den schmalen Pfad zum Waldrand hoch. Die vertrockneten, gelben Gräser, die ausgemergelte Erde der Felder und die saftlosen Bäume am Weg verwandelten sich in ihren liebenden Augen zu einer satten Landschaft des Glücks. Sie sprachen über ihr neues gemeinsames Leben, das in Antiquerra seine Erfüllung finden sollte, und immer wieder fanden sich ihre Lippen zum zärtlichen Kuss. Irgendwann blieb Rosa jedoch stehen und lauschte.

»Hörst du das?«, fragte sie.

»Ja, Heuschrecken, die uns ein Ständchen bringen. Sind wohl ganz in der Nähe ... upps. Was hab ich gesagt?« Jesse lachte und schüttelte einen der grünen Hüpfer von seinem Hosenbein.

Rosa betrachtete die ausgebleichten Gräser und die niedrigen Sträucher, die links des Pfads auf der steilen Böschung wuchsen. Sie waren mit Heuschrecken übersät. Sie wanderte von der Stelle aus ein paar Meter vor und zurück, um auch da zu gucken. Doch die Tierchen schienen sich hauptsächlich in der Nähe eines noch jungen Holunderstrauchs aufzuhalten. Sie hüpften lärmend auf Grasbüscheln und in den unteren verholzten Zweigen des Strauchs herum. Rosa sah Jesse bedeutungsvoll an.

»Sie sammeln sich, die Entscheidung ist nahe«, sagte sie.

Jesse erwiderte nichts, nickte nur und nahm sie in den Arm. Langsam wanderten sie den Weg zurück zum Eberthof, um die Freunde zu informieren. Als sie in die Wohnküche traten, duftete es bereits erfrischend nach Pfefferminze und bald waren alle wieder am Tisch versammelt, um sich mit einer Tasse Tee für die bevorstehende Kundgebung zu stärken.

»Gut«, sagte Timo, nachdem Rosa berichtet hatte, »dann sind wir mit dem Timing ja genau richtig.«

Viel mehr gab es dazu auch nicht zu sagen. Von Zeichen verstanden die Freunde nichts, sie mussten abwarten, wie sich die Dinge entwickelten. Es konnte jetzt sehr schnell gehen, aber sicher durften sie sich dessen nicht sein. Gewiss schien nur eines: Das Tor in der Zaubereiche würde aufleuchten, wenn alles klappte. Rosa bat deshalb die Kinder Simon und Julia, ab jetzt von ihrem Fenster aus die Eiche im Auge zu behalten. Die beiden versprachen es und waren ganz stolz darauf, dass sie einen so wichtigen Auftrag bekommen hatten. Nichts konnte sie jetzt mehr auf ihren Stühlen halten. Sie sprangen die Treppen hoch, um so schnell wie möglich auf ihren Beobachtungsposten zu kommen, und kurz darauf hörten die Erwachsenen die Tür ihres Kinderzimmers knallen. Dann war es wieder ruhig.

Jesse warf einen Blick auf die Wanduhr, die schon vor einer Weile achtzehn Uhr geschlagen hatte. Allmählich wurde es Zeit für den Aufbruch. Rosa erhob sich, um nach oben zu gehen und sich für die Kundgebung umzuziehen.

Die Frauen sollten aus Sicherheitsgründen zu Hause bleiben, damit die Männer sich voll und ganz auf den Schutz von Rosa konzentrieren konnten. Anna und Rebecca waren im Grunde froh, dass sie sich den Leuten aus der Stadt nicht aussetzen mussten, aber jetzt, so kurz vor dem Aufbruch, wurden sie genauso nervös als wenn sie mitgehen würden. Immer wieder ermahnten sie ihre Männer, bloß ja nichts zu riskieren. Sie wurden erst ruhiger, als Rosa wieder zu ihnen trat. Sie sah umwerfend aus in ihrem rubinroten Feenkleid. Der goldene Gürtel um ihre Taille mit der Schließe in Form eines goldenen Eichenblatts leuchtete mit ihrem langen Haar um die Wette. Niemand, der sie so sah, würde ihr magisches Wesen bezweifeln können. Jesses Augen leuchteten auf, doch nicht weil der goldene Schein auf ihn abstrahlte, sondern weil ihm wie immer bei ihrem Anblick das Herz aufging. Doch die Zeit wurde knapp, und so gab er Rosa nur einen schnellen Kuss und führte sie dann hinaus auf den Hof. Die anderen folgten ihnen.

Der selbst gebaute große Anhänger, den sie oft auch für die Feldarbeit benutzten, stand schon bereit. Aufgrund seiner Ausstattung mit Motorradreifen konnte er von zwei Fahrrädern relativ leicht gezogen werden. Mit diesem Gefährt wollten sie heute in die Stadt. Rosa sollte bei der Kundgebung auf diesem Wagen stehen, damit sie auch von allen gut gesehen werden konnte. Jesse hob sie hinein, und auch Timo und Thomas kletterten zu ihr. Dann schwangen sich Jesse und Thore auf die Fahrräder und die Fahrt ging los.

»Kommt heil wieder«, rief Anna ihnen noch nach, bevor die fünf außer Sichtweite kamen.

Es dauerte nicht einmal eine Viertelstunde, bis die Männer mit Rosa auf dem Marktplatz der Stadt ankamen. Dort waren schon sehr viele Leute versammelt, und schnell wurde klar, dass der ursprüngliche Plan, vom Anhänger aus zu sprechen, nicht funktionieren würde. Sie kamen einfach mit dem Gefährt nicht durch. Es blieb nichts anderes übrig, als den Wagen mitsamt Fahrrädern vor dem Rathaus am Brückengeländer anzuketten. Rosa, Timo und Thomas stiegen aus und gingen mit Jesse und Thore die paar Schritte zu Fuß bis zum Rathausgebäude. Dort stellten sie sich auf den obersten Treppenabsatz vor dem Eingang, denn so konnten sie auch relativ gut gesehen werden. Immer noch strömten weitere Menschen auf den Marktplatz, wo nun ein dichtes Gedrängel herrschte. Keiner von den Freunden hatte damit gerechnet, dass so viele kommen würden. Es war ein Erfolg und doch auch beängstigend, denn die Unruhe, welche von den wartenden Leuten ausging, konnten sie nur schwer einschätzen. Neugier, Hoffnung, aber auch Misstrauen und unterschwellige Aggression lagen in der Luft. Jesse nestelte nervös in seiner Hosentasche und zog den Spickzettel heraus, den er sich für seine Ansprache gemacht hatte. Dann postierte er sich eilig mit Timo, Thomas und Thore um Rosa herum, die von den Stadtbewohnern bereits regelrecht angestarrt wurde. Nur ein paar Minuten hatten sie noch Zeit, sich zu sammeln, ehe ihre Kundgebung begann. Als die Rathausuhr neunzehn Mal schlug, war es soweit. Jesse räusperte sich und trat einen Schritt vor.

»Liebe Mitbürger«, sagte er und seine Stimme hallte über den ganzen Platz, »wir freuen uns, dass ihr unserem Aufruf so zahlreich gefolgt seid. Bitte hört uns jetzt gut zu, denn was wir zu sagen haben, kann euer Leben retten.«

Jesse wartete, bis das Stimmengemurmel der Menschenmenge ein wenig verebbte und sprach dann weiter. Er redete zuerst von den allgemein bekannten Tatsachen, von der schlechten Ernährungslage und vom Wassermangel, welche durch die extremen klimatischen Bedingungen verursacht wurden. Dann entwarf er ein Bild von der zu erwartenden Zukunft. Die ganze Welt befand sich im Wandel. Naturkatastrophen, Missernten und in Folge davon Krankheiten und Seuchen waren bereits jetzt schon Alltag und würden noch schlimmer werden. Jesse sprach davon, dass die unerträgliche Hitze hier in Süddeutschland noch zunehmen würde, um sich dann mit extremen Kälteeinbrüchen abzuwechseln.

»Das Leben hier wird nicht besser werden, eher noch viel schwieriger, als es jetzt schon ist. Doch es gibt einen Ausweg«, sagte er am Ende und legte Rosa seinen Arm um die Schultern. Dann stellte er sie der Menge vor. »Das hier ist Rosa. Sie ist eine Fee, eine echte, und sie wird uns in ihre Heimat mitnehmen. Dort hat die Not für uns ein Ende.«

Unter den Leuten entstand nach diesem Worten ein heftiger Aufruhr. Rosa hob die Hände, um sie zu beruhigen. Ihre Gestalt strahlte auf, und ihr Haar wogte wie kupfern aufleuchtende Wellen um sie herum. Die Leute staunten sie an, doch sie erschraken auch, als sie begriffen, dass hier tatsächlich kein gewöhnlicher Mensch vor ihnen stand. Dann wurde es mäuschenstill und Rosa sprach. »Ja, es ist wahr. Ich bin eine Fee ... aus dem Geschlecht der Sidda. Mein Volk will euch helfen, euch aufnehmen. Deshalb bin ich hier, um euch mitzunehmen in meine Heimat, nach Antiquerra. Ihr werdet dort nicht mehr hungern müssen, keine Not mehr leiden. Das kann ich euch versprechen, und wir Feen werden euch unterstützen, solange ihr unsere Hilfe braucht. Wir werden innerhalb der nächsten vierzehn Tage aufbrechen. Unser Treffpunkt ist die Kaisereiche. Jeder von euch kennt sie, und ihr wisst wo sie steht. Wenn es soweit ist, dann wird über der ganzen Stadt ein Heer von Schmetterlingen fliegen. Das ist das Zeichen, dass ihr zum Treffpunkt, zur Kaisereiche, kommen sollt. Zögert dann nicht, denn wir werden nicht lange warten können.«

»Dann wird unsere Erde untergehen?«, fragte eine Frau, die in den vordersten Reihen stand.

Rosa zögerte kurz mit der Antwort. Immerhin war es noch nicht ganz klar, ob Alena ihre Aufgabe erfolgreich abschließen konnte, und nur dann gab es für alle — auch für die, welche in der Menschenwelt zurückblieben — eine Chance. Aber es machte keinen Sinn, den Leuten die genauen Zusammenhänge zu erklären. Sie musste eine Lösung aus dem Elend bieten, durfte nicht neue Ängste wecken.

»Die Erde wird nicht untergehen«, sagte sie deshalb, »aber es wird sehr schwierig werden, hier in den kommenden Jahrzehnten zu überleben. Deshalb bietet mein Volk euch seine Hilfe an. Kommt also zur Stunde, in der die Schmetterlinge über der Stadt fliegen, zur Kaisereiche, damit wir alle zusammen nach Antiquerra gehen, um dort ein besseres Leben zu führen.«

Viele Leute nickten zum Zeichen, dass sie verstanden hatten, und Rosa wollte schon aufatmen, weil sie meinte, dass alles doch besser verlief als gedacht. Doch da drängte sich plötzlich eine Gruppe Männer nach vorne. Es waren mindestens zwanzig Personen, und sie schubsten die Leute, die ihnen im Weg standen, brutal zur Seite.

»So, eine Fee willst du also sein?«, spottete einer der Männer. Er war schätzungsweise um die dreißig Jahre alt. Er trug eine speckige Schildkappe auf dem Kopf, die er tief in die Stirn gezogen hatte und unter der ungepflegte, mit grauen Strähnen durchzogene Haare hervorschauten. Die dichten Augenbrauen gaben seinen Augen einen drohenden Ausdruck, und die schmalen Lippen, die aus seinem struppigen Bart hervorschauten verzogen sich zu einem eisigen Grinsen. Jesse und Timo stellten sich schnell schützend vor Rosa auf.

»Was willst du?«, fragte Jesse.

»Mit dir rede ich nicht, sondern mit der da«, herrschte ihn der Mann an und gab seinen Kumpanen einen Wink, die daraufhin Jesse und Timo in einem Handgemenge zu Boden schubsten.

Thomas und Thore zogen Rosa schnell bis zur Eingangstür des Rathauses zurück, doch da diese geschlossen war, konnten sie Rosa vor dem Angriff nicht mehr schützen. Ein Stein flog auf die Fee zu und traf sie über dem Auge. Die Leute auf dem Marktplatz schrien vor Entsetzen auf, und die Männer um den Angreifer herum grölten, als sie sahen, wie das Blut über Rosas Gesicht lief.

»Fee, dass ich nicht lache! Eine Hexe bist du, aber wir werden schon dafür sorgen, dass du deinen Bund mit dem Teufel bereust!«, brüllte der Anführer der Bande und warf einen neuen Stein, der sein Ziel nur knapp verfehlte. Wären Thomas und Thore nicht gewesen, dann hätte er sich jetzt auf Rosa gestürzt. Die beiden konnten ihn gerade noch im letzten Moment abwehren und zurückdrängen. Diese Schlappe machte den Mann jedoch noch wütender und wie in Raserei forderte er seine Kumpane auf, sich auf Rosas Freunde zu stürzen. Auf dem Marktplatz brach ein fürchterlicher Tumult aus. Ein paar weitere Männer und sogar Frauen ließen sich von der Schlägerbande anstecken und stürmten nach vorne, um mitzumischen. Rufe nach der Polizei wurden laut. Die war zwar präsent, aber in diesem Tohuwabohu machtlos. Nur wenige Personen suchten Rosa und den Freunden beizustehen, doch diese wurden schnell ebenfalls zu Opfern der Angriffe. Jesse und Timo konnten sich zwar aus den Griffen der aufgebrachten Männer befreien, doch nur kurz, dann lagen sie bereits wieder am Boden. Thomas und Thore versuchten verzweifelt, die vielen Angreifer, die auf die beiden einschlugen, von ihnen zurückzuzerren.

Um Rosa kümmerte sich niemand mehr. Sie stand zuerst wie gelähmt und konnte nicht fassen, was hier passierte. Dann sah sie plötzlich in dem Handgemenge auch noch ein Messer blitzen und mit einem Mal begriff sie, in welcher Gefahr ihre Freunde schwebten. Sie hob die Arme, Licht wogte um ihren Körper herum, und in einer riesigen Kraftanstrengung baute sie einen Sturmzauber auf, der die Angreifer zurückwarf. Die Schlägerbande wurde ein ganzes Stück weit von den Treppen des Rathauses entfernt zu Boden geschleudert, und dort blieben die brutalen Männer reglos liegen.

Rosa eilte nach vorne. Thomas und Thore sahen zwar schlimm aus, aber ihre Verletzungen schienen nicht gefährlich. Jesse und Timo lagen jedoch mit geschlossenen Augen am Boden. Thomas und Rosa knieten sich zu ihnen und versuchten die beiden anzusprechen, doch sie reagierten nicht. In Timos Schulter steckte ein Messer. Die Wunde blutete stark. Sein Gesicht war voller Blutergüsse, genauso wie das Gesicht von Jesse. Auch er hatte Messerstiche abbekommen und sein Körper blutete aus mehreren Wunden. Rosa versuchte, die Blutungen auf magische Weise zu stoppen. Doch es gelang ihr nicht. Sie war keine Korria, keine Heilerfee, konnte deshalb nur die Lebensenergie der beiden ein wenig stärken. Aber das würde hier bei weitem nicht ausreichen.

Thore schrie derweil verzweifelt nach einem Arzt.

Als Rosa begriff, dass weder Jesse noch Timo die Augen aufschlagen würden, richtete sie sich langsam auf. Ihr Gesicht wirkte wie versteinert, als sie mit ausgestrecktem Arm auf die Männer wies, welche ihre Gefährten so lebensgefährlich verletzt hatten. »Ich verfluche euch! Kein Glück sollt ihr mehr in diesem Leben finden. Schmerzen sollt ihr erleiden, schlimmer noch als die, welche ihr anderen zugefügt habt!« Rosas Stimme klang hasserfüllt, kalt und dennoch leise, und dann streckte sie beide Arme befehlend nach oben. Ihr Haar begann zu wehen. Ihr Kleid bauschte sich auf, und dann ertönte in der Luft ein helles, bedrohliches Summen. Ein großer Schwarm Wespen flog heran. Er stürzte sich auf die Störenfriede, die nun schreiend um sich schlugen. Es half ihnen nichts. Bald waren die Gesichter und Körper der zuvor so brutalen Männer übersät mit Wespenstichen. Es ging alles rasend schnell, und nur wenige der versammelten Menschen bekamen Rosas Rache mit.

Thomas und Thore hatten es jedoch gesehen. Es erschreckte sie, aber es befriedigte sie auch, obwohl Timo und Jesse dadurch nicht heil wurden.

Ein alter Mann trat jetzt zu ihnen an die Treppe und beugte sich über die schwer verletzten Freunde.

»Ich bin Arzt«, sagte er, »und ich fürchte, der einzige weit und breit. Aber ihr wisst sicher selbst, dass es um die Ärzteschaft mehr als schlecht bestellt ist.« Seufzend untersuchte er die Wunden von Jesse und Timo. »Das sieht nicht gut aus. Aber ich tue, was ich kann. Ihr zwei habt Hemden an. Zieht sie schnell aus und macht Verbandsstreifen daraus.«

Rosa wartete nicht darauf, bis Thomas und Thore ihre Oberteile ausgezogen hatten, sondern eilte hinunter zu den Messerstechern, denen jetzt von drei Polizisten nach und nach Handfesseln angelegt wurden.

»Ich brauche ihre Hemden«, sagte sie hart und begann umgehend, einen der vor Schmerzen nur noch wimmernden Individuen auszuziehen.

Einer der Polizisten half ihr sogar dabei. »Diese Hunde hier haben nichts mit den anderen Leuten zu tun«, sagte er, »die meisten hier sind dankbar für deine Hilfe. Ich auch. Ich habe Frau und zwei kleine Kinder. Wir wollten mit dir gehen zu deinem Volk. Jetzt befürchte ich ...«

»Kommt, wenn die Schmetterlinge fliegen, zur Kaisereiche«, unterbrach sie ihn schnell. Ich nehme jeden mit, der Frieden im Herzen trägt. Du kannst es weitersagen.« Dann eilte sie mit den erbeuteten Hemden zu Jesse und Timo und fing an, sie hastig in Streifen zu zerreißen.

Es dauerte eine ganze Weile, bis die Verletzten einigermaßen versorgt waren. Als der Arzt das Messer aus der Schulter von Timo zog, hielt Rosa den Atem an. Doch nicht einmal das schien der junge Mann zu spüren. Der Arzt nähte die Wunde mit groben Stichen und deckte sie dann mit einem Tuch ab, das er mit den Hemdenstreifen fixierte.

»Mehr kann ich nicht tun«, sagte er dann, als er fertig war. »Ich kann euch auch nicht versprechen, dass die zwei überleben werden. Vielleicht sind die Verletzungen zu schlimm. Aber das Krankenhaus nimmt niemanden mehr auf. Sind überbelegt mit Seuchenkranken. Ihr könnt sie also nur nach Hause bringen und hoffen. Wenn sie wieder zu sich kommen, gibt es vielleicht eine Chance.«

Als der Arzt sich dann auch noch um die Verletzungen von Rosa, Thomas und Thore kümmern wollte, wehrten sie ab. Sie wollten jetzt nur noch so schnell als möglich heim. So half der alte Mann nur noch, Timo und Jesse zum Anhänger zu tragen. Rosa setzte sich in die Mitte zwischen die beiden Verletzten, und dann strampelten Thore und Thomas los.

Als sie beim Eberthof ankamen, waren Timo und Jesse noch immer bewusstlos, obwohl Rosa ihnen während der Fahrt mehrfach Energie gegeben hatte. Ihre Gesichter erschienen kalkweiß und ihr Atem ging nur noch flach. Thore stürzte sofort ins Haus, um die Frauen zu Hilfe zu holen, kaum dass das Gefährt zum Stehen gebracht worden war. Gemeinsam und so vorsichtig als möglich trugen sie die Schwerverletzten ins Haus. Jutta und Claudia, die ursprünglich einmal den Beruf einer Pflegeschwester erlernt hatten, stellten ihren Raum als Krankenzimmer zur Verfügung. Als Timo und Jesse dann endlich bleich und kaum noch lebendig in ihren Betten lagen, brach bei Rosa ein Damm. Hemmungslos schluchzend brach sie über ihrem Geliebten zusammen.

Kapitel 4

Sturm ...

Auf dem Eberthof herrschte Verzweiflung. Jesse und Timo waren so schwer verletzt, dass kaum Hoffnung für ihr Leben bestand.

Rosa konnte nicht mehr klar denken. Die ganze Nacht blieb sie bei ihnen. Immer wieder legte sie ihre Fingerspitzen über die Nasenwurzeln der Männer, um ihnen stärkende Energie zu übertragen und flehte sie an, wieder zu erwachen. Doch weder das eine noch das andere zeigte Erfolg. Als der nächste Morgen anbrach, befanden sich Jesse und Timo in unverändert kritischem Zustand.

Die Verletzungen von Thomas und Thore hatten dagegen schlimmer ausgesehen, als sie waren. Die Platzwunde über dem rechten Auge von Thore war schnell versorgt und die vielen Blutergüsse, welche beide davon getragen hatten, stellten sich glücklicherweise als genauso ungefährlich heraus, wie Rosas Stirnwunde. So galt die große Sorge aller ausschließlich Jesse und Timo.

Annas Kinder, Simon und Julia, hatten das Drama der Heimkehrer am Abend noch miterlebt und wie die Erwachsenen fast die ganze Nacht nicht schlafen können. Noch im Schlafanzug schlichen sie jetzt bedrückt die Treppen herunter in die Wohnküche, wo ihre Eltern mit den Freunden bereits in aller Eile das Frühstück einnahmen. Als die Kinder das malträtierte Gesicht ihres Vaters und die leeren Plätze von Jesse, Timo und Rosa sahen, füllten sich ihre Augen mit Tränen. Julia schluchzte bitterlich auf. Sie flüchtete sich umgehend zu ihrer Mutter, während Simon mit gesenktem Kopf zu seinem Vater lief und sich in dessen Arme warf. Doch den Eltern fiel es schwer, ihren Kindern Trost zu geben. Zu unsicher empfanden sie die Situation, zu ernst, und lügen wollten sie nicht. Als die Kinder endlich auf ihren Plätzen saßen und sich mühten, wenigsten ein paar Bissen herunterzubekommen, waren die Zwillingsschwestern Claudia und Jutta bereits dabei, ihr eiliges Mahl zu beenden. Mit einem Frühstück für Rosa gingen sie wieder nach oben ins Krankenzimmer. Auch die anderen erhoben sich schon bald vom Tisch. Oma Martens bat Anna um eine Kerze, weil sie in ihrem Zimmer für Jesse und Timo beten wollte. Thore ging mit Thomas und dessen Tochter Sarah nach draußen, denn Tiere und Ställe mussten ja auch heute versorgt werden. Kaum dass die drei draußen waren, eilte Rebecca nach oben, um Rosa zu überreden, wenigstens ein paar Minuten zu ruhen. Anna blieb bei ihren Kindern. Doch den beiden war der Magen wie zugekleistert, und so schickte sie Julia und Simon zuück auf ihr Zimmer. Die Beobachtung der Eiche konnte die Kinder vielleicht ablenken, und wegen einem ausgefallenen Frühstück würden sie nicht verhungern. Während die beiden nun die Treppen hinaufstapften, stürzte sich Anna auf die Arbeiten im Haus.

Julia und Simon blieben auf ihrem Weg nach oben im ersten Stock stehen und starrten auf die Tür zum Zimmer der Zwillinge. Sie wussten, dass jetzt Jesse und Timo in den Betten da drinnen lagen. Leises Flüstern drang zu ihnen heraus und dazwischen verhaltenes Weinen, das sie treffsicher Rosa zuordneten. Simon wollte seine Schwester weiterziehen, weg von dieser Tür, hinter der sich Unfassbares abspielte.
Doch Julia wehrte sich. »Ich will zu Timo und Jesse.«
»Wir dürfen nicht ... und wir sollen doch die Eiche beobachten.«

»Guck du nach der Eiche, ich geh zu Timo und Jesse.«

»Julia, die schimpfen ...«

»Ist mir egal.«

Bei Julia flossen bereits wieder Tränen, und Simon wusste nicht, was er tun sollte. Doch die Entscheidung wurde ihm abgenommen, als sich die Tür öffnete und Rebecca den Kopf herausstreckte. »Kinder, seid leise«, mahnte sie.

Julia überlegte nicht, sondern schlüpfte flugs an ihr vorbei und ins Zimmer hinein. Simons Stolz ließ es natürlich nicht zu, dass er hinter seiner Schwester zurückblieb, und so drängte er ihr nach. Rebecca versuchte noch, ihn festzuhalten, doch er entwischte und stand gleich darauf neben Julia vor Timos Bett. Der junge Mann sah heute fast noch eine Spur blasser aus als gestern, und sein Atem ging sehr flach. Julia streichelte seine Hand, doch er schien es nicht zu merken. Seine Augen blieben geschlossen.

Rebecca trat zu den beiden, um sie wieder hinauszubringen. »Geht wieder, das hier ist kein Ort für euch«, sagte sie leise. Doch Julia schaute sie mit einem so tragischen Ausdruck in den Augen an, dass sie sich erweichen ließ. »Fünf Minuten, nicht mehr.«

Julia nahm die Hand ihres Bruders und legte sie auf die von Timo. Der Schmerz ihrer Seele, die zu früh die kindliche Unbefangenheit verloren hatte, zeichnete ihr schmales Gesicht. »Du musst ihm sagen, dass er wieder gesund werden muss, auf dich hört er vielleicht.« Dann ging sie hinüber an das Bett von Jesse, der genauso blass und reglos da lag wie sein Freund Timo.

Rosa saß bei Jesse und umklammerte verzweifelt seine Hand. Ihre Lippen bewegten sich nicht. Doch im Geist hielt sie mit ihrem Geliebten Zwiesprache und beschwor ihn immer wieder, bei ihr zu bleiben. Ihr Blick ruhte auf Jesses Gesicht, starr und feucht schimmernd, und sie nahm kaum etwas anderes wahr. Sie bekam nicht einmal richtig mit, wie Julias kleine Hand über Jesses Arm streichelte und dann auf ihren eigenen Händen liegen blieb.

»Rosa ... Jesse und Timo werden doch nicht sterben?«, fragte Julia drängend und als Rosa nicht antwortete, »sag doch was, bitte! Sie werden doch wieder gesund, nicht wahr? Du kannst doch machen, dass die zwei wieder gesund werden!«

Rosa schaute das kleine Mädchen an und ihr war, als ob sie aus einem bösen Traum erwachen würde. Eine Idee keimte plötzlich in ihr auf und ließ sie wieder hoffen. Sie hatte doch magische Gegenstände, und wenn Julia jetzt das richtige tat, konnte alles gut werden. Vorsichtig löste Rosa ihre Hand von Jesse. Sie griff an den Beutel, der an ihrem Kleid hing und nestelte hektisch daran.

»Ich selbst kann nichts tun, Julia. Aber vielleicht du«, sagte sie und hielt einen kleinen silbernen Ring hoch, in den magische Zeichen eingraviert waren. Sie streifte diesen Ring über Julias Mittelfinger und hielt ihn fest. »Das ist ein Wunschring. Davon hast du doch bestimmt schon gehört. Wir Feen dürfen unsere Ringe nicht selbst benutzen, nur verschenken. Also — ich schenke dir jetzt diesen Ring. Wenn du einen Wunsch aussprichst und den Ring dreimal drehst, dann erfüllt sich dieser Wunsch. Ich darf dir aber nicht sagen, was du dir wünschen sollst. Das musst du selbst wissen.«

Rosa ließ Julias Finger mit dem Ring los und sah nun mit ängstlicher Gespanntheit in ihr Gesicht. Ob das Mädchen begriffen hatte?

Julia betrachtete den silbernen Reif und warf dann einen Blick auf ihren Bruder. Der nickte. Das mit dem Wunschring stand doch auch in seinem Märchenbuch. Julia kannte die Geschichte.

»Du musst nur richtig wünschen«, sagte er und wog den Kopf bedeutungsvoll von einem Bett zum anderen.

Julia holte tief Atem und fasste an den Ring, der ihren Mittelfinger zierte. Dann schloss sie die Augen. »Ich wünsche mir jetzt, dass Timo und Jesse ganz schnell wieder gesund werden«, sagte sie fest und drehte dann dreimal feierlich den Ring.

»Das hast du prima gemacht«, sagte Rosa und zog das Mädchen unter Lachen und Weinen an sich. »Jetzt wird alles gut!«

Nicht lange darauf wurde der Atem von Timo und Jesse tatsächlich kräftiger und ihre Gesichter gewannen ein wenig an Farbe.

Dann schlug Jesse die Augen auf. »Durst«, sagte er, und Rosa war überglücklich, als er mit ihrer Hilfe ein paar Schlucke trank.

Als auch Timo nur wenig später ebenfalls zu sich kam, konnten es Claudia, Jutta und Rebecca kaum fassen. Der Wunschring hatte gewirkt. Zwar waren die beiden Männer noch schwach, doch ihre Wunden schienen auf wundersame Art zu heilen und ihr Verhalten zeigte eindeutig, dass nun keine Lebensgefahr mehr bestand. Rebecca lief gleich nach unten, um den anderen die gute Nachricht zu überbringen.

In den folgenden zwei Tagen machte die Genesung von Jesse und Timo sensationelle Fortschritte. Nur noch Narben erinnerten an ihre lebensgefährlichen Verletzungen. Sie konnten ihr Bett verlassen und herumlaufen. Lediglich die Verfärbungen ihrer Gesichter und Körper erinnerten an das katastrophale Geschehen. Wie Thomas und Thore machten sie jedoch schon bald Scherze über ihr bunt geschecktes Aussehen. Julia, deren inniger Wunsch den Männern das Leben gerettet hatte, wurde derweil zum Star des Eberthofs und von allen geherzt und geknuddelt. Das Mädchen ließ jedoch auch ihrem Bruder einen Teil der Ehre zukommen. Immerhin war es sein Buch, wo das mit den Feenringen drinnen stand. Nur weil er ihr oft genug davon erzählt hatte, wusste sie, wie sie funktionierten.

Claudia fragte dann aber in einer ruhigen Stunde doch, warum Rosa den Ring ihr gegeben hatte und nicht einem von den Erwachsenen.

Rosa erklärte es ihr.»Von der Macht des Wunschrings muss man felsenfest überzeugt sein, damit er in der gewünschten Weise funktioniert. Die aussichtslose Situation hätte euch an der Kraft des Ringes zweifeln lassen können. Die Kinder wussten jedoch, dass sich ihr Wunsch erfüllen würde.«

Mit fortschreitender Genesung der Männer kehrte die Zuversicht auf den Eberthof zurück. Die Hoffnung, den Ort ihrer leidvollen Erfahrungen bald verlassen zu können, wuchs.

Rosa hatte beim Sammeln von Herbstkräutern, aus denen sie einen stärkenden Tee für die Männer bereiten wollte, einen Schwarm Heuschrecken gesehen, der die jungen Pflanzen des Waldes heimsuchte. Als dann bald danach im Radio vom Ausbruch eines Vulkans und von Erdbeben berichtet wurde, war für sie die Sachlage klar: Die Entscheidung stand kurz bevor.

Jesse und Timo, denen von den Frauen jegliche körperliche Arbeit strikt verboten wurde, beobachteten nun abwechseln mit den Kindern die Eiche. Die Taschen und Rucksäcke mit den wichtigsten Habseligkeiten waren bereits gepackt und der Miniaturstall für den Transport der Tiere einsatzbereit. Alle warteten nur noch auf das Zeichen zum Aufbruch.

Oma Martens bat Anna noch einmal um Kerzen. Diesmal jedoch nicht, weil sie für Jesse und Timo beten wollte, sondern um einen erfolgreichen Ausgang von Alenas Mission. Rosa konnte nicht anders, als die alte Frau dafür zu umarmen.

Die Angst und Aufregung der Freunde hatte sich wieder gelegt, doch am Abend des fünfundzwanzigsten September bahnte sich die nächste Katastrophe an. Die Kinder Julia und Simon lagen bereits in ihren Betten. Simon schlich sich jedoch noch einmal heraus, weil er am Fenster unbedingt noch die Zaubereiche beobachten wollte. Vielleicht würde der Baum ja heute Nacht leuchten, so hell wie damals, als Alena hindurchgegangen war, und das wollte er auf keinen Fall verpassen. Doch plötzlich wurde er von flackernden Lichtern abgelenkt. Sekundenlang schaute er mit zusammengekniffenen Augen dorthin. Dann lief er an das Bett seiner Schwester.

»Julia, wach auf«, rief er leise und rüttelte an ihr.

»Leuchtet die Zaubereiche?«, fragte sie, setzte sich im Bett auf und rieb sich die Augen.

»Da kommen Leute die Straße herauf, mit Feuer in der Hand!«

Julia krabbelte aus dem Bett und wankte schlaftrunken ans Fenster. Simon deutete nach rechts zur Straße hinunter, wo im Mondschein mehrere Männer mit Fackeln zu sehen waren. Mit weit ausholenden Schritten kamen sie näher.

»Die machen mir Angst! Simon, wir müssen es Papa sagen.« Julia zog ihren Bruder vom Fenster weg und gemeinsam rannten sie die Treppen hinunter in die Küche, denn von dort hörten sie die Stimmen der Erwachsenen.

Thore begriff sofort. »Alle Frauen und Kinder runter in den Keller!«

Rebecca stürzte nach oben, um ihre Tochter Sarah zu holen, die vor wenigen Minuten zu Bett gegangen war. Die Männer schoben währenddessen bereits eilig den Teppich neben dem Treppenaufgang beiseite und öffneten die darunter verborgene eiserne Falltür. Eine einfache hölzerne Treppe führte hinunter in einen niedrigen Naturkeller. So rasch es ging, kletterten die Frauen mit den Kindern in das Verlies und hockten sich dort auf ein paar umgestülpte, leere Obstkisten.

Rosa lehnte jedoch strikt ab, sich mit ihnen im Keller zu verstecken. »Ich muss versuchen, das Haus und die Tiere zu schützen«, rief sie und eilte nach oben in ihr Zimmer.

Thore schloss die Falltür und schob den Teppich sorgfältig wieder darüber. Dann rannte er mit Timo, Jesse und Thomas nach oben in Rosas Zimmer, wobei alle drei mehrere Treppenstufen auf einmal nahmen. Von dort aus hatten sie den Überblick, falls die Fackelträger Böses vorhatten, und das war stark zu vermuten. Jesse schnaufte wie bei einem Hundertmeterlauf. Es ärgerte ihn, dass sein Körper die Anstrengung mit heftigen Schmerzen quittierte, so dass er nicht so schnell laufen konnte, wie er wollte. Bei einem erneuten Kampf würde er genauso wenig ausrichten können wie Timo. Die Kraft dazu fehlte einfach noch.

Rosa stand am Fenster, als die Männer durch die geöffnete Tür in ihr Zimmer traten. Ihr Gesicht glich einer in Verzweiflung erstarrten Maske. Mit ihren Händen formte sie seltsame Zeichen, und ab und zu schnipste sie mit den Fingern.

Als sie ihre Arme dann endlich sinken ließ, trat Jesse schnell zu ihr und zog sie an sich.

Rosa sah ihn an und lehnte dann seufzend den Kopf an seine Schulter. Doch nur kurz, dann hob sie wieder den Blick zu ihm. »Ich weiß nicht, ob der Schutz ausreicht, den ich um den Hof gelegt habe ... ich könnte sie natürlich strafen ... Wespen auf sie hetzen, aber ich darf nicht, es ist verboten. Wir Sidda dürfen nicht strafen, das dürfen nur die Grungalp, die

Schattenfeen. Ich habe schon einmal gegen das Gebot verstoßen, auf dem Marktplatz. Ein zweites Mal würde schreckliche Folgen für mich haben«, jammerte sie leise.

»Vielleicht gehen sie ja weiter … und in der Stadt hast du uns immerhin mit deinem Zauber das Leben gerettet«, versuchte Thomas zu trösten, der wieder das Bild vor sich sah, wie Rosa auf dem Marktplatz die Angreifer verflucht hatte.

Die Männer mit den Fackeln erreichten den Hof und der winzige Hoffnungsschimmer, den die Freunde noch gehabt hatten, verflog. Mit großen Schritten steuerten die sieben Männer auf die Scheune zu. Drohend und in eindeutiger Absicht schwangen sie ihre Fackeln.

»Thomas, wir beide müssen runter und versuchen, sie aufzuhalten«, sagte Thore wütend. Timo und Jesse hielt er jedoch zurück. »Kommt nicht infrage, ihr beide seid erst zu den Lebenden zurückgekehrt und das soll auch so bleiben.«

Thomas und Thore eilten nun umgehend zur Tür, die jedoch plötzlich wie von Geisterhand vor ihrer Nase zuknallte. »Wartet!«, rief Rosa und deutete zum Fenster hinaus.

Draußen flogen Fackeln durch die Luft und landeten zielsicher entlang des Feldwegs im Bach. Das Feuer erlosch sofort. Zwei dunkel gekleidete Gestalten bemächtigten sich der Eindringlinge und schleuderten sie nach einer seltsam anmutenden Umarmung von sich weg. Es glich einem rasend schnellen Tanz. Bald lagen alle sieben Feuerteufel reglos am Boden. Die unvermuteten Retter drehten sich zum Haus um und schauten zum Fenster hoch. Im Mondlicht schimmerten ihre blassen Gesichter in engelgleicher Schönheit. Ihre Lippen verzogen sich zu einem Lächeln und gaben spitze Eckzähne frei. Als Rosa sich verbeugte und den Feengruß entbot, verneigten auch sie sich, griffen dann nach den leblosen Gestalten der Brandstifter und schleiften sie davon.

»Mein Gott, wer waren die?«, fragte Timo, als der Hof wieder da lag, als ob nichts gewesen sei.

»Manchmal schickt der Himmel Hilfe durch solche, die man eher auf der dunklen Seite wähnt. Das waren zwei Vampire«, erwiderte Rosa, »sie werden keine Spuren hinterlassen.«

Thore schlug die Hände zusammen. »Halleluja ... die gibst also auch nicht nur im Roman?«

»Ja«, sagte Rosa und kuschelte sich in Jesses Arm, »und ich glaube, die beiden haben uns nicht zum ersten Mal vor Plünderern bewahrt. Sie werden auch weiterhin auf uns aufpassen, bis die Eiche sich öffnet. Sie werden mit uns gehen.«

»Aber dann sag ihnen, dass sie ja keinen von uns beißen sollen«, sagte Thomas, »und kein Wort zu unseren Frauen.«

Rosa lächelte zustimmend, und dann gingen sie gemeinsam hinunter, um die anderen aus ihrem Kellerverlies zu erlösen.

Noch in der gleichen Nacht, in der die Freunde vom Eberthof unerwartete Hilfe von Vampiren bekommen hatten, begann es zu regnen. Der Wind rüttelte gegen Morgen bereits so heftig an den Fensterläden, dass der unruhige Schlaf der Bewohner ein vorzeitiges Ende fand. Die ausgedörrte Erde konnte die immer dichter vom Himmel herabstürzenden Wassermassen nicht aufnehmen. Zum Glück lag das Hofgelände auf abschüssigem Gelände, sonst wäre wahrscheinlich bereits in kurzer Zeit alles überflutet gewesen.

Draußen in der Scheune wurden die Kühe immer unruhiger, die Ziegen fingen an zu meckern und die Hühner gackerten aufgeregt. Doch den eigentlichen Alarm löste das fürchterliche Geschrei von Madame Schnatter aus. Weit vor der üblichen Zeit trafen die Erwachsenen deshalb in der Wohnküche zusammen.

»Da kommt was ganz Schlimmes runter. Das Regenauffangbecken hab ich schon geöffnet, aber die Tiere! Wir müssen etwas tun«, sagte Timo.

»Wir werden sie in ihrem Reisedomizil unterbringen«, erwiderte Rosa ruhig, »und wir müssen das Radio anschalten, wegen der Nachrichten.«

Timo ging zur Anrichte und griff sich die Miniaturscheune, die er in tagelanger Arbeit selbst gebaut hatte. Jesse schnappte sich zwei Regenschirme und begleitete ihn und Rosa hinaus in den Hof. Vornübergebeugt kämpften sie sich durch heftigen Wind und hart auf sie niederprasselnden Regen. Sie hörten nicht einmal, wie Thomas hinter ihnen rief, sondern bemerkten ihn erst, als sie bereit am großen Scheunentor anlangten.

»Ihr glaubt doch nicht etwa, dass ich einen von euch jetzt schon wieder an die Kühe heranlasse, so unruhig wie die sind. Ein Tritt und Julias Gesundheitswünsche waren umsonst«, schrie er, weil der Sturm seine Stimme fast verschluckte.

»Also gut, Thomas ... du bist heute der Melkjunge, und ich sorge dafür, dass unsere zwei Kuhdamen sich beruhigen«, erwiderte Timo, als sie im Stall auf die Tiere zugingen. Thomas wollte etwas sagen, aber Timo kam ihm zuvor. »Schon gut, ich bleibe auf Abstand, aber sie müssen meine Stimme hören.«

Rosa begab sich mit Jesse auf die Rückseite der Scheune, um die Hühner in ihrem Gehege einzusammeln. Jesse stellte die nachgebaute Scheune mit dem geöffneten Türchen des Geheges auf den Boden. Rosa nahm ein Huhn nach dem anderen auf den Arm, streichelte über seinen Kopf und ließ das schrumpfende Tier von ihrer Hand aus in das Reisedomizil laufen. Ihr Liebster legte jedes Mal den Finger auf die Türöffnung, damit keines der Tiere entwischen konnte. Dann gingen sie zurück zu Timo und Thomas. Madame Schnatter lief ihnen mit gespreizten Flügeln wild schimpfend entgegen. Rosa schnappte sie, strich über ihren Kopf und entließ auch sie in ihr vorübergehendes Zuhause. Als nächstes kamen die Ziegen dran und obwohl sie sonst so bockig waren, folgten sie jetzt brav dem Weg in die Miniaturscheune. Die Kühe, mittlerweile gemolken, machten ebenfalls keinerlei Probleme. Es schien, als ob die Tiere fühlten, dass das, was mit ihnen geschah, nur gut für sie war.

Timo lüpfte vorsichtig eine Seite des Daches, um nachzusehen, ob alle Tiere an ihrem Platz waren, und er lächelte froh, als er jeden seiner Lieblinge in der richtigen Box fand. Jetzt mussten sie die Tiere nun noch heil durch den Platzregen hindurch ins Haus bringen.

Die Zwillinge Jutta und Claudia hatten in der Zwischenzeit zusammen mit Sarah das Frühstück vorbereitet und saßen bereits vor ihrem Tee, wie Anna und Rebecca auch. Thore stand beim Küchenbuffet und lauschte den Radionachrichten. Als Rosa mit den Männern, tropfnass vom Regen, in die Küche trat, sah er auf und nahm ihnen dann schnell die kleine Scheune ab, um sie vorsichtig auf die Anrichte zu stellen.

»Hat es geklappt, sind sie jetzt da drinnen?«, fragte er und als die Freunde bejahten, redete er gleich weiter. »Die Nachrichten sind schrecklich. Stürme, Erdrutsche, Überschwemmungen im ganzen Land. Auf der schwäbischen Alb gab es ein heftiges Erdbeben. Die Vorwarnsysteme haben alle versagt, und jetzt herrscht in weiten Teilen das Chaos. Für unsere Gegend warnen die Meteorologen jetzt auch. Außerhalb des Landes ist genauso die Hölle los. Der Vesuv ist ausgebrochen, Neapel versinkt unter seiner Lava, und es gibt noch mehr brodelnde Vulkane. Von mehreren Erbeben in verschiedenen Gegenden wurde auch wieder berichtet.«

Die Nachrichten waren wirklich alles andere als schön, trotzdem fiel Rosa nun Jesse glücklich um den Hals. »Alena hat es geschafft. Es ist der Kampf der Königinnen, der jetzt die Welt erzittern lässt. Wäre Alena erfolglos geblieben, würde die Erde sang- und klanglos ausbrennen. Aber dass jetzt überall in der Welt gleichzeitig das Chaos ausbricht, ist ein eindeutiges Zeichen für Alenas Sieg. Die Eiche wird sich öffnen!«

»Hoffentlich noch bevor wir hier alle davonschwimmen«, meinte Rebecca und schaute besorgt durch die Fensterscheibe nach draußen. Die Äste der Bäume bogen sich ächzend unter dem Wind, und der Regen prasselte so heftig auf die Erde, dass der Schlamm hoch aufspritzte.

Auf der Treppe erklangen trappelnde Schritte.

Anna runzelte die Stirn. Tatsächlich rannte jetzt auch nur eines ihrer Kinder auf den Tisch zu.

»Simon guckt nach der Eiche. Er kommt, wenn ich wieder oben bin«, sagte Julia, setzte sich nach einem flüchtigen Kuss auf Mutters Wange schnell an ihren Platz und begann hastig zu frühstücken. Claudia schob sich die letzten Bissen ihres Brotes in den Mund, spülte mit dem Rest ihres Tees nach und verkündete, dass sie jetzt zu Simon gehen werde, um auch die Zaubereiche zu beobachten.

Den ganzen Vormittag kehrte keine Ruhe im Haus ein. Entweder sie hingen an den Fenstern, um die Entwicklung des Sturmes abzuschätzen oder um von den oberen Stockwerken aus die Eiche ins Auge zu fassen. Anna und Rebecca gingen noch einmal ihre Aufzeichnungen mit den Anweisungen für die zurückbleibenden Stadtbewohner durch. Sie bezweifelten jetzt jedoch, dass es überhaupt jemand geben würde, der die Mühe, die sie sich gemacht hatten, zu schätzen wusste.

Trotzdem, wenn die Eiche sich öffnete, musste ihr Reiseplan wie am Schnürchen laufen.

Rebecca wollte zusammen mit Oma Martens gerade mit der Zubereitung des Mittagessens beginnen, als es auf der Treppe trampelte, als ob eine Horde Elefanten herunterkäme. »Sie leuchtet, der ganze Baum ist hell wie eine Lampe!«, schrie Simon bereits von oben herunter.

Wie elektrisiert stürmten die Erwachsenen mit den Kindern wieder hinauf ins Zimmer von Julia und Simon. Nur Oma Martens setzte sich still an den Küchentisch. Die Treppen waren ihr zu beschwerlich und es genügte ja auch, wenn sie den Baum nachher aus der Nähe sah. Nicht einen Augenblick zweifelte sie an dem, was die Kinder gesagt hatten. Als die Freunde wieder herunterkamen, erleichtert und mit glücklich strahlenden Gesichtern, stand sie auf. Ruhig und gefasst legte sie die Tischdecke auf, schob das Buch mit den Aufzeichnungen in die Mitte und klemmte das erklärende Begleitschreiben unter eine kleine Blumenvase.

»Dann gehen wir jetzt also?«, fragte sie mit leuchtenden Augen.

»Auf der Stelle«, erwiderte Rosa und nahm sie in den Arm. Dann wies sie durch das Fenster nach draußen. «Die Strahlenkönigin Alyssa gibt uns ein Zeichen. Sie ist versöhnt und heißt uns jetzt willkommen.«

Es regnete zwar noch immer heftig, doch der Wind blies nicht mehr ganz so bedrohlich. Die dunkle Wolkendecke am Himmel riss an einer Stelle auf, und ein heller Strahl tauchte den Hof in ein überirdisches Licht — das Signal zum Aufbruch. Jeder zog nun seinen Regenmantel an und band die Kapuze um den Kopf fest.

Rosa, die auf dem Weg nach unten bereits ihr Feenkleid mit dem goldenen Gürtel angezogen hatte, schaute an sich herunter und lachte. »Das ist doch mal was anderes. Eine Fee im knallgelben Regenmantel mit roten Rüschen unten herum«, sagte sie zu Jesse, weil sich ihr Kleid unter dem schmalen Regenschutz wie eine Blüte um die Knöchel bauschte.

Die Rucksäcke und Taschen waren schnell verteilt. Die Tasche von Oma Martens nahm Jesse an sich. Die alte Dame sollte nämlich von Thore und Thomas in einer Armschaukel getragen werden. Beide hatten ihre Rucksäcke bereits auf dem Rücken, wie Timo auch. Der überprüfte nun noch einmal den Wasservorrat für die Tiere, den er außen an der Scheunennachbildung angebracht hatte. Die aufwändige Konstruktion aus einem alten Marmeladenglas und dünnen Plastikschläuchen funktionierte einwandfrei. Rosa trat zu ihm und legte ihre Hand auf das Gebäude.

»Du kannst die Scheune jetzt abdecken. Sie schlafen«, sagte sie danach, und Timo legte ein altes Stück Wachstuch über das Dach, um es vor dem Regen draußen zu schützen. Dann presste er das Gebäude vor seinen Bauch und ging mit den anderen nach draußen. Jesse schloss die Haustüre ab und übergab Rosa den Schlüssel. Ein letzter Blick auf das Zuhause, in dem sie so lange zusammengelebt hatten — dann machte sich die Gruppe auf den Weg.

Rosa ging mit Jesse voraus. Die Steigung zum Waldrand hinauf bewältigten sie nur langsam. Der Boden war durch den starken Regen rutschig. Vor allem Thore und Thomas mussten höllisch auf ihre Schritte achten, da sie ja Oma Martens trugen. Aber die Freunde schafften die Strecke ohne größere Zwischenfälle, und am Waldrand entlang wurde der Weg eben und leichter, wenn auch nicht trockener.

Auf halber Strecke blieb Rosa stehen. Jetzt war es an der Zeit, den Stadtbewohnern das Zeichen zu schicken. Sie formte mit ihren Händen eine Schale, konzentrierte sich und blies dann hinein. Ihre ganze Gestalt umhüllte sich mit Licht. Julia und Simon jubelten laut, als nun aus Rosas Händen Millionen von Schmetterlingen aufstiegen und ungeachtet des heftigen Regens auf den Strahlen der unter den Wolken hervorscheinenden Sonne in Richtung Stadt flogen.

»Bin gespannt, wie viele kommen werden«, sagte Anna, als die letzten Insekten außerhalb Sichtweite gerieten und sie weiter gingen.

»Ich auch«, erwiderte Rosa, der — wie allen anderen auch — die Regentropfen bereits von der Nase perlten.

Eine gefühlte halbe Stunde später kam die Eiche in Sicht. Der ganze Baum hüllte sich von innen heraus in sanftes Licht, das selbst dem Regen Schönheit verlieh. Davor standen zwei dunkel gekleidete Gestalten mit blassen Gesichtern.

Als die Freunde näher herankamen, erkannten sie, dass die Männer schwarze Kapuzenumhänge trugen, wie sie vor langer Zeit auch einmal auf der Menschenerde üblich waren. Mit einer lässigen Bewegung streiften sie jetzt die Kapuzen vom Kopf. Bei dem einen kam sanft gewelltes blondes Haar zum Vorschein, das hinten zu einem Zopf gebunden war. Sein Gefährte trug das halblange Haar dagegen offen. Es glänzte in dunklem Mahagonibraun. Die Haltung beider Männer verriet stolzes Selbstbewusstsein. Doch am meisten berührte die ebenmäßige Schönheit ihrer Gesichtszüge, welche diesen Wesen eine engelsgleiche Aura verlieh.

»Wartet hier«, sagte Rosa und ging auf die beiden zu.

Sie entbot den Feengruß und die Männer verneigten sich mit einem Lächeln vor ihr.

»Das ist Willin und ich heiße Kylian«, sagte der Blonde. »Wir sehnen uns nach Dracopatria wie du dich nach deinem Sidda-Dorf.«

»Bitte versprecht mir ...«

»Das schmutzige Blut von heute Nacht liegt uns noch im Magen«, grinste Willin, legte dann aber mit einer leichten

Verbeugung die Hand auf seine Brust. »Wir beißen niemanden, bis wir in Dracopatria sind. Wir versprechen es.«

Rosa nickte.

»Danke«, sagte sie, »und Danke für die Rettung heut Nacht ... und dass ihr die ganze Zeit auf uns aufgepasst habt.«

»Oh, wir sind froh, dass uns keine Schattenfee führt, was du wohl geworden wärst, wenn ...«, meinte Kylian bedeutungsvoll.

Rosa nickte wieder, wandte sich dann den Freunden zu, um sie herzuwinken. Dann fiel ihr noch etwas ein. »Die Frauen und Kinder wissen nicht, was ihr seid.«

»Keine Sorge, uns ist nicht an kreischenden Weibern gelegen. Wir helfen dir, dass die Evakuierung reibungslos verläuft. Da unten kommen übrigens schon die ersten Städter«, erwiderte Willin.

Rosa trat nun vor die Öffnung in der Eiche und legte ihre Hand auf den wulstigen Rand. Das Leuchten, das den Baum noch immer erstrahlen ließ, zog sich zurück und stattdessen glomm nun im Inneren der Höhle ein sanftes Licht auf, breitete sich aus und strömte dann machtvoll heraus.

»Kommt«, rief Rosa, »Thomas, du gehst zuerst. Eines der Boote da drinnen ist reicher mit Gold verziert als die anderen und hat eine Galionsfigur, die eine Frau zeigt, die auf einem Drachen reitet. Das ist unseres. Ganz vorne auf dem Hochsitz werde ich sein. Die drei Plätze dahinter sind für die zwei Vam ... also die sind für Willin, Kylian und Jesse reserviert. Dahinter setzt ihr euch. Du, Timo und Thore helft vorher den Stadtbewohnern in die anderen Boote einzusteigen. Es sind magische Boote. Die pendeln selbstständig zwischen dem See und der Anliegerstelle. Alles ganz problemlos«, erklärte sie rasch.

Sie schob Thomas auf die Öffnung in der Zaubereiche zu, und er gab einen überraschten Laut von sich, als er den Sog verspürte, der ihn ins Innere zog. Julia und Simon durften als nächste gehen, dann folgten Sara, die Zwillinge Jutta und Claudia, sowie Timo, Rebecca und Anna mit ihrem Mann Thore. Jesse blieb bei Rosa, um ihr zu helfen. Die beiden Vampire wollten auch erst zum Schluss in die Eiche gehen. Ihr Augenmerk lag jetzt darauf, gewaltbereite Menschen abzuwehren. Rosa hoffte allerdings sehr darauf, dass solche gar nicht erst hier auftauchen würden.

Die ersten auswanderungswilligen Städter trafen bei der Eiche ein, und die Straße vom Friedhof herauf füllte sich mit immer mehr Menschen, die mit Taschen in der Hand oder Rucksäcken auf dem Rücken nach oben strebten. Trotz ihrer Regenumhänge waren alle völlig durchnässt. Jesse kontrollierte die Gepäckstücke und achtete darauf, dass die Begrenzung laut ihres Flugblattes eingehalten wurde. Natürlich landete doch bald der ein oder andere Koffer auf der Seite. Jesse ließ nicht mit sich handeln, wie beredt die Besitzer auch argumentierten. Mitgehen und Koffer da lassen, oder Koffer behalten und hier bleiben. Eine andere Alternative gab es nicht. Die Leute begriffen es recht schnell. Er ließ sich nämlich gar nicht erst auf Diskussionen ein, sondern nahm die entsprechenden Personen einfach aus der Reihe, was sie ganz schnell zur Vernunft brachte. Die Vampire neben ihm grinsten.

Rosa führte die Leute dann in die Eiche, Frauen mit Kindern, Männer und ganze Familien. Manches ängstliche Gemüt musste sie beruhigen. Aber alles in allem lief es bislang ganz gut. Dann stockte der Zustrom plötzlich, und Jesse winkte sie zu sich. Eine weinende Frau verabschiedete sich von ihren Familienangehörigen. Sie hatte Jesse erklärt, dass ihr Mann wegen einer bedrohlichen Erkrankung nicht mitkommen konnte.

Sie liebten sich sehr und deshalb wollte sie bei ihm bleiben. Als Rosa das hörte, nahm sie den Hausschlüssel aus der Tasche und gab ihn dieser Frau.

»Im Eberthof sind noch Lebensmittel. Teile sie mit anderen Menschen, denen du vertraust. Auf dem Küchentisch findest du Anweisungen, die euch helfen, hier zu überleben«, sagte sie. Dann kramte sie aus ihrem Beutel den zweiten und letzten Wunschring. »Wenn du einen Wunsch aussprichst und den Ring dreimal drehst, geht dein Wunsch in Erfüllung. Benutze ihn aber nur, wenn du keinen Ausweg mehr siehst. Er erfüllt nämlich nur einen einzigen Wunsch. Jetzt geh zu deinem Mann, und viel Glück euch beiden!«

Rosa ging nun mit den nächsten Menschen wieder zur Öffnung in der Eiche und es ging weiter zügig voran. Einen nach dem anderen ließ sie durch den Spalt treten. Sie zählte nicht, doch sicher waren es bereits über hundertfünfzig Flüchtlinge.

Ein Blick nach vorne zur Straße zeigte allmählich das Ende des Zustroms an. Bald konnte sie selbst mit Jesse und den Vampiren durch das Weltentor treten. Als nur noch etwa dreißig bis vierzig Personen warteten, griffen die Vampire plötzlich zwei sich vordrängende Männer heraus, in deren Gesichtern rote Beulen leuchteten.

»Mörder wie ihr haben bei uns nichts verloren«, sagte Kylian.

»Aus dem Weg! Außerdem, was willst du? Der Typ lebt doch noch«, erwiderte der eine frech und wies auf Jesse.

»Nicht wenn's nach euch gegangen wäre«, zischte Willin und sein hypnotischer Blick zwang die beiden abseits der Menschenschlange reglos stehenzubleiben.

Nicht lange danach waren alle Wartenden im Inneren des Baumes verschwunden. Bis auf eine junge Frau mit einem

Säugling sowie einer Tasche im Arm und einem Kleinkind an der Hand blieb die Straße vom Friedhof bis hier herauf nun menschenleer. Die junge Mutter war jedoch noch eine ganze Strecke von der Zaubereiche entfernt. Immer wieder blickte sie gehetzt nach oben, schrie und rief verzweifelt. Das Kind an ihrer Hand stürzte andauernd und sie kam kaum vorwärts. Die Vampire flogen auf sie zu, schnappten sich die drei und kehrten wenig später mit ihnen wieder zurück.

»Die letzten«, sagte Willin aufatmend und drückte Jesse das Kleinkind in den Arm. Sein Gefährte schob die Mutter mit dem Säugling bereits auf die Öffnung zu und winkte ungeduldig zu Jesse, damit er ihr mit dem älteren Kind gleich folgte.

Als die Vampire mit Rosa dann alleine waren, zeigte Kylian auf einen Baum und dann auf den oberen Waldweg. »Mir scheint, die da sehnen sich auch nach einem besseren Leben. Was willst du tun?«

Rosa nickte und winkte dem kleinen Schwarm Krähen zu, die daraufhin zielsicher durch das Tor in die Eiche flogen. Die drei Rehe, die vom Waldweg aus zu ihr traten, ließ sie schrumpfen, auf ihren Händen einschlafen, und packte sie dann vorsichtig in die Tasche ihres Regenmantels, aus der sie zuvor den alten Haarkranz aus vertrockneten Rosen herausgenommen hatte. Dann wies Rosa mit dem Kopf auf die zwei Schläger. »Jetzt geht es nur noch um die da.«

Die Vampire lösten deren Starre.

Umgehend wollten die beiden Unverbesserlichen auf Rosa zulaufen und sie angreifen, doch Willin und Kylian versetzten ihnen einen Schlag, dass sie auf dem Boden landeten. Die beiden Männer hatten jedoch wohl immer noch nicht genug. Sie stießen noch wüstere Beschimpfungen aus als zuvor und versuchten, erneut anzugreifen. Erst als sich die Gesichter der

Vampire in dämonische Fratzen mit Mündern, aus denen ihre spitzen Zähne blitzen, verwandelten, gaben sie auf. Voller Entsetzen krabbelten die Männer von ihnen weg und nahmen kurz darauf Reißaus.

»Jetzt können wir endlich gehen«, sagte Willin zufrieden, dessen Gesicht bereits wieder seine ursprüngliche Schönheit angenommen hatte.

»Nur einen Moment noch ... « Rosa legte ihren Haarkranz auf die flache linke Hand, hob die rechte darüber, murmelte unverständliche Worte und schnalzte dann mit den Fingern. Lächelnd beobachte sie, wie die vertrockneten Rosen wieder aufblühten. Sie setzte den Kranz auf ihr Haar und schaute die beiden Vampire an. »Jetzt bin ich soweit!«

Zusammen traten sie auf die Eiche zu. Lena ließ den beiden Vampiren den Vortritt und ging nach einem letzten Blick über die Dächer der Stadt selbst in die Zaubereiche hinein.

Im Inneren bot sich ihr ein grandioses Bild. Nie mehr würde sie den Anblick, der sich ihr in dieser Felsengrotte bot, vergessen. Unzählige Barken voller Menschen warteten bereits in der Mitte des geheimnisvoll glitzernden Sees. Vom Ufer aus sahen sie klein aus, aber das waren sie nicht. Die goldenen Verzierungen dieser Barken spiegelten sich im Wasser, und hinter den Köpfen der Menschen ragten die mit edlem Samt gepolsterten Rückenlehnen der Sitzplätze schimmernd auf. In den Höhlenwänden ringsum glitzerten unzählige Edelsteine. Unter der Decke schwebten Lampions, deren Licht ein wenig heller wurde, als sich der Eingang schloss. Am Ufer füllten sich die letzten Boote mit ehrfürchtig staunenden Menschen. Die junge Mutter hatte ihr Kind wieder in Empfang genommen und wartete jetzt geduldig, bis sie einsteigen konnte. Mit geschlossenen Augen genoss sie das Streicheln des warmen Windes, der ihre nasse Kleidung im Nu trocknete.

Während Rosa noch schaute, gingen die Vampire mit Jesse bereits zielstrebig auf die prächtigste der goldverzierten Barken zu. Bis auf Thomas und Thore saßen die Freunde schon darinnen.

»Guck mal, Jesse, ein goldener Drache«, rief Simon begeistert und wies auf den hoch geschwungenen Bug der Barke. Die Vampire ließen Jesse zuerst einsteigen und setzten sich dann auf die anderen zwei Plätze des Dreiersitzes hinter der Bootsführung.

Bald darauf stiegen auch Rosa, Thomas und Thore in die Barke ein.

»Reibungsloser Ablauf, geordnet und diszipliniert. Perfekt. Hätte ich mir kaum so zu träumen gewagt«, sagte Thore, als er auf den Platz neben seiner Frau Anna kletterte.

Rosa zog ihren Regenmantel aus und reichte ihn Jesse zur Aufbewahrung. »Vorsicht, in der Manteltasche schlafen drei Rehe.« Sie lächelte, dann nahm sie ihren Platz an der Spitze der Barke ein. Leise Töne einer erhabenen Musik stiegen nun aus der Tiefe des Wassers auf. Sie drehte sich um. Ihr Blick schweifte über den See mit den vielen wartenden Barken, über ihre Freunde und die Vampire. »Es geht nach Hause«, sagte sie glücklich.

Ihre ganze Gestalt strahlte jetzt magisch auf. Langsam, wie in einer feierlichen Prozession, glitten die Barken mit ihr an der Spitze in den Höhlengang schräg links vom Ufer. Der Kristallene See zog sie zu sich heran, damit sie dort mit den Feen und Menschen aus den anderen Teilen der Welt zusammentreffen konnten, um gemeinsam mit ihnen in die Heimat zu gehen. Still schaukelten sie dahin, umgeben von den Schönheiten dieses uralten, magischen Verbindungswegs, und die Flüchtlinge staunten stumm, griffen in glückseliger Rührung nach den Händen ihrer Sitznachbarn.

Kapitel 5

Kurz zuvor in Antiquerra ...

Der blaue Himmel verdunkelte sich und ein heftiger Wind wehte Blätter in die Stube des Turms. Meister Kieran und Finley, die mit Cara, Keona und Wighard an dem großen Küchentisch saßen und kleine Säckchen mit Salz füllten, sahen sich an und stürzten wie auf Kommando ins Freie. Die anderen liefen ihnen hinterher. Als der Himmel gleich darauf aufklarte, sahen sie zwei Personen auf die Wiese herabstürzen. Reglos blieben sie dort liegen.

»Sie sind zurück«, rief Kieran und lief mit klopfendem Herzen auf die beiden zu.

Finley beugte sich bereits über sie und rüttelte an ihren Schultern. »Alena, Darian, kommt zu euch!« Entsetzt schaute er Kieran an. »Sie atmen kaum. Ich versteh das nicht, wir wurden damals nicht bewusstlos ...«

Wighard tastete den Puls am Hals von Darian, lauschte und tastete dann Alena ab. Er schüttelte den Kopf. »Sie sind sehr erschöpft, durstig.« Er wandte sich an Cara. »Mutter ...«

Cara drehte sich um und winkte ihre Tochter mit sich. Kurz darauf kamen beide mit zwei großen Gläsern zurück, eines gefüllt mit magischem Hirschblut und das andere mit dampfendem Kräutertee. Wighard hob den Kopf von Darian an und setzte das Glas mit dem Blut an seine Lippen. Cara kümmerte sich um Alena.

Aus dem Eichenwald neben dem Turm rannte ein kleines Wesen heran, nicht größer als ein vierjähriges Kind. Sein Gesicht glich einer zerfurchten Rübe mit einer knolligen Nase darin und die Haare standen wie feines Wurzelwerk vom Kopf ab.

»Sie sind wirklich zurück?« Der Alraun lief auf Kieran zu, schaute dann von ihm zu den am Boden liegenden und schlug die Hände vor den Mund.

»Ja«, sagte Kieran und senkte die Stimme »Es geht ihnen sehr schlecht.«

»Aber wir leben.« Darian öffnete die Augen und versuchte, sich aufzusetzen. Mit einem Freudenschrei stürzte sich das kleine Wesen auf ihn, um ihn zu umarmen. Darian kippte stöhnend wieder hintenüber. »Reik, mein Freund, nicht so stürmisch.«

Auch Alena schlug jetzt die Augen auf und trank gierig von dem Tee, den Cara ihr an die Lippen hielt.

In gemeinsamer Anstrengung hievten sie dann die beiden Rückkehrer vom Boden hoch und schleppten sie in den Turm. Als sie mit ihnen die Treppen zu den Schlafräumen hochsteigen wollten, wehrten sie sich jedoch.

»Nein«, sagte Alena, und Darian unterstützte sie: »Tahereh hat einen Zauber des Vergessens über uns gelegt. Morgen wissen wir nicht mehr, wo wir waren, was wir erlebt haben.«

Auf sein Drängen hin setzten sich alle bis auf Cara, die sich am Herd zu schaffen machte, um den Küchentisch herum. Alena und Darian bereitete es aber sichtlich Mühe, die Augen offenzuhalten.

Kieran versuchte, eine stärkende Energieglocke um sie herumzulegen. Er hob die Arme, und unter gemurmelten Zauberworten erzeugte er mit seinen Händen ein sanfte Licht, das Alena und Darian sekundenlang einhüllte. Aber es half nicht viel.

Alena schüttelte den Kopf, Tränen traten aus ihren Augen. »Es ist wegen der Grungalp.«

Finley sah sie erschrocken an, schnipste nun schnell mit den Fingern, woraufhin die Säckchen sowie der Krug mit Salz vom

Tisch aus geordnet zum Küchenbuffet flogen. Seine Tochter Keona schnipste ebenfalls mit den Fingern und holte so ein Buch herbei, dessen leere Seiten sich selbstständig aufschlugen und mit Schrift zu füllen begannen.

»Das Buch der Geschichte ist gleich soweit, dann könnt ihr erzählen«, sagte sie und streichelte tröstend Alenas Hand.

Cara hatte inzwischen bereits magische Töpfe dirigiert. Sie stellte nun einen Teller mit Getreidebrei und Beerensoße vor Alena auf den Tisch.

»Iss erst etwas!«

Während Alena mit schwerfälligen Bewegungen zu essen begann, nahm Cara Darians leeres Glas, füllte es mit Wasser, hielt die Hand darüber und flüsterte eigenartige Worte dazu. Die Flüssigkeit färbte sich rot und schon kurz darauf stand das Glas wieder vor Darian auf dem Tisch.

Der Vampir küsste seine Fingerspitzen und blies ihr den Kuss zu. »Nur der Gedanke an dein köstliches Hirschblut ließ mich durchhalten.«

»Also«, sagte Wighard, der die ganze Zeit die Schrift verfolgt hatte, mit der das Buch seine Seiten füllte, »du kriegst soviel davon, bis nichts mehr in dich reingeht, aber jetzt erzählt. Das Buch hat die Ereignisse eurer Rückkehr bereits notiert und wartet jetzt auf die Schilderung eurer Reise.«

Als Alena hastig schluckte, um reden zu können, legte Darian die Hand auf ihren Arm. »Iss fertig, und lass mich erzählen.« Dann wandte er sich an die Freunde, und besonders an Kieran. »Deine Sorge, was die Grungalp betrifft, war nicht unbegründet. Nachdem ihr uns verlassen hattet, führten sie uns durch ihr Dorf. Keines dieser Schattengeschöpfe erhob sich, um uns mit Krankheit zu schlagen, wie du es befürchtet hattest, aber als wir den Boden der Klagsümpfe betraten, da berührte mich eine der Grungalp am Arm.« Darian schob den

Ärmel seines Umhangs hoch. Auf der Haut seines Unterarms prangte ein handtellergroßer Fleck, der wie mumifiziert aussah. »Es brannte wie Feuer, lähmte mich für einen Augenblick, und so konnte ich nicht verhindern, dass sie auch Alena anfasste.«

»Ja«, bestätigte Alena und schob ihren halb leer gegessenen Teller zurück. »Es ging alles so schnell, und nach der Berührung empfand ich plötzlich nur noch Trauer, ich weinte, weil in meinem Kopf quälende Stimmen klangen, dass ich es fast nicht aushielt. Dabei standen wir erst am Anfang, ahnten noch kaum etwas von den Schatten Taherehs ... wir beide nicht, aber von dem Augenblick an schwanden unsere Kräfte.«

»Wenn wir hätten kämpfen müssen wie damals, als wir mit der Fata unterwegs waren«, erzählte Darian weiter, »wären wir wohl im Schattenreich geblieben — falls wir es überhaupt je erreicht hätten.« Er schaute auf den Fleck auf seinem Arm, rieb darüber und sagte leise:. »Er ist gewachsen, täglich.«

»Es ist meine Schuld«, flüsterte Kieran.

»Nein, mein Freund«, erwiderte Darian und griff nach Kierans Hand. »Du wolltest Gutes tun, und das ist kein Fehler. Unsere Strahlenkönigin Alyssa prüfte dich, so wie Alena und ich von der Schattenkönigin geprüft wurden.«

»Ja.« Alena lehnte ihren Kopf an die Schulter des Vampirs. »Wenn du mich nicht über weite Strecken der Klagsümpfe getragen hättest, dann hätte ich diese Prüfung nicht bestanden.«

Darian legte seinen Arm um sie und zog sie an sich. »Dafür hast du die Richtung im Auge behalten, was mir schwer fiel.« Er erzählte weiter. »Wir hörten das Spiel einer Mundharmonika. Es weckte so viele Erinnerungen, dass es mich fast zerriss.« Darian schlug die Augen nieder, presste für einen Augenblick die Lippen zusammen. Es fiel ihm schwer, weiterzureden. »Ich weiß, die Fata hat uns zu Stillschweigen verpflichtet, und ich werde unser Geheimnis nicht anrühren, aber es kann nur Niven gewesen sein, der für uns spielte. Es waren seine Lieder.« Er schluckte schwer, hob den Kopf und verzog die Lippen zu einem kaum wahrnehmbaren Lächeln. »Die Geister der Klagsümpfe lauschten, ließen uns in Ruhe.«

Alena nickte. »Ein Rabe flog uns voraus, einer der beiden Juncta. Ich sah nur dieses Tier und sonst nichts, fühlte mich ihm schmerzhaft verbunden. Es führte uns bis in die Wüste Ardor, und dort erkannte Darian den Obelisken wieder, der das Tor zum Schattenreich markiert.« Sie führte das Glas Kräutertee zum Mund, das Cara noch einmal gefüllt hatte.

Darian erzählte weiter. »Ein zweiter Rabe saß darauf, und als er uns sah, erhob sich ein Flüstern ringsum, und das Tor öffnete sich. Die Vögel flogen voraus und wir gingen hinterher. Ihr wisst, wie es dort aussieht, es hat sich nichts verändert. Wir verteilten Feenys an die Totengeister, die vor uns an der Reihe waren und keine dabei hatten, und warteten dann, bis wir übersetzen konnten. Ohne Alena hätte ich diese Warterei nicht ausgehalten, immer sah ich etwas, das meinen Blutdurst weckte, so wie damals ... ich wurde von den alten Gefühlen überflutet, biss wohl auch mehrfach in etwas hinein, Gras, Erde, in zusammengeknüllten Stoff. Alena lenkte mich ab, ließ sich nicht abschrecken.« Darian schüttelte den Kopf, als ob er das immer noch nicht fassen könnte und atmete dann tief durch. »Da wir diesmal keine mausgraue Kleidung trugen, fielen wir auf, vor allem dem Fährmann. Die beiden Raben halfen uns, sie setzten sich auf seine Schulter, flüsterten mit ihm, und so nahm er uns mit. Drüben sieht auch noch alles so aus wie damals — mit einer Ausnahme. Vor dem Felsen, hinter dem Taherehs Gemächer liegen, wächst eine goldene Eiche bis in den grauen Himmel hinein. Und ihr glaubt nicht, wen wir dort trafen ... aus einer Höhle zwischen Wurzeln und

Stamm trat unser Gustav heraus. Ein bisschen durchscheinend sah er aus, der ätherische Schatten eines Alraunen, aber sonst ganz der Alte. Aber er erkannte mich nicht, und er wusste auch nichts mehr aus seinem oder unserem Leben. Ja, das ist es, was Taherehs Schattenreich bereit hält: Vergessen ...«

Darian sprach nicht mehr weiter. Er sank ein wenig in sich zusammen und seine Augenlider schienen immer schwerer zu werden. Alena hielt Cara ihr leeres Glas hin. »Bitte viel Pfefferminze, ich fühl mich immer noch wie ausgespuckt.« Dann führte sie Darians Erzählung weiter. »Gustav führte uns durch seine goldene Eiche direkt zu Tahereh, aber nicht ohne uns vorher noch nach Alraunenart ein Bein zu stellen.« Sie lachte ein bisschen, rieb sich den Arm, als ob sie sich wehgetan hätte, und runzelte dann die Stirn. »Wo war ich doch gleich? Ach ja, Tahereh ... ihr Palast ist wunderschön, die Felsenhöhlen des Lapislazulibergs fügen sich zu großartigen Räumen zusammen. In den blauen, mit goldenen Adern durchzogenen Wänden spiegelt sich das Licht unzähliger Kronleuchter. In der Mitte von Taherehs Wohnraum steht eine Récamiere, auf der Rückenlehne saßen die beiden Junctas, eng aneinander geschmiegt. Als ich Tahereh den Schlüssel, den ich um den Hals trug, aushändigte, schauten sie mich unverwandt an, neigten dann die Köpfe, als ob sie ›Danke‹ sagen wollten.«

»Ich ahnte es«, flüsterte Kieran. Finley und Cara nickten.

»Ich auch«, nuschelte der Alraun Reik in seinen Bart. Es klang knirschend, als hätte er Sand zwischen den Zähnen.

Darian seufzte und versuchte, ein wenig munterer auszuschauen. »Ja, Freunde, ihr habt recht mit eurer Vermutung, es hängt mit unserem Geheimnis zusammen, aber das dürfen wir nicht lüften. Die Zeit hat sich noch nicht erfüllt.«

»Aber uns könnt ihr es doch sagen! Wir erzählen es nicht weiter«, sagte Wighard, deutete auf Keona, die neben ihm saß und dann auf Alena. Als er nur Kopfschütteln sah, blies er die Backen auf und legte dann seine Hand auf Darians Schulter. »Dann erzählt wenigstens weiter.«

Darian lächelte ihn an. »Bald sind die neunzig Jahre um, und dann wirst du all die Antworten bekommen, auf die du schon so lange wartest. Also, lass mich nachdenken ... ja, Alena gab Tahereh den Schlüssel. Die Schattenkönigin wog ihn in ihrer Hand, sah uns an, und lud uns dann zum Tee ein.« Der Vampir lachte bitter auf. »Er schmeckte nach Blut.«

»Nach Hagebutten«, warf Alena ein.

»Wie auch immer ...« Darian rieb sich die Stirn, als ob er damit seinem Gedächtnis nachhelfen könnte. »Bald wurde uns klar, dass sie uns einen Tee des Vergessens gereicht hatte. Zu unserem Unglück tranken wir alles aus. Alena, wie ging es danach weiter? Ich drifte immer wieder weg.«

Alena umklammerte ihre Tasse Kräutertee. »Ja, wir tranken alles aus, und ich denke, zum Glück, denn ab da wurden die Stimmen in meinem Kopf leiser. Jetzt sind sie weg, trotzdem ist mir immer noch zum Weinen zumute. Was wollte ich eigentlich sagen? Ah, die Juncta! Ich weiß noch, dass die zwei Raben auf Taherehs Schulter flogen. Ein Signal, dass wir gehen sollten? Ja, so war es. Tahereh führte uns auf einen Gang, an dessen Ende leuchtende Stufen zu einem goldenen Tor führten. Sie erklärte etwas ...«

»Ja.« Darian richtete sich plötzlich auf, sprach dann sehr schnell. »Sie sagte, dass nur sie selbst die Berechtigung habe, das goldene Tor zu öffnen, denn durch dieses entlässt sie die Seelen der Totengeister, die sich an die Schleppe ihres Kleides klammern, damit sie in Alyssas Licht wiedergeboren werden können.«

»Ja, die Schleppe ihres nachtblauen Kleides funkelte«, warf Alena ein.

Darian sprach hektisch weiter. »Die Schleppe, ja, das Tor. Vor langer Zeit hätte jemand den Schlüssel gestohlen, sagte sie, dieses Tor aufgeschlossen, und dadurch die Ordnung der Schattenwelt gestört, oder so ähnlich ... aber ihr alle wisst, dass sie Niven meinte. Jetzt aber sei der Zeitpunkt gekommen, da sich der Kreis wieder schließe. Sie führte uns die Stufen hinauf, streichelte dabei die beiden Raben auf ihrer Schulter und schloss dann das Tor auf. Wir schauten auf die Bergwiese vor dem Hexenwald, auf den Steinkreis, aber das denkt ihr euch sicher. Die Juncta rieben ihre Köpfe an Taherehs Wange, und dann ... dann ... ja, sie sagte etwas zu ihnen, ah, sie sagte: ›Seid frei, keine Grenze hindert euch, jetzt habt ihr die Welt der Lebenden und der Toten überwunden‹ ... oder zumindest etwas in der Art.«

»Ich sehe es wieder vor mir«, sagte Alena wie in Trance, »die Vögel flogen mit hellem Krächzen davon, und dann wehte Taherehs Schleppe, und ein Meer von funkelnden Sternen trieb ins Freie und stieg zum Himmel, danach ... ja, sie sagte, dass das Vergessen die wertvollste Gabe ihres Reiches sei. Dann rannten wir zu einem Steinkreis in der Mitte der Wiese, ein Wirbel erfasste uns, und kurz darauf ...« Alena tastete über ihren Hinterkopf, die Augen fielen ihr fast zu und sie stöhnte. »Ich glaube, ich hab mir den Kopf gestoßen. Vergessen ... eine Gabe ... Darian, du siehst auch so müde aus. He, was ist nur mit uns los?«

Kieran hatte es bei der Erzählung der beiden Rückkehrer Tränen in die Augen getrieben. Auch die anderen wischten sich verstohlen über das Gesicht. Plötzlich ließ sich Darian schwer mit den Armen auf die Tischplatte fallen. »Was haben wir eigentlich gefeiert? Ich fühl mich, als ob Baumstämme über mich hinweggerollt wären, und wer hat meinen Arm angezündet?«

Keona klappte das Buch zu, auf dessen Seiten sich Satz um Satz gebildet hatte. »Jetzt können sie uns wohl nicht mehr sagen, ob Tahereh ihr Versprechen hält und die Weltentore wieder öffnet.«

Kieran stand auf und schob seinen Arm unter Darians Achseln. »Tahereh wird ihr Versprechen halten, die freigelassenen Juncta beweisen es. Komm, Darian, mein Freund, jetzt geht's zu Bett.«

Finley half Kieran dabei, den Vampir die Treppen hochzuschaffen, und auf seinen Wink hin trug Wighard auch gleich die bereits eingeschlafene Alena nach oben. Cara folgte ihnen, um ihr in ihrem Zimmer aus den Kleidern zu helfen. Keona zauberte derweil für die anderen ein Abendbrot, und Reik deckte draußen den Tisch.

Es wurde ein stilles Abendessen, und nicht einmal die Brennesseljauchensoße, die der Alraun Reik mit weniger Genuss als üblich verspeiste, gab Anlass zu Naserümpfen. Die Tochter des Lichts und ihr Begleiter waren zwar zurück, lebend, aber ihr Zustand machte allen Sorgen. Und jeder wusste, dass hier weder ein Schub von der Heilenergie der Korriafeen half, noch ein Wunschring, denn die seelischen und körperlichen Verletzungen der beiden trugen Taherehs Siegel.

Taherehs Geschenk ...

Kierans Sorge um Alena und Darian wuchs. Seit zwei Tagen schliefen die beiden, als ob sie nie wieder aufwachen wollten. Er selbst tat kein Auge zu, grübelte darüber nach, wie er ihnen helfen konnte und marterte sich mit Selbstvorwürfen. Warum hatte er Tahereh damals nicht gebeten, selbst kommen zu dürfen? Warum hatte er der Strahlenkönigin Alyssa nicht einfach gehorcht? Die Menschen ... sie hatten keine Ahnung, was Alena und Darian für sie auf sich genommen hatten. Würden sie es den beiden je danken? Und würden sie am Ende die Fehler ihrer Väter hier wiederholen, sich mit der gleichen Gier das nehmen, was ihnen nicht zustand, und Antiquerra schaden, wie es die Strahlenkönigin befürchtet hatte?

Nach außen hin funktionierte Kieran, niemand bekam etwas von seinen Ängsten mit. Er tat seine Pflicht ruhig und mit Umsicht, beaufsichtigte die letzten Vorbereitungen, fand Worte der Zuversicht für die Zweifelnden, und gab jedem, der es nötig hatte, Kraft. Kraft, die er für sich selbst nicht mehr hatte.

Am dritten Tag nach Alenas und Darians Rückkehr verdunkelte sich der Himmel. Ein heftiger Wind kam auf, und in der Ferne zuckten Blitze. Das Unwetter kam rasch näher, für Kieran ein Zeichen, dass der Kampf der Königinnen in vollem Gange war. Mit Finley und Wighard vernagelte er in aller Eile die Fenster des Turms, während Cara und Keona an der Eingangstür Sandsäcke auftürmten. Wenig später ließen die ersten Donnerschläge den Turm heftig erzittern. Hagel und Sturzregen prasselten auf das Dach.

Auf der Treppe zu den oberen Stockwerke polterte es, und dann erklang Darians kräftige Stimme: »Himmel noch mal, da geht unsere Welt unter, und keiner sagt uns was!« Er trat in die Küche und Alena eilte ihm hinterher. »Darian, das passiert in der Welt der Menschen andauernd, erst Hitze zum Umfallen und dann Sturm und Hagel. Wenn die Fenster und Türen gut geschützt sind, und das Dach stabil ist, passiert uns nichts.«

Kieran und die anderen umringten die beiden, herzten und drückten sie. »Ich dachte schon, ihr wacht nie mehr auf! Lasst euch anschauen, ihr seht erholt aus!« Kieran klatschte in die Hände und aus dem Küchenbüffet flog eine Flasche »Kräuterbiest« herbei samt Gläsern. »Das muss gefeiert werden!«

»Wieso, wie lang haben wir denn geschlafen?«, fragte Darian.

»Fast drei Tage«, erwiderte Kieran und schenkte den biestigen Trinkessig in die Gläser.

»Stop!«, rief Darian. »Wenn das stimmt, müssen wir mächtig gefeiert haben, und dann ist das hier«, er zeigte auf die Schnapsgläser, »bestimmt nicht die beste Nahrung zum Frühstück.«

»Es ist Nachmittag. Nun ja, stimmt, für dich eher der Morgen.« Wighard grinste Darian an.

Alena kontrollierte bereits alle Fenster im Raum. »Habt ihr gut gemacht, das hält ... also ich erinnere mich nicht an eine Feier, keine Ahnung, warum ich so lang geschlafen hab, aber euer scharfes Kräuterbiest, das schlimmer im Hals brennt als der echte Schnaps der Menschen, will ich auch nicht, eher ein kräftiges Frühstück, ich könnte ein ganzes Ährenfeld verspeisen.«

»Dann habt ihr tatsächlich keinerlei Erinnerung mehr?« Kieran packte Darians Arm und schob den Ärmel zurück.

»Nichts mehr zu sehen ...« Er nahm Alena und Darian rechts und links in den Arm und drückte sie an sich. »Ihr macht mich sehr glücklich!«

Darian wich mit dem Oberkörper zurück und schaute den Lichtmagier misstrauisch an. »He, he, mein Freund, allmählich machst du mir Angst, ist da was an uns vorbeigegangen, Kieran?«

Alena nickte. »Ja, wirklich, ihr verhaltet euch recht sonderbar.«

Während Cara und Keona sich eilends um ein kräftigendes Frühstück kümmerten — für Darian genügte ein großer Krug magisch hergestelltes Hirschblut — setzten sich die anderen an den Tisch, und Kieran erzählte den beiden, dass sie vor drei Tagen völlig erschöpft aus Taherehs Schattenreich zurückgekehrt waren.

Alena kratzte sich am Kopf und runzelte die Stirn. »Stimmt, da war was, wir sollten Tahereh meinen Schlüssel bringen. Es machte mir große Sorge.« Sie setzte sich plötzlich sehr aufrecht hin und tastete über ihre Brust. »Er ist nicht mehr da!« Sie schüttelte verständnislos den Kopf. »Hm, schon komisch, und als ich vorhin aufwachte, fühlte ich mich frei und leicht. Dabei hatte ich schlimme Träume, glaub ich zumindest ...«

Darian schaute sie an. »Wir sind alle zusammen zu den Grungalp gegangen, oder? Muss eine Weile her sein, Reik war auch dabei.« Darian machte eine wischende Handbewegung vor seiner Stirn, »keinen blassen Schimmer, was danach geschah, und das will etwas heißen bei mir.«

»Tahereh hat euch alles vergessen lassen. Ein Geschenk hat sie euch damit gemacht, wie ich jetzt erkenne.« Kieran atmete laut auf. »Ihr habt eure Aufgabe erfüllt. Mehr braucht euch im Augenblick nicht zu kümmern. Das Buch der Geschichte hat alles niedergeschrieben, was ihr uns vor drei Tagen von eurer Reise in die Schattenwelt erzählt habt. Ihr könnt es nachlesen, aber nicht jetzt, wartet damit auf eine bessere Zeit.« Während es draußen stürmte, donnerte und blitzte als habe die letzte Stunde geschlagen, kehrte im Turm Ruhe und Frieden ein. Gemeinsam aßen und tranken sie, was Cara und Keona auftischten.

Als sich alle satt und zufrieden zurücklehnten, klopfte Kieran an sein Glas. »Ich danke allen guten Mächten für eure glückliche Heimkehr — und Tahereh. Sehr bald werden die Königinnen die Weltentore wieder öffnen, und neben den unseren werden auch Menschen kommen, um hier eine friedliche Heimat zu finden. Du wirst deine Freunde wiedersehen, Alena! Ich aber werde mich zurückziehen und die Geschicke Antiquerras und die Sorge um den Lichtkristall jetzt in die fähigen Hände meines Finley legen.« Er stand auf, ging zu Finley, zog ihn von seinem Stuhl hoch und umarmte ihn. »Möge die Weisheit dich führen! Ich weiß, du wirst deine Sache gut machen.«

Finley brachte kaum ein Wort heraus, aber seine Augen strahlten. »Ich werde sicher oft deinen Rat brauchen«, stammelte er dann und drückte Kieran fest an sich, wie früher, als er noch ein Knabe gewesen war.

Als sie diese Neuigkeit nun doch mit dem Kräuterbiest begossen, stand Darian auf, verneigte sich vor Finley und entbot den Feengruß. »Meister Finley, mein Gefährte in dunklen und hellen Tagen. Oh ja, du wirst diese Rolle gut ausfüllen.« Er lächelte. »Antiquerra könnte keinen besseren Nachfolger für Kieran finden als dich.« Dann wandte Darian sich an Kieran und drückte seine Hand. »Du hast unserer Welt gut gedient, und ich kenne dein Herz, mein Freund. Lass die Sorgen fahren und ruh dich aus, du hast den besten Zeitpunkt dafür gewählt.«

Der Kreis schließt sich ...

Der Sturm dauerte fast zwei Tage und endete so plötzlich wie er begonnen hatte. Im nahen Eichenwald schaufelten die Alraunen Wasser und Schlamm aus ihren unter umgestürzten Baumwurzeln errichteten Häusern. Einige mussten erst aus ihren Behausungen befreit werden, weil Äste und abgebrochene Baumstämme die Eingänge versperrten, aber Reik beruhigte Meister Kieran: Es gab keine Toten zu beklagen.

Der Turm hatte dem Unwetter getrotzt, nicht einmal das Dach hatte Schaden genommen. Auf der Wiese vor dem Eingang standen noch tiefe Wasserpfützen, aber die Feuchtigkeit würde bald im Boden versickern.

Darian war wieder ganz der alte, eine Spur stiller vielleicht, aber die subtilen Wahrheiten, die sein scharfes Auge wahrnahm, rieb er den anderen unverblümter unter die Nase als zuvor. Die verlorene Erinnerung akzeptierte er als einen Teil der ihm gegebenen Dunkelheit, die ihn als Vampir von Natur aus begleitete und die ihn schützte. Alena fiel dies nicht ganz so leicht, auch wenn sie fühlte, dass die heitere Ruhe, mit der sie neuerdings ihre Stunden verbrachte, mit der Erinnerungslücke zusammenhing. »Mir ist, als ob mir jemand eine große Last von den Schultern genommen hätte, und ich frage mich, wer sie jetzt wohl trägt«, sagte sie.

Ihre Worte ließen Kieran keine Ruhe, und er dachte lange darüber nach. Aufgrund der Schilderungen ihrer Reise zu Taheres Schattenwelt, reifte in ihm die Überzeugung, dass Alena durch die Berührung der Grungalp mit einen Teil von Taherehs Bürde belastet worden war. Die dunkle Königin rückte ihm dadurch näher, und er verstand plötzlich, warum sie sich damals, vor mehr als einem Jahrhundert, dazu hatte hinreißen lassen, ihre Schwester, die Strahlenkönigin, gefangen

181

zu nehmen. Wer soviel Kummer trug wie sie, soviel Lebensschmerz in sich aufnahm, damit die Totengeister vergessen und ruhen konnten, für den musste der Untergang der Welten und die endgültige Stille danach wie eine Erlösung scheinen. Und doch konnte dies nicht die ganze Wahrheit sein. Kieran dachte an die Juncta. Diese beiden Seelenvögel standen mit Lena und Niven in Verbindung, mit ihrem Geheimnis, das er versprochen hatte, für neunzig Jahre zu bewahren. *Fata Lena, A—lena ... Alena ...* Ja, die junge Fee trug den Namen der Fata nicht zufällig in ihrem eigenen. Durch sie schloss sich in diesen Tagen der Kreis, der damals durch die Wut der Tahereh seinen Anfang genommen hatte. Kieran seufzte. Taherehs Wut, ihr Neid auf die Farben des Lichts ihrer Schwester — er hatte der Schattenkönigin so sehr gegrollt und sein Misstrauen ihr gegenüber in all den Jahrzehnten nie verloren. Jetzt tat ihm das leid, weil er nun auch ihre Größe sah, ihre Überwindung, — und weil er fühlte, dass die königlichen Schwestern ihren eigenen Gesetzen folgten, die sich ihm niemals völlig erschließen würden.

Früher hätten solche Gedanken in Kieran die Unruhe geschürt, ihn immer weiter grübeln lassen, doch jetzt empfand er eine stille Heiterkeit. Sie spiegelte sich in seinen Augen, die neuen Glanz bekamen, weil sie soviel Schönes sahen, das die Zukunft ihnen bereiten konnte. Und auch an dem Geheimnis der Fata, das er mit den Freunden teilte, trug er nun nicht mehr so schwer. In drei Jahren durfte er darüber reden, dann war die Zeit des Schweigens um. Und in Kieran wuchs die Gewissheit, dass die Schattenkönigin dann einen Diener bekam, der den Keim ihres Schoßes hütete, so wie Finley und er sowie all die Generationen vor ihnen den flammenden Lichtkristall aus dem Herzen der Strahlenkönigin bewahrten. Vielleicht hatte deshalb alles so kommen müssen.

In den frühen Morgenstunden bebte der Turm und nicht nur dieser, sondern die ganze Erde in weiter Umgebung. Die Königinnen machten sich bereit, den Sturm in die Welt der Menschen zu entlassen. Im Felsen neben dem Wasserfall rumpelte es so laut, dass Kieran es bis hierher hörte. Aus dem Eichenwald neben dem Turm klang der Jubel der Alraunen, die den Berg hinunterrannten auf die Wiese, um von dort aus zuzuschauen und zu erleben, wie die Königinnen die Weltentore öffneten.

Kieran blieb gelassen. Hatten sie das nicht alle schon einmal gesehen? Es gab jetzt Wichtigeres zu tun, als Tauben oder Pusteblumen zu beobachten, denn bald würden die Heimkehrer mit den Menschen hier ankommen.

Aus seiner Kammer holte er einen helles, reich besticktes Festkleid samt Umhang und einen langen Stab, der aus dem Holz eines Holunderbaums gefertigt worden war. Seine schwere Kette mit dem Zeichen der Strahlenkönigin steckte er in seine Tasche. Damit trat er zu Finley, der sich mit den anderen in der Küche versammelt hatte. »Dein Würdenkleid, ich habe es schon vor einiger Zeit für dich anfertigen lassen ... und dein Stab. Alle sollen sehen, dass du der neue Herr und Meister des Turms bist!«

Das Ankleiden gestaltete sich für Finley zur Qual, denn durch seine Aufregung verhedderte er sich in dem langen Kleid und fand kaum die Öffnungen für Kopf und Arme. »Hilfe«, rief er in gespielter Verzweiflung, »dieses Gewand versucht, mich zu erwürgen!«

Darian lachte laut auf, weil es ihn an die Zeit erinnerte, da sie alle Freunde geworden waren.

Cara und Meister Kieran halfen Finley, der dann bald darauf mit erhitzen Wangen und strubbeligem Kopf vollständig gekleidet vor ihnen stand.

»An deiner Geduld solltest du wohl noch ein wenig arbeiten, mein Liebster«, sagte Cara und fuhr ihm mit dem Kamm ordnend durch die Haare.

Als Kieran die Kette aus seiner Tasche zog und sie Finley um den Hals legen wollte, wehrte dieser erschrocken ab. »Nicht, Kieran, nicht jetzt schon!«

Kieran lächelte. »Ich sage dir, was alle Herren des Turms denen sagten, die ihnen nachfolgten: Es ist Zeit, dass du mir die Bürde abnimmst.«

Die schwere Kette schien Finleys Oberkörper für einen Augenblick nach vorne zu ziehen, doch dann richtete er sich gerade auf. Ein sanftes Leuchten umhüllte seine Gestalt, ausgehend von dem Flammenmotiv des Amuletts am Ende der Kette. Es ließ seine Gestalt machtvoll und kraftvoll aufstrahlen. Als das Licht sich zurückzog, stand Finley in der Würde eines wahren Lichtmagiers, in dem alle den Meister erkannten.

Sie verneigten sich vor ihm, und Cara platzte fast vor Stolz auf ihren Finley. Kieran reichte ihm den Stab. Finley umarmte ihn und schaute dann die anderen an. »Glaubt nicht, dass mich das zu einem anderen macht, als der, der ich bin. Also hopp, frühstücken und dann an die Arbeit!«

Noch am Vormittag schickte Kieran die Schmetterlinge aus, um ganz Antiquerra über den Machtwechsel im Turm zu unterrichten. Den Alraunen überbrachte er die Nachricht persönlich, in Begleitung von Finley.

Reik ergriff sie beide an der Hand. »Es fällt mir leicht, dir die Treue zu schwören, Finley, mein Freund! Du wirst uns so sicher durch alle Stürme führen, wie Kieran es getan hat.«

Auch im Korria-Dorf ließen sie sich kurz blicken. Hier allerdings ging es hauptsächlich darum, nachzuprüfen, ob alle Vorbereitungen getroffen waren. Um die Tatsache, dass Finley nun das Zeichen der Macht trug und nicht Kieran, wurden nicht viele Worte gemacht. Die Feen wussten um Finleys Fähigkeiten, vertrauten ihm. Eher kam die Rede auf Cara, die jetzt sehr stolz auf ihn sein musste. Denn immerhin war Cara eine Fee, wenn auch eine Sidda und nicht aus dem Stamm der Korria.

Nach ihrer Rückkehr in den Turm herrschte gespannte Betriebsamkeit, bis dann endlich alle am Nachmittag auf dem Weg durch den Eichenwald zur Wiese vor dem Felsen gingen.

Kieran nahm Alena in den Arm. »Siehst du den steinernen Torbogen dort in der Mitte? Die Korria haben ihn gebaut. Von da aus werden die Menschen auf die Siedlungen der Feen verteilt, in deren Umgebung sie ein neues Leben beginnen können. Du siehst, wir sind für ihre Aufnahme bestes vorbereitet.«

Alena nickte, sie brachte jetzt kaum ein Wort heraus, so aufgeregt war sie.

Aber auch Finley verspürte eine gewisse Unruhe. »Verflixt aber auch«, flüsterte er Kieran zu, »ich habe noch nie den Weg durch den Felsen genommen, weiß gar nicht, wie ich mich da verhalten soll.«

Kieran lächelte. »Stimmt, du hast immer den Wirbel der magischen Worte genutzt. Aber da hat man nicht viel von seiner Reise, außer einem leichten Schwindelgefühl, wenn man ankommt. Der Weg durch den Felsen ist geruhsamer, erhebender. Lass dich überraschen.«

Cara, Keona und Wighard gingen zu den Feen, die schon warteten, um die ankommenden Menschen mit kleinen, selbstgebackenen Broten sowie Säckchen voll Salz und Bechern mit Limonade willkommen zu heißen.

Kieran, Finley, Alena und der Vampir Darian, der wegen der Sonne die Kapuze seines Umhangs tief ins Gesicht gezogen hatte, blieben beim Felsen stehen. Alena legte auf Kierans Geheiß ihre Hand auf eine Ausbuchtung im Stein, die hinter einer Ölweide versteckt lag. Licht strahlte unter ihren Fingern auf, und mit einem dumpfen, schabenden Geräusch öffnete sich der Eingang. Nacheinander traten sie durch die Öffnung. Im Inneren lag am Ufer des Sees eine prächtige, goldbeschlagene Barke, deren hoher Bug mit dem Kopf einer strahlenbekränzten Frau geschmückt war.

»Die Barke der Strahlenkönigin«, sagte Kieran und bekam feuchte Augen.

Finley, für den das hier alles neu war, kam aus dem Staunen nicht mehr heraus. Die feuchten Höhlenwände, der See mit der Barke, alles hier schimmerte festlich im warmen Licht des großen Kristalls, der unter der Decke schwebte. Die Luft roch nach der salzigen Weite des Meeres. Das Wasser unter der Barke schlug in regelmäßigen kleinen Wellen leise ans Ufer, als wenn es zum Einsteigen auffordern wollte. Alena ergriff Darians ausgestreckte Hand und kletterte mit ihm nach Kieran und Finley in das Boot.

Kieran wies auf die gegenüberliegende Seite des Sees, wo etwas abseits unter einem überhängenden Felsen eine edle, silbergeschmückte Gondel aus schwarzem Ebenholz lag. »Ist sie nicht genauso schön wie die Barke der Strahlenkönigin? Selten sah ich das so klar wie heute. Wenn der Wind sich weigert, die Asche eines Toten vollständig zu zerstreuen, dann bringen die Angehörigen den Teil, den er zurück lässt, mit diesem Gefährt zum Kristallenen See, um die Asche dort einzustreuen. Der Geist des Verstorbenen wird dann zu einer der Stimmen Antiquerras.« Kieran schaute einen nach dem anderen an. »Wie ich sehe, seid ihr bereit?«

Er stellte sich nun mit Finley aufrecht vor den Bug und forderte Alena und Darian auf, sich so rechts und links hinter sie zu stellen, dass man sie sehen konnte. Mit einem leisen Ächzen drehten sich die zwei weiblichen Figuren, die das Portal zum Wasserweg einrahmten, zu ihnen um. Ihre Gewänder wogten und ihre Gesichter lächelten ihnen zu. Dann setzte sich die Barke in Bewegung.

Finley hatte, wie Alena und Darian auch, zuerst befürchtet, dass das Schaukeln der Barke sie alle aus dem Gleichgewicht bringen könnte. Doch nun schien es, als ob sie mit der Barke der Strahlenkönigin eins wären. Sie genossen die bewegten, mehrdimensionalen Bilder an den Wänden des Tunnels, ohne zu straucheln. Finley kam aus dem Staunen nicht mehr heraus. Vögel zwitscherten, Wind strich durch sein Haar, Blumen dufteten und das Aroma sonnengereifter Früchte lag auf seiner Zunge. Flüsternd sprach er sein Bedauern aus, als der Höhlengang ein Ende nahm und die Barke in den riesigen See schipperte, der wegen seines klaren tiefen Wassers der »Kristallene See« genannt wurde.

Die Barke ankerte direkt vor dem Tunnelausgang.

Unzählige weitere solcher Höhlengänge befanden sich ringsum in den Felswänden. Darüber brannten Fackeln, deren Licht sich im Wasser des Sees spiegelte und die Inseln voller Tropfsteingebilde zum Glitzern brachten. In der Luft hingen Lichtkugeln, die völlig reglos verharrten. Es war so vollkommen still, als ob dieser unterirdische See seinen Atem anhalten würde.

Alena griff Halt suchend nach Darians Hand. Ihr Blick haftete fest auf dem Felsenloch schräg rechts vor ihr. Dort musste Rosa mit den Freunden herauskommen. Doch ihre Geduld wurde auf eine harte Probe gestellt. Immer wieder schwankte sie zwischen Hoffen und Bangen.

Die Zeit des Wartens zog sich schier endlos hin, doch irgendwann erklang aus den Tiefen des Wassers leise ein zauberischer Gesang. Die Stimmen Antiquerras kündeten die nahe Ankunft heimkehrender Feen und Lichtmagier. Der See geriet in sanfte Bewegung und in den Tunneln glomm warmes Licht auf.

»Rosa«, flüsterte Alena sehnsüchtig, als wenn sie dadurch die Freunde schneller zu sich heran ziehen könnte.

Heimkehr ...

Der Tunnelausgang war nur noch wenige Barkenlängen entfernt. Rosa sah bereits die letzte Biegung, die in den kristallenen See mündete.

»Willin, Kylian ... steht auf und stellt euch neben mich. Ihr sollt voller Ehre und aufrecht nach Hause gehen wie ich«, sagte sie.

Sofort standen die beiden Vampire rechts und links neben ihr.

»Deine Worte werden wir dir nie vergessen«, flüsterte Kylian.

Rosa lächelte und ergriff dann hinter sich die Hand Jesses.

»Nein, nein, ich bleibe lieber sitzen und betrachte stolz die Fee meines Herzens«, sagte er.

Rosa drückte wortlos seine Hand und wandte sich dann wieder voller Aufmerksamkeit nach vorne. Die Barke erreichte nun das Ende des Tunnels und schaukelte in den See.

»Alena, endlich«, flüsterte Rosa, und ihre Augen leuchteten voller Freude auf.

Hinter ihr reckten die Kinder Julia und Simon die Hälse und entdeckten die goldene Barke der Strahlenkönigin.

»Simon, da vorne hinter dem alten Mann ist Alena. Hach, ich freu mich so«, flüsterte Julia aufgeregt und lehnte sich weit aus der Barke, um zu winken. Ihr Bruder machte es ihr natürlich gleich nach und die Eltern packten ihre Kinder schnell am Kragen, aus Angst, dass sie ins Wasser fallen könnten.

Aus den anderen Tunneln ringsum kamen nun ebenfalls Barken heraus, und nebenan schipperte fast gleichzeitig mit Rosa ein aufrecht stehender Mann, gekleidet in einen hellen Umhang und mit einem Stab in der Hand, in den See. Seite an

Seite glitten beide Barken bis über die Mitte des Wassers. Jesse schaute hinüber und erkannte den Mann. Es war Keral, der Lichtmagier, der sich damals beim Treffen der Feen an der Eiche zum Sprecher gemacht hatte. Auch er führte eine ganze Reihe von Barken an, in denen Menschen saßen.

Keral grüßte Jesse mit dem Feengruß. »Ich sagte dir doch, dass wir Seite an Seite in den Kristallenen See einfahren, mein menschlicher Freund.«

Der See füllte sich mit unzähligen Barken. Die Lichtkugeln unter der Höhlendecke tanzten zum Gesang aus den Wassern. Die Fackeln ringsum loderten blau und golden auf. Der Duft einer blühenden Wiese umwehte die Nasen, und die heimkehrenden Feen und Magier neigten sich zum Gruß vor der Barke der Strahlenkönigin.

Kieran stupste Finley, den der Anblick der vielen Boote fast umhaute, unauffällig in die Seite. »Sag was.«

»Die Tochter des Lichts mit ihrem Begleiter und die Gesandten der Strahlenkönigin heißen euch willkommen. Lasst uns nach Hause gehen!«, rief Finley daraufhin.

Wie auf Kommando wendete ihre Barke und verschwand im Tunnel, aus dem sie gekommen war.

Rosa folgte dicht hinterher mit den Menschen aus ihrer Stadt. Nach ihr führte jede Fee und jeder Magier die Boote seiner Flüchtlinge in einer geordneten Prozession weiter.

Darian beugte sich zu Finley vor, legte die Hand auf seine Schulter und flüsterte. »Hast du gesehen? Ganz hinten, in der Barke mit dem Einhornkopf, standen Luczin und Briann. Ganz Dracopatria wird feiern, dass die beiden wieder da sind! Und die beiden in der Barke, die gleich hinter uns kommt, gehören auch zu uns. Willin und Kylian, verlässliche Leute.«

»Ja, endlich sind sie wieder da und ich bin gespannt, was Luczin und Briann sagen werden, wenn sie mich so sehen«, wisperte Finley zurück.

An der Anlegestelle sprangen Alena, Darian und Finley sogleich ans Ufer, gefolgt von Kieran, der über das ganze Gesicht strahlte. Ihre Barke verschwand im hinteren Teil des Sees und machte so Platz für die Barke von Rosa.

Während Meister Kieran im Felsen das Tor nach Antiquerra öffnete, stürzte sich Alena in die geöffneten Arme von Rosa. Sie bekam kaum mit, wie der kleine Schwarm Krähen von der hinteren Bordwand ihrer Barke aus über ihren Kopf hinweg mit hellem Krächzen ins Freie flog.

Die Vampire Willin und Kylian sorgten nach einer kurzen Begrüßung durch Darian dafür, dass die Freunde schnell ausstiegen, damit die nächste Barke anlegen konnte.

Kieran betrachtete Alena und Rosa mit einem Lächeln, doch dann stupste er Alena an. »Draußen könnt ihr euch herzen, so lange ihr wollt. Doch hier darf kein Stau entstehen«, mahnte er und konnte doch nicht verhindern, dass Rosa jetzt ihm um den Hals fiel. »Mein vernünftiger Meister Kieran! So lange haben wir uns nicht gesehen. Und Finley ... Meister Finley jetzt!«

Als die nächste Barke aus ihrer Prozession anlegte, ging Alena mit den Freunden vom Eberthof nach draußen. Die Kinder Julia und Simon hingen bereits wie Kletten an ihr und ließen sie auch nicht los, als sie mit den Freunden auf die Wiese trat. Rosa und Jesse blieben jedoch zurück, um ihre Flüchtlinge geschlossen ins Freie zu geleiten.

Kieran und Finley gingen zur Seite, um bei der Begrüßung und den vielen Umarmungen nicht im Weg zu stehen. Die beiden nahmen sich dann des unter Führung von Rosa aus der Höhle quellenden Flüchtlingsstroms an.

»Welch herrliche Wälder ... seht nur, dieser Wasserfall ... soviel Wasser ... die Erde ist feucht und krümelig ... und die wunderhübschen Dörfer hier unten, so friedlich!« Die Menschen konnten kaum fassen, in welch wunderbare Welt sie nun eintraten. Sie fielen sich in die Arme, lachten und weinten, und tappten dann staunend Finley und Kieran hinterher, die sie zum steinernen Torbogen führten. Dort erhielt jeder zur Begrüßung sein kleines Willkommensbrot, das Beutelchen Salz und einen Becher voll köstlicher Limonade.

Als Finley und Kieran wieder zum Fels zurückkehrten, sammelte sich schon die nächste Flüchtlingsgruppe, die von einer Sidda angeführt wurde. Kieran zeigte ihr das Tor, zu dem die Menschen gehen sollten und lief dann mit Finley zu Alena, die noch von Rosa und ihren Freunden umringt stand.

»Alena. Es tut mir leid, aber eure Flüchtlinge müssen zügig weiter, damit es hier nicht zu eng wird.« Finley seufzte und zog Alena dann in seine Arme.

»Dann schlägt in all der Freude also wieder eine Stunde des Abschieds«, flüsterte Alena, lehnte ihren Kopf an Finleys Brust und griff nach Kierans Hand.

»Der Turm steht dir immer offen, Tochter des Lichts«, sagte Kieran.

»Ich weiß. Und ich werde euch ganz sicher besuchen. Aber die Menschen brauchen jetzt unsere Anleitung, und ich gehöre zu Rosa und den Freunden vom Eberthof.«

»Cara, Keona und Wighart warten bei euren Menschen«, sagte Finley, nachdem er sie noch einmal umarmt hatte, »und wenn du Darian suchst ... er steht dort drüben im Schatten.«

Alena nickte. »Ich könnte nicht gehen, ohne mich von ihm zu verabschieden!«

Langsam und für eine Fee fast ein wenig schweren Schrittes ging sie hinüber zu den drei überhängenden Birken, unter denen Darian mit den beiden Vampiren Kylian und Willin stand.

Er sah sie kommen. »Dann ist es also soweit ...«

Alena warf sich in seine Arme, barg den Kopf an seiner Schulter und ließ den Tränen freien Lauf.

»Wenn ich das nicht mit eigenen Augen sehen würde«, flüsterte Kylian Willin zu, »eine Korria-Fee in freiwilliger Umarmung eines Vampirs, ohne Angst!«

Ein strenger Blick Darians veranlasste beide, sich ein anderes Plätzchen zu suchen.

Alena hob den Kopf, wischte sich die Tränen aus den Augen und atmete durch. »Ich habe keine Erinnerung mehr an das, was wir gemeinsam erlebt haben, aber ich fühle die starke Verbindung zwischen uns und weiß, dass du mir geholfen hast, etwas zu tragen, das zu schwer war. Ich will dich nicht verlieren.«

»Das wirst du nicht, meine Schöne.« Darian streichelte ihre Schultern. »Wenn du zum Turm gehst, werde ich es wissen, und dann komme ich auch. Wir werden uns wiedersehen, und du musst mir nur einen Schmetterling schicken, wenn du Hilfe brauchst, dann komme ich.« Er fuhr mit den Fingern zärtlich an ihrem Hals entlang und schob sie dann ein Stück von sich weg. »Wir sollten es uns nicht unnötig schwer machen. Ich begleite dich noch bis zum steinernen Tor.«

Zusammen mit einer Sidda-Fee führten Alena und Rosa ihre Flüchtlinge durch das magische Tor in ihre neue Heimat. Kieran und die anderen blickten ihnen nach, bis der Durchgang sich wieder verschloss. Danach gingen sie langsam zurück zum Felsen. Darian zog die Kapuze seines Umhangs tiefer ins Gesicht.

»Du musst in den Schatten«, sagte Cara besorgt zu ihm, und schaute dann zu Wighard, der hinter ihr ging. »Du auch!«

Wighard rollte die Augen und hakte sich bei Darian unter. »Sie kapiert das nie! Du übrigens auch nicht. Könntest es schon lange leichter haben.«

»Die Sonne bringt mich nicht um, und dass sich jetzt ein bisschen Haut abschält, erinnert mich nur daran, wer ich bin, und das ist gut so«, erwiderte Darian, während er mit den anderen zum Felsen hinüberging. Im Schutz der Birken beobachtete er die Menschen, die unter der Führung von Feen oder Lichtmagiern aus dem Felsentor heraustraten. »Ich hätte nicht gedacht, dass es so viele sind.«

»Huch ...« Keona schrie leise auf, als eine Frau mit einem Kleinkind auf dem Arm vor Schwäche strauchelte. Ehe sie jedoch einen Schritt tun konnte, um ihr zu Hilfe zu eilen, nahm ein Mann ihr das Kind ab und ein anderer stützte die Frau.

»Zwanzigtausend werden es wohl sein«, sagte Kieran, »und wie es scheint, ist ihnen bewusst, dass sie sich gegenseitig helfen müssen. Gute Voraussetzungen, um hier Fuß zu fassen.«

»Elend mager sehen sie alle aus, das hab ich schon gedacht, als ich sie in den Barken gesehen habe. Vielleicht kommt für manche die Rettung zu spät.« Finley seufzte.

Kieran klopfte ihm tröstend auf die Schulter. »Du vergisst die Korria und ihre Heilenergie.«

»Du hast recht.« Finley nickte und sah dann Darian an. »Was ist mit dir?«

»Was, wenn ich Alena gebissen habe, während wir durch die Klagsümpfe wanderten? Ich fühle mich ihr so nah, dass es schmerzt.«

Finley schüttelte energisch den Kopf. »Das hast du nicht. Die Grungalp haben euch angefasst und zusammengeschweißt, nicht Blut.«

»Da sind sie!«, rief Kieran plötzlich und eilte auf zwei hochgewachsene Männer zu, die gerade aus der Höhle traten. Voller Freude umarmte er sie. »Luczin! Briann! Welch eine Freude! Ich fürchtete schon, euch niemals mehr wiederzusehen.«
Auch Finley und Cara umarmten die beiden.

»Die Welt der Menschen hat uns zugesetzt, da konnten wir nicht anders, als zurückkehren.« Luczin hob seine dunkle Sonnenbrille hoch und grinste. »Aber jetzt, da ich euch, meine Freunde, sehe, ist mir, als sei ich nie weggegangen. Ich schätze, im Turm hat sich nichts verändert in den Jahren ...«

»Nein, nur die Welt um uns herum hat einen anderen Klang bekommen.«

»Ja, und einen neuen Führer.« Luczin verneigte sich vor Finley.

»Ich bleibe derselbe«, beeilte sich Finley zu sagen, »und auch wenn Kieran euch nicht gleich überfallen will mit seiner Hoffnung auf die Fortsetzung früherer, diskussionsreicher Abende, so sage ich doch gleich unverblümt, dass ich es kaum erwarten kann, dass du, Briann, mich wieder einmal auf einen Rundflug über unser Wälder mitnimmst.«

»Hölle aber auch, dass das über meine Lippen kommt ... unsere Rundflüge und deine glucksenden Schreie hab ich wahrlich auch vermisst!« Briann drückte Finley an sich. »Knochig bist du, wie eh und je.«

Luczin ging auf Darian zu, der sich bei der stürmischen Begrüßung zurückgehalten hatte, und umarmte ihn fest. »Unser Dracopatria steht noch?«, fragte er dann.

»Ich denke schon, ich war eine Weile nicht dort.«

»Du hast doch nicht etwa?« Als Darian grinste, rief Luczin nach Briann. »Ich glaub's nicht, Darian hat sich die Schattenwelt noch einmal angetan. Er war es, er hat die Tochter des Lichts begleitet!«

Darian nickte. »Aber hofft nicht, dass ich euch davon berichten kann. Tahereh hat unsere Erinnerung gelöscht.«

»Ja«, warf meister Kieran ein. »Aber im Buch der Geschichte ist alles aufgeschrieben, was die beiden uns in den ersten Stunden ihrer Rückkehr noch darüber sagen konnten. Wenn wir im Turm sind, könnt ihr es nachlesen. Leider ist die Tochter des Lichts schon fortgegangen, aber irgendwann werdet ihr sie sicher kennenlernen.«

Cara gab ihren Kindern, die ein wenig abseits gewartet hatten, ein Zeichen. »Kommt her! Luczin, Briann ... hier sind noch zwei, die euch gern begrüßen würden. Das ist Keona, unsere Tochter. Sie kam zur Welt, da wart ihr gerade ein Jahr bei den Menschen.«

»So hübsch wie die Mutter. Kannst du dich auch in eine Raubkatze verwandeln?« Briann gab ihr lächelnd die Hand.

»Leider, diese Fähigkeit hat Cara mir nicht vererbt.«

»Eine, die ab und zu faucht, reicht«, sagte Cara und schob Wighard nach vorne, sodass er direkt vor Luczin stand. »Und das ist unser Ziehsohn Wighard. Als ihr ihn zum letzten Mal gesehen habt, war er erst wenige Wochen alt.«

Luczin sah Wighard in die Augen und seufzte leise. »Ich erinnere mich.« Dann stutze er, sog sacht den Atem ein und brauchte wenig später die Stütze von Brianns Schulter.

»Ja«, sagte Finley schnell. »Unser Ziehsohn ist etwas Besonderes, aber das darf man ihm nicht zu oft sagen. In drei Jahren wird er von dem Geheimnis erfahren, das auch ihn berührt, nicht früher, denn erst dann sind wir alle von unserer Schweigepflicht entbunden.« Finley lüpfte seinen Stab und stieß ihn wieder auf den Boden. »Und jetzt gehen wir erst einmal in den Turm, uns stärken.«

Kieran, der Finley beobachtet hatte, nickte. Nein, er brauchte sich keine Sorgen zu machen. Dieser Teil seines Lebens lag hinter ihm. Der neue Herr des Turms würde seiner Aufgabe mehr als gerecht werden und wenn es darauf ankam, gute Entscheidungen treffen — was immer die Zukunft an Herausforderungen auch bereithalten mochte.

Während Kieran nun neben Luczin über die Wiese ging, dem Turm zu, lächelte er. Er wusste, dass dieser kluge Vampir, der sein Freund war für immer, darauf brannte, mit ihm über seine Wahrnehmung zu reden. So war es stets gewesen, auch wenn Kieran oft den Anfang machen musste. Wenn es danach keine Worte mehr gab, weil die Zusammenhänge der Vergangenheit vor ihnen im Licht lagen, dann würden sie beide wissen, dass es keinen Grund für Bitterkeit oder Trauer gab. Dann endlich würden sie frei sein, dann endlich konnte auch Luczins verwundetes Herz heilen, und das Geheimnis der Fata würde ganz Antiquerra befruchten.

Über die Autorin

Angela Mackert

Die Autorin Angela Mackert, geboren im Jahr 1952 in Karlsruhe, lebt und arbeitet in Ettlingen. Nach einer Karriere als Geschäftsführerin eines Einzelhandelsbetriebs erfüllte sie sich einen ihrer Lebensträume und gründete eine eigene Schule für Astrologie und Tarot. Die Expertin für Esoterik veröffentlicht gefragte Fachbücher, daneben aber auch Kurzgeschichten, Krimis und Fantasy-Romane, die oft von einem mystischen und geheimnisvollen Flair durchzogen sind.
Mehr über die Autorin unter: www.angela-mackert.de

Geheimisvolles und Interessantes über die Fantasy-Reihe "Antiquerra-Saga" unter: www.erlebe-magie-und-abenteuer.de

Vorschau Frühjahr 2016

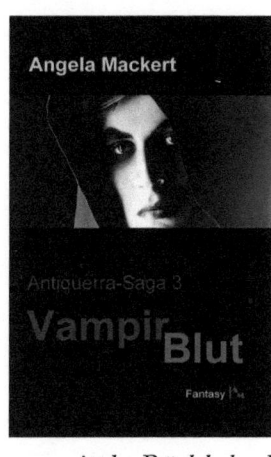

Angela Mackert
Vampirblut
Antiquerra-Saga (3)

Kein Vergessen — das ist die Essenz der Erinnerung, die der Vampir Luczin an seine große Liebe, die Halbfee Lena hat. Ihm kommt die Aufgabe zu, alles aufzuschreiben, was seit der Rückkehr der Gefährten aus Taherehs Schattenreich passiert ist. Aber kann das seinen größten Schmerz, den er immer noch mit sich herumträgt, heilen?

Leseprobe: Kapitel 1, *Am Fluss der Tränen* …

Wieder einmal hatte mich der Fluch der Ewigkeit kalt erwischt, und die Trauer über Kierans Tod wühlte auf eine Weise in mir, dass jeder Sterbliche mit pulsierendem Blut in den Adern gut daran tat, mir aus dem Weg zu gehen. Deshalb zog ich mich vor ein paar Tagen in unsere Burgenstadt Dracopatria zurück, die mit ihren hohen Mauern ringsum wie ein düsteres Bollwerk wirkte, dem der Puls der Zeit nichts anhaben konnte. Vom Altan aus, einem von Mauerwerk und Säulen gestützten Balkon vor meiner Bibliothek, sah ich den »Fluss der Tränen«, in dem sich neben anderen Burgen auch meine in den Wellen des ruhig dahinfließenden Wassers spiegelte. Seit meinem Rückzug saß ich jede Nacht auf der Brüstung dieses Balkons und betrachtete das wässrig-bewegte Schattenbild meiner Festung da unten, suchte darin Antworten, Frieden. Konnte man Frieden finden, wenn die Seele einer offenen Wunde glich? Ich starrte in den Strom und wünschte mir, dass er meine Tränen forttrüge. Doch ich konnte solche nicht einmal weinen, uns Vampiren blieb so etwas versagt.

Ich hasste diesen Fluch! Er weckte immer auch die Vergangenheit wieder auf. Als wir auf Finleys Nachricht hin vor vierzehn Tagen zum Turm eilten, sahen wir Kieran in seinem Studierzimmer, die aufgeschlagenen Bücher noch vor sich auf dem Tisch. Um seinen Mund spielte ein Lächeln. Ich aber hätte schreien mögen, denn mit der Erkenntnis, dass der alte Herr des Turms gegangen war, kehrte auch der Schmerz um all die lieb gewonnenen Gefährten, die ich vor ihm schon verloren hatte, mit Macht zurück – besonders der Schmerz um *einen* Verlust.

Briann, mein treuer Gefährte seit über dreitausend Jahren, Vampir wie ich, wusste es. Er war beim letzten Gespräch, das ich vor wenigen Wochen noch mit Kieran führte und das mich damals so aufgewühlt hat, dabei gewesen – er und Finley, der Nachfolger von Meister Kieran. Beide bedrängten mich jetzt. Ich sollte mein Versprechen, welches ich an jenem Tag gab, erfüllen und unser Geheimnis preisgeben, das wir alle so viele Jahrzehnte für uns behalten mussten. Aber ich konnte das nicht – nicht jetzt. Allein der Gedanke daran riss alte Wunden wieder auf, und ich haderte damit, dass Kierans Wahl auf mich gefallen war. »Es wird deiner Seele Frieden geben, Luczin«, hatte er zu mir gesagt. Aber wie sollte das gehen, wenn meine Erinnerungen sich immer nur zu *ihrer* Stimme verdichteten, die mir zurief: Kein Vergessen! Niemals!